BUZZ

© 2023, Buzz Editora
© 2023, Carley Fortune
Publicado mediante acordo com a autora por intermédio de
BAROR INTERNATIONAL, INC., Armonk, New York, U.S.A.
Título original: *Meet Me at the Lake*

Publisher ANDERSON CAVALCANTE
Editora TAMIRES VON ATZINGEN
Assistentes editoriais FERNANDA FELIX, LETÍCIA SARACINI
Preparação ARIADNE MARTINS
Revisão LÍGIA ALVES, CRISTIANE MARUYAMA
Projeto gráfico ESTÚDIO GRIFO
Assistente de design LETÍCIA ZANFOLIM
Arte da capa ELIZABETH LENNIE

Nesta edição, respeitou-se o novo Acordo Ortográfico
da Língua Portuguesa.

Dados Internacionais de Catalogação na Publicação (CIP)
de acordo com ISBD

Fortune, Carley
Me encontre no lago / Carley Fortune
Traduzido por Lígia Azevedo
São Paulo: Buzz Editora, 2023
296 pp.
Tradução de: *Meet Me at the Lake*

ISBN 978-65-5393-242-5

1. Romance canadense. II. Título.

23-161619   CDD C813

Elaborado por Aline Graziele Benitez – CRB-1/3129

Índice para catálogo sistemático:
1.   Romances: Literatura canadense C813

Todos os direitos reservados à:
Buzz Editora Ltda.
Av. Paulista, 726, Mezanino
CEP 01310-100, São Paulo, SP
[55 11] 4171 2317
www.buzzeditora.com.br

ME ENCONTRE NO LAGO

CARLEY FORTUNE

Tradução **LÍGIA AZEVEDO**

Para Marco,
por aquele primeiro CD *que você gravou*
para mim e todos os que vieram depois,
mas principalmente por baixar o volume

1

AGORA

Chego à recepção sem ninguém me notar. O balcão é impressionante, esculpido em um tronco de árvore – rústico, mas não tosco, o epítome da estética da minha mãe –, e não há ninguém atrás dele. Sigo direto para o escritório e tranco a porta depois de entrar.

Parece mais uma cabana que um espaço de trabalho. Tem paredes feitas de tábuas de pinheiro, duas mesas de escritório muito antigas, uma janela pequena com uma cortina xadrez e fina. Duvido que muita coisa tenha mudado desde a construção, no século XIX. Não há nada que sugira o tempão que minha mãe passou aqui, a não ser uma foto minha de quando era bebê, pregada na parede, e o vago aroma de perfume da Clinique no ar.

Eu me jogo em uma das poltronas desgastadas de couro e ligo o ventilador de plástico em cima da mesa. Cheguei suada, e o escritório é abafado, um dos poucos ambientes sem ar-condicionado. Ergo os cotovelos como um espantalho e balanço as mãos para a frente e para trás. Manchas de suor nas axilas são a última coisa de que preciso.

Enquanto espero o corpo resfriar antes de calçar meus sapatos de salto, olho para uma pilha de folhetos. *Resort Brookbanks – Seu refúgio em Muskoka*, declara uma fonte alegre acima de uma foto da praia no pôr do sol, a sede aparecendo no fundo, como um castelo no campo. Isso quase me faz rir – eu falhei justamente por não *ter fugido* do Resort Brookbanks.

Talvez Jamie se esqueça de que concordei com hoje à noite, e eu possa me esgueirar de volta para casa, vestir uma calça confortável e mergulhar em um balde de vinho branco gelado.

A maçaneta da porta chacoalha.

Não vou ter essa sorte.

– Fernie? – Jamie chama. – Por que você trancou? Está vestida?

– Preciso de cinco minutos – respondo, com a voz aguda.

– Você não vai dar pra trás, né? Prometeu que eu podia contar com você – diz ele. Mas o lembrete não é necessário. Passei o dia todo temendo isso. A vida toda, talvez.

– Eu sei, eu sei. Só estou mexendo com a papelada aqui. – Fecho bem os olhos diante do meu deslize. – Estou quase terminando.

– Que papelada? Está falando do pedido de roupa de cama? Nós temos um sistema para isso.

Minha mãe tinha um sistema para tudo, e Jamie não quer que eu passe por cima de nenhum deles.

Ele está preocupado. Estamos na alta temporada, e muitos dos quartos estão vagos. Vou passar seis semanas aqui, e Jamie acha que é questão de tempo para eu colocar tudo nos trilhos outra vez. Não sei se ele está certo. Nem sei se vou ficar.

– Você não pode me trancar para fora do meu próprio escritório. Eu tenho a chave.

Xingo baixo. Claro que ele tem.

Vai ser muito constrangedor se Jamie precisar me arrastar para fora daqui, e eu tenho certeza de que ele vai fazer isso. Não dou um escândalo no resort desde o último ano do ensino médio, e não quero voltar a dar. Estar aqui às vezes me faz sentir como se eu tivesse regredido, ainda que eu não seja mais uma garota inconsequente de dezessete anos.

Dando uma respirada profunda, eu me levanto e passo a palma das mãos na parte da frente do vestido. Está muito justo, mas o jeans rasgado que eu estava usando não era apropriado para o restaurante. Quase consegui ouvir minha mãe falando enquanto me trocava.

Eu sei que você iria preferir passar o dia de pijama, mas temos que dar o exemplo, querida.

Abro a porta.

Seus cachos loiros estão curtos e devidamente domados, mas Jamie continua com o mesmo rostinho de bebê de quando éramos jovens e ele achava que desodorante era opcional.

– É o pedido de roupa de cama? – ele pergunta.

– De jeito nenhum – garanto. – Vocês têm um sistema.

Jamie pisca, sem saber se estou brincando ou não. Ele é o gerente-geral do resort há três anos, mas ainda não consigo acreditar nisso. De calça social e gravata, ele parece estar fantasiado. Ainda o vejo como o garoto louco por água, de short de náilon e bandana.

Jamie também não sabe o que pensar de mim – fica dividido entre tentar me agradar, como sua nova chefe, e tentar evitar que eu provoque estragos. Deveria haver uma lei cósmica impedindo ex-namorados de trabalharem juntos.

– Você já foi mais divertido – digo a Jamie, que sorri. Ali, nas rugas de expressão profundas e nos olhos azuis-celestes, está o cara que uma vez cantou todo o disco *Jagged Little Pill*, da Alanis Morissette, chapado e usando um cafetã roxo surrupiado do chalé da sra. Rose.

O fato de que Jamie amava receber atenção tanto quanto amava ficar sem cueca era uma das minhas coisas preferidas nele – ninguém olhava para mim quando Jamie estava por perto. Ele foi um namorado legal, mas também uma fuga perfeita.

– Então você... – ele começa a dizer, depois aperta os olhos. – Esse vestido é da sua mãe?

Confirmo com a cabeça.

– Não serve.

Eu o peguei do guarda-roupa dela hoje mais cedo. Amarelo--vivo. Um entre pelo menos duas dúzias de vestidos sem mangas em cores fortes. Seu uniforme da noite.

Um momento de silêncio se segue, e é o bastante para que eu perca a coragem.

– Olha, não estou me sentindo...

Jamie me corta na hora.

– Ah, não. Você não vai fazer isso comigo, Fernie. Tem evitado os Hannover a semana toda, e eles vão embora amanhã.

De acordo com Jamie, os Hannover se hospedaram no Brookbanks nos últimos sete verões, sempre dão gorjeta como se quisessem provar alguma coisa e indicam o resort para várias pessoas. Pela maneira como o peguei franzindo a testa para a tela do computador, imagino que o resort esteja mais desesperado por uma boa divulgação boca a boca do que Jamie deixa transparecer. O contador me mandou outra mensagem hoje pedindo que eu ligue de volta.

– Eles já terminaram a sobremesa – Jamie diz. – Eu disse que você estava chegando. Eles querem te dar os pêsames pessoalmente.

Passo as unhas pelo braço direito algumas vezes antes de perceber o que estou fazendo. Isso não deveria ser tão difícil. Na vida real, gerencio três cafés no oeste de Toronto, o Filtr. Estou

9

supervisionando a abertura do quarto – o maior de todos e o primeiro com torrefação no local –, que deve acontecer no outono. Falar com clientes é uma coisa natural para mim.

– Tá – digo. – Desculpa. Eu posso fazer isso.

Jamie solta o ar.

– Ótimo. – Com cara de quem já pede desculpas, ele acrescenta: – E seria melhor ainda se você aproveitasse para passar em algumas mesas para dar um oi. Para manter a tradição, sabe?

Eu sei. Minha mãe passava no restaurante toda noite, para se certificar de que uma pessoa havia gostado da truta-arco-íris e que outra ia ter uma boa noite de sono. Era inacreditável quantos detalhes dos hóspedes ela conseguia guardar, e eles a adoravam por isso. Minha mãe dizia que ter um negócio familiar não significava nada a menos que as pessoas tivessem um rosto para associar ao nome Resort Brookbanks. E, por três décadas, esse rosto foi o dela. Margaret Brookbanks.

Jamie vinha dando indiretas pouco sutis de que eu devia ir ao restaurante cumprimentar os hóspedes, mas eu não queria saber. Porque, assim que eu ceder, vai ser oficial.

Minha mãe se foi.

E eu estou aqui.

De volta ao resort – o último lugar onde eu planejava parar.

Jamie e eu vamos para a recepção, que continua vazia. Ele para junto comigo.

– De novo, não – murmura.

A recepcionista desta noite começou no emprego há poucas semanas e tende a sumir. Minha mãe já a teria mandado embora.

– Talvez a gente deva cobrir a recepção até ela voltar – digo. – Para o caso de alguém aparecer.

Jamie encara o teto enquanto pensa a respeito. Então estreita os olhos para mim.

– Valeu a tentativa, mas os Hannover são mais importantes.

Seguimos para as portas duplas com painéis de vidro que levam ao restaurante. Estão abertas, e o tilintar dos talheres e o zunido feliz das conversas chegam ao saguão junto com o aroma do pão de fermentação natural que acabou de sair do forno. Do outro lado, o pé-direito é alto, as vigas do teto são visíveis e as janelas dão para o lago em um semicírculo impressionante. Foi uma reforma que minha mãe realizou depois de herdar a propriedade dos meus avós. O restaurante era seu palco. Não consigo imaginá-lo sem ela circulando por entre as mesas.

Inspiro fundo e coloco o cabelo loiro curto atrás da orelha, com a voz da minha mãe na minha cabeça.

Não se esconda atrás do cabelo, querida.

Quando estamos prestes a passar pela porta, um casal sai, de braços dados. Devem estar na casa dos sessenta anos e estão quase por inteiro vestidos de linho bege.

– Senhor e sra. Hannover – Jamie diz, com as mãos abertas. – Estávamos indo encontrar vocês. Esta é Fern Brookbanks.

Os Hannover abrem sorrisos muito gentis para mim, o equivalente facial a dois tapinhas no ombro.

– Ficamos muito tristes por saber que sua mãe descansou – a sra. Hannover comenta.

Descansou.

É uma palavra estranha para descrever o que aconteceu.

Uma noite escura. Um veado no para-brisa. O aço amassado contra a pedra. Cubos de gelo espalhados pela estrada.

Tenho me esforçado para não pensar nos últimos momentos da minha mãe. Tenho me esforçada para não pensar em nada relacionado a ela. A enxurrada diária de dor, choque e raiva pode tornar difícil me obrigar a levantar pela manhã. Agora mesmo estou um pouco instável, só que procuro não demonstrar. Já faz mais de um mês que o acidente aconteceu. As pessoas querem expressar seus sentimentos, mas há um limite de sofrimento que se pode aguentar.

– É difícil imaginar este lugar sem Maggie – o sr. Hannover observa. – Sempre com aquele sorriso no rosto. Nós adorávamos bater papo com ela. Até a convencemos a beber alguma coisa conosco no verão passado, não foi? – A sra. Hannover confirma com a cabeça, entusiasmada, como se eu não fosse acreditar neles. – Eu disse que vê-la correndo de um lado para o outro me deixava até tonto e, ah, como ela riu.

11

A morte da minha mãe e o futuro do resort são dois assuntos que não estou preparada para discutir, outro motivo pelo qual venho evitando o restaurante. Os hóspedes recorrentes certamente terão algo a dizer sobre um e outro.

Eu agradeço aos Hannover e mudo o assunto para a estadia deles – o tênis, o bom tempo, a nova barragem dos castores. Falar sobre amenidades é fácil. Tenho 32 anos – estou velha demais para me ressentir dos hóspedes ou me preocupar com seu julgamento. É com ela que estou furiosa. Achei que tivesse aceitado minha vida em Toronto. No que estava pensando quando deixou o resort para mim? No que estava pensando quando resolveu morrer?

– Sentimos muito mesmo pela sua perda – a sra. Hannover volta a dizer. – Você é muito parecida com ela.

– Sim – concordo. Ambas baixinhas. De cabelo claro. Olhos cinza.

– Bom, imagino que vocês estejam querendo ir para o quarto para aproveitar sua última noite. Vão ter uma excelente visão dos fogos da sacada – Jamie fala, me salvando. Abro um sorriso grato para ele, que retribui com uma piscadela discreta.

Também formávamos um bom time quando éramos novinhos e trabalhávamos juntos. A princípio, tínhamos uma palavra secreta para quando um de nós precisava ser resgatado pelo outro de um hóspede irritante ou grudento: "melancia". O viúvo que não parava de falar sobre como eu o lembrava de seu primeiro amor: *melancia*. O observador de pássaros fazendo uma descrição detalhada de cada espécie que tinha visto na área para Jamie: *melancia*. Mas, depois de um verão passando todos os dias juntos na garagem de barcos, puxando canoas e caiaques para fora do lago, começamos a nos comunicar em silêncio – com um leve arregalar de olhos ou um curvar de lábios.

– Não foi tão ruim assim, foi? – ele pergunta depois que o casal segue para o elevador, porém eu não respondo.

Jamie estende o braço na direção da entrada do restaurante. O lugar deve estar repleto de hóspedes, mas também de moradores da região. Com a minha sorte, alguém com quem estudei no ensino médio vai me ver assim que eu entrar. O pulsar do meu sangue correndo lembra um caminhão na estrada.

– Acho que não vai dar – digo. – Vou voltar para casa. Estou exausta.

Não é mentira. Comecei a ter insônia assim que cheguei. Todo dia, acordo no meu quarto de infância com sono e um pouco desorientada. Olho para o denso emaranhado de galhos do lado de fora da janela e me lembro de onde estou e por quê. No começo eu colocava um travesseiro por cima da cabeça e voltava a dormir. Acordava por volta de meio-dia, descia a escada cambaleando e preenchia o restante do dia com carboidratos e episódios de *The Good Wife*.

Mas então Jamie começou a me ligar fazendo perguntas, e Whitney, a aparecer sem avisar com tanta frequência para ter uma conversinha comigo sobre o tempo que eu estava passando de pijama – o tipo de coisa que só sua melhor amiga pode fazer –, e foi assim que comecei a trocar de roupa para passar o dia. Comecei a sair da casa, visitar a sede, ir ao deque particular para nadar ou tomar meu café da manhã ali, como minha mãe fazia. Cheguei até a andar de caiaque algumas vezes. A sensação de estar na água é boa; é como se eu tivesse algum controle, mesmo que seja apenas sobre um barco pequeno.

Ainda sou cumprimentada por uma procissão de luto, raiva e pânico quando abro as pálpebras, só que agora ela passa em silêncio, e não ao som de uma banda marcial.

Ao longo das últimas semanas, Jamie me atualizou com sua paciência sem fim sobre tudo o que mudou nos muitos anos que se passaram desde que trabalhei aqui, só que o mais maluco é tudo o que não mudou. O pão de fermentação natural. Os hóspedes. O fato de ele ainda me chamar de Fernie.

A gente se conheceu muito antes de começar a namorar. A cabana dos Pringle fica um pouco mais adiante no lago. Os avós de Jamie conheciam meus avós, e os pais dele ainda vêm ao restaurante comer peixe com batata frita toda sexta-feira. Agora que se aposentaram, eles passam a maior parte do verão em Muskoka, voltando para Guelph só em setembro. Jamie mora na cidade, de aluguel, mas comprou o terreno ao lado da cabana da família para construir uma casa de verdade. Ele ama o lago acima de tudo.

– É o Dia do Canadá – Jamie diz. – Os hóspedes e os funcionários adorariam ver você. Estamos no começo do verão. Não estou te pedindo para subir no palco e fazer um discurso antes dos fogos. – Ele não precisa acrescentar: *como sua mãe fazia.* – Só dá um oi.

Engulo em seco. Jamie segura meus ombros e me olha nos olhos.

13

– Você consegue. Chegou até aqui. Se vestiu. E já esteve no restaurante um milhão de vezes. – Ele fala mais baixo. – A gente até transou aqui, lembra? Na mesa três.

Bufo.

– É claro que você lembra o número da mesa...

– Eu posso fazer um mapa de todos os lugares que nós profanamos. Só a garagem de barcos já...

– Chega.

Estou rindo agora, mas de um jeito ligeiramente descontrolado. Aqui estou eu, com meu ex, falando dos lugares em que transamos no resort da minha mãe recém-falecida. O universo só pode estar me pregando uma peça.

– Fernie, o que estou dizendo é que não é nada demais.

Quero dizer a Jamie que ele está errado, mas então avisto, de canto de olho, uma desculpa. Um homem muito alto está puxando uma mala prateada de rodinhas rumo à recepção, que continua vazia.

O homem que parece um arranha-céu está de costas para nós, mas dá para ver que usa um terno caro. Feito sob medida, provavelmente. O tecido preto está perfeitamente ajustado à sua figura, daquela maneira impecável que exige medições precisas e um limite alto no cartão de crédito. Duvido que os braços dos tamanhos-padrão sejam compridos o suficiente para ele, e o punho da camisa é uma perfeição. Assim como seu cabelo penteado para trás. Escuro, brilhante e meticulosamente ajeitado. Ele está um pouco produzido demais, para ser sincera. O resort é lindo, um dos melhores do leste de Muskoka, e os funcionários estão sempre bem-arrumados, mas os hóspedes tendem a usar roupas mais informais, principalmente no verão.

– Eu ajudo o cara – digo a Jamie. – Preciso treinar o check-in. Vem ver se eu faço tudo direitinho.

Não há discussão. Não podemos deixar aquele homem tão chique esperando.

Enquanto damos a volta no balcão, peço desculpas por tê-lo feito esperar.

– Bem-vindo ao Resort Brookbanks – digo, levantando um pouco o olhar. Ele é uns bons trinta centímetros mais alto que eu, mesmo de salto. – Foi fácil chegar? – pergunto, apertando uma tecla para tirar o computador do modo de descanso. O altão ainda não disse nada. O último trecho de estrada é de terra, não é iluminado e tem algumas curvas perigosas, com mato dos dois lados. Às vezes o pessoal da cidade se incomoda, principalmente quem chega à noite. Imagino que esse cara seja de Toronto, embora talvez tenha vindo de Montreal. Uma conferência médica vai começar na semana que vem, e alguns médicos chegaram mais cedo, para aproveitar o feriado.

– Foi.

Ele desliza uma mão pela gravata, sem dizer mais nada.

– Que bom. – Digito minha senha. – Você veio para a conferência? – Entro no menu principal. Quando ele não responde, pigarreio e tento outra vez. – Fez reserva?

– Sim.

Ele pronuncia as palavras devagar, como se quisesse evitar qualquer erro.

Não tenho ideia de qual é o problema do cara. Homens que usam ternos como o dele em geral parecem muito mais confiantes. Então, levanto o olhar e deparo com um rosto muito bonito, cinzelado até, mas com um semblante tenso. Ele deve ter a minha idade, e me é estranhamente familiar. Com certeza já vi esse rosto. Tem alguma coisa no nariz. Talvez seja um ator, embora celebridades não costumem aparecer de terno e com a barba feita – pelo menos não costumavam.

– Em nome de quem?

Ele ergue as sobrancelhas diante da minha pergunta, como se estivesse surpreso. Então percebo que seus olhos são escuros, pretos como a asa de um corvo, e meu estômago revira. Sua postura é impecável. Meu coração acelera, e eu o sinto bater na ponta dos dedos e na sola dos pés. Procuro imediatamente pela cicatriz. Ali está: sob o lábio, do lado esquerdo do queixo, invisível para quem não está procurando. Não consigo acreditar que ainda lembro dela.

Mas eu lembro.

Conheço o rosto dele.

Eu sei que as íris não são exatamente pretas – no sol, são marrom-escuras.

Eu sei como ele ganhou aquela cicatriz.

Porque, muito embora tenha tentado esquecê-lo, sei exatamente quem é esse homem.

2

14 DE JUNHO, DEZ ANOS ANTES

Só tínhamos cinco minutos para chegar à estação, e o bonde estava parado. Whitney e eu fomos abrindo caminho desde o fundo do veículo em meio à densa massa de corpos, murmurando pedidos de desculpas pouco sinceros antes de descer para a calçada e sair correndo.

– Anda, Whit! – gritei por cima do ombro.

Chegar atrasadas não era uma opção. Tinha um único ônibus indo para o norte naquele dia, e, embora nenhuma de nós tenha dito nada, Whitney e sua mala gigantesca precisavam pegá-lo. Já havíamos passado três dias juntas em meu apartamento minúsculo. Nossa amizade talvez não sobrevivesse ao quarto.

O sol estava baixo no céu, piscando entre os prédios e refletindo nas torres de vidro enquanto corríamos pela Dundas Street, nossos tênis contra a calçada repleta de chicletes. Olhando para cima, a claridade era ofuscante, mas no nível da rua o centro de Toronto estava sob a sombra azul-acinzentada da manhã. O contraste era lindo. O modo como a luz batia nas janelas me lembrava de casa, do pôr do sol cintilando no lago.

Eu queria parar e mostrar aquilo para Whitney, mas não tínhamos um segundo a perder, e mesmo se tivéssemos eu duvidava que ela visse algo de mágico no panorama urbano cintilante da cidade. Eu vinha tentando fazê-la enxergar Toronto com meus olhos a viagem inteira e ainda não havia conseguido.

Chegamos ao terminal de ônibus um minuto atrasadas, mas havia uma longa fila de pessoas ao lado do veículo estacionado na baia 9, expressando diferentes níveis de irritação. O motorista não estava por ali.

– Graças a Deus – falei.

Whitney se curvou para a frente e apoiou as mãos nos joelhos. Mechas de seu cabelo castanho grosso tinham escapado do rabo de cavalo e grudado em suas bochechas vermelhas.

– Odeio... correr...

Quando ela recuperou o fôlego, verificamos se tínhamos as informações corretas de partida e entramos no fim da fila. O terminal era basicamente uma grande garagem – uma área escura e úmida de Toronto. O lugar cheirava a sanduíche vagabundo, fumaça de ônibus e desânimo.

Verifiquei as horas no celular. Mais de dez. Eu ia me atrasar para meu turno no café.

– Não precisa esperar – Whitney disse. – Eu me viro daqui.

Éramos melhores amigas desde a escola. Ela tinha o rosto redondo com olhos grandes cor de avelã e uma boquinha cereja que na maior parte do tempo lhe dava um ar de ilusória inocência. Era fofo que Whitney tentasse se fazer de corajosa, mas ela mantinha a bolsa de náilon junto ao corpo como se fosse ser roubada ao menor descuido.

Whitney tinha 22 anos e nunca havia ficado em Toronto sozinha, nem por dez minutos. Eu sabia que ela ficaria bem, mas não ia largá-la em um dos recantos mais desagradáveis da cidade.

– Tudo bem. Quero ver você saindo – respondi a ela.

– Imagina só – ela disse, dando pulos. – Daqui a pouco não vou ter que fazer toda essa viagem para a gente se ver.

Não era um trajeto tão longo – duas horas e meia de paisagens pitorescas –, mas tudo bem.

Forcei um sorriso.

– Não vejo a hora.

– Eu sei que você gosta daqui. – Ela olhou por cima do ombro. – Mas às vezes não entendo o motivo.

Eu já tinha uma resposta sarcástica na ponta da língua.

A pouca frequência com que Whitney viera me visitar durante a faculdade era uma questão delicada. Eu não sabia se era porque nossa amizade não tinha se recuperado desde a grande briga acerca do meu "comportamento destrutivo" no último ano da escola ou simplesmente porque ela não gostava da cidade. Sempre que Whitney vinha me visitar, ficava claro que preferiria estar em Huntsville. Ela não rejeitava nenhuma das minhas sugestões, mas não se entusiasmava com nenhuma também. Whitney não era assim. Era a pessoa mais empolgada do mundo. Para ela, qualquer possibilidade de diversão e aventura era bem-vinda.

– Sinceramente, eu passaria de boa os próximos dois dias comendo pão no seu apartamento – ela tinha dito ao chegar daquela vez.

O que me deixou puta. Meu tempo em Toronto estava acabando, e ainda tinha um monte de coisas que eu queria fazer. Whitney deveria ser minha parceira. Mas eu sentia que precisava arrastá-la para os lugares.

– Não há o que não entender – digo agora, gesticulando para evidenciar a grandeza da estação enquanto um pouco mais à frente um homem dava uma catarrada no chão.

Whitney estremeceu, depois deu uma olhada no celular.

– Jamie mandou mensagem. Está te mandando um beijo. – Ela franziu o nariz enquanto lia. – "Dá um beijo na Fernie por mim. Pode ser de língua. Tem que ser de língua. Manda uma foto. Emoji piscando."

Balancei a cabeça, tentando impedir minha boca de se curvar em um sorriso. Jamie era um labrador humano, com seu cabelo dourado e seu jeitão alegre e despreocupado. Só de ouvir o nome dele já me senti um pouco mais leve.

– Meu namorado disse isso? Estou chocada.

– Ele está louco pra te levar embora. Todos nós estamos.

Engoli em seco, depois fiquei aliviada ao ver um homem de uniforme azul-marinho se aproximando do ônibus.

– Não tem pressa! – alguém na fila gritou para ele. – Faz de conta que o ônibus está no horário.

– Estou tão feliz que logo vamos morar no mesmo lugar outra vez – Whitney prosseguiu.

Assenti e me forcei a falar: – Eu também.

Depois de quatro anos morando longe da minha melhor amiga e do meu namorado, eu deveria estar contando os segundos para voltar. Não via Jamie desde que ele aparecera de surpresa no Dia dos Namorados. Durante o inverno, ele trabalhava como instrutor de snowboard em Banff, mas tinha voltado ao resort no feriado prolongado de maio. Eu já havia terminado a faculdade, e deveria estar lá com ele. Deveria ter feito as malas depois da última prova, em abril. No entanto, convenci minha mãe a me deixar ficar até o fim de junho, para poder aproveitar a cidade até a colação de grau, que seria dali a uma semana. Apelei para seu lado dona de negócio, dizendo que estavam tendo dificuldade para encontrar alguém para me substituir no café.

O motor do ônibus ganhou vida, depois o motorista começou a jogar as malas no bagageiro. Enquanto os passageiros avançavam e a fila diminuía, Whitney e eu dávamos um longo abraço.

– Te amo, Baby – ela disse.

Crescer em um resort que lembrava o de *Dirty Dancing* tinha me rendido um apelido tirado de *Dirty Dancing*. *Baby*. Eu odiava. Nem fazia sentido, porque no filme Baby era uma hóspede.

Fiquei na ponta dos pés e coloquei o capuz na cabeça de Whitney, depois puxei os cordões para apertá-lo em volta de seu rosto.

– Também te amo – falei. Pelo menos isso não era mentira.

Quando Whitney encontrou sua poltrona, joguei um beijo para ela e tirei os fones da ecobag. Apertei o play e deixei que o Talking Heads afogasse o som do motor e o tique-taque da contagem regressiva que ficava mais alto a cada momento que passava.

Eu tinha nove dias antes do meu retorno para casa.

Meus fones eram ao mesmo tempo uma terapia e uma capa de invisibilidade. O Two Sugars ficava a poucos quarteirões da estação – não chegava a ser o bastante para que a música levasse a culpa embora ou me fizesse esquecer o resort e as responsabilidades que me aguardavam lá. Meu passado também me aguardava em casa. A roda da fofoca da escola de ensino médio de Huntsville já tinha dependido de Fern Brookbanks para girar. Haviam se passado anos, mas eu sabia que as pessoas ainda pensavam em mim como "aquela garota" – a garota que tinha saído dos trilhos. Com sorte, o café estaria movimentado o bastante para que, depois de tirar o décimo *espresso* do dia, minha mente passasse a funcionar no piloto automático.

Eu caminhava para o leste, desviando das multidões de turistas na esquina da Yonge com a Dundas. Gostava da cafonice dessas ruas – dos outdoors, das placas de neon, dos ônibus de excursão de dois andares – e *amava* ver que sempre havia gente em toda parte mas ninguém olhava para mim. Todo dia, cem mil pessoas passavam por aquele cruzamento. Naquela loucura, eu era uma perfeita desconhecida.

Eu dizia para as pessoas que era de Huntsville, o que não era muito preciso. O resort ficava fora da cidade, nas praias rochosas do lago Smoke. Fazer faculdade em Toronto tinha sido como mudar para a lua. E eu queria poder continuar bancando a exploradora espacial pelo resto da vida.

Aumentei o volume da música e movi os ombros para a frente e para trás enquanto o sol batia no meu pescoço. Esperava-se um recorde de temperatura em breve. Junho era a melhor época do ano para estar em Toronto. Os pátios e parques transbordavam a euforia desenfreada do começo do verão. Em junho, um dia quente era uma bênção. Em agosto, já era um fardo, e a cidade toda cheirava a lixo em putrefação.

Eu estava vestida para o calor, com um short jeans desfiado e uma regata por baixo de uma blusa de manga curta que havia encontrado no brechó Value Village. Era esvoaçante e transparente, com uma estampa de florezinhas marrons que eu achava estilosa, de um jeito meio anos noventa, e mal dava para ver a mancha amarela perto da bainha.

Uma fileira de caixas de metal, onde ficavam os jornais do dia, montava guarda do lado de fora do café, e eu peguei um exemplar do *Grid*, a publicação alternativa semanal de que mais gostava, antes de tentar entrar. A porta estava trancada. Confusa, tentei abri-la de novo, então pressionei o nariz contra o vidro. O café era meu lugar preferido no mundo, mas estava vazio, exceto por Luis. O cheiro de tinta fresca deu as boas-vindas ao meu nariz assim que Luis abriu a porta para mim.

– Por que estamos fechados? – perguntei, tirando os fones e entrando. Parei ao ver uma pintura em preto e branco cobrindo uma parede. – O que é isso?

– O que é *isso*? – Luis perguntou, apontando para meu cabelo.

– Dei uma aparada.

Ele desdenhou.

– Não foi uma aparada. Você cortou quase tudo. – Luis sorriu. – Gostei.

Puxei uma mecha curta da nuca – mal tinha comprimento para que eu conseguisse segurá-la. Eu tinha cortado depois do meu último turno no café, antes que Whitney chegasse. Considerando que meu cabelo passava bastante dos ombros, era uma mudança significativa.

– Não lembro de ter pedido sua opinião, mas valeu – falei. – Mas e aí? O que está rolando?

– Você não sabia do mural?

Luis cruzou os braços sobre o peitoral impressionante. A rotatividade de funcionários do Two Sugars era alta, mas já fazia três anos que nós dois trabalhávamos juntos.

– Não.

– Bom, nós temos um mural agora. Ou quase temos.

Olhei ao redor. A pessoa responsável por pintá-lo parecia estar ali.

– E eu e você vamos ficar de babá? – perguntei.

– Só um de nós vai. Eu passei os últimos dias aqui. – Luis tirou um molho de chaves pequeno do bolso. – Agora é sua vez.

Fiquei olhando para Luis. Passar horas sozinha com alguém que eu não conhecia, ter que puxar papo... aquilo me atraía tão pouco quanto falar em público.

– Não – eu disse.

– Sim – Luis rebateu, cantarolando. – Tô indo pra ilha. Vou encontrar meus amigos na balsa daqui a meia hora.

– *Tá* – grunhi, então peguei as chaves. Joguei minhas coisas na mesa e me aproximei do mural. – Cadê o nosso Michelangelo?

– Ele foi pegar alguma coisa pra comer – Luis explicou. – Deve terminar até o começo da tarde, depois você pode ir embora. Vamos ficar fechados até amanhä.

Eu podia sobreviver a algumas horas. Tinha um baseado na sacola e planejava fumá-lo depois no beco. Queria dar uma volta pela cidade antes de voltar para casa, em Little Italy.

Você gostou? Luis perguntou.

Avaliei o mural. O artista havia feito uma versão estilizada do panorama urbano e do litoral de Toronto. Tudo era um pouco distorcido – a CN Tower, por exemplo, era minúscula e estava nas mãos de um guaxinim. Toronto andava muito empolgada consigo mesma, e aquele tipo de orgulho da cidade estava em toda parte: em camisetas, cartazes e até na minha ecobag de lona, que tinha um mapa de Little Italy estampado, com os nomes das ruas formando o desenho do bairro.

– Sei lá – eu disse. – Parece meio... batido.

– Ai – uma voz profunda soltou atrás de nós.

Devagar, eu me virei na sua direção.

Era de um cara vestido com um macacão largo, de algodão azul, com um saco de papel na mão. Ele era extraordinariamente alto, e sua postura o fazia parecer ainda mais. Seu cabelo preto bagunçado passava da altura das orelhas. O nariz era ligeiramente comprido, mas combinava com ele.

– Esse é o nosso Michelangelo – Luis anunciou.

O maxilar e as maçãs do rosto do cara eram angulosos, quase pontudos. Eu não sabia para onde olhar, e era tudo muito... interessante.

– Um Michelangelo meio batido – o cara complementou.

Baixei os olhos. Era beleza demais para ser encarada diretamente. Ele estava usando botas marrom-claras com cadarços rosa-choque.

– Geralmente me chamam de Will. – Ele estendeu uma mão. – Will Baxter.

Olhei para aquela mão gigante, e só depois para os olhos dele. Eram tão escuros que lembravam petróleo.

– E você é...? – Will perguntou depois de um tempo, com o braço voltando para junto do corpo.

Olhei feio para Luis, irritada. Caras gatos daquele jeito eram os piores. Convencidos, egocêntricos, entediantes. Fora que ele era alto. Com tanta altura e beleza, o cara devia ser insuportável. Eu podia apostar que a única dificuldade que enfrentava na vida era encontrar uma calça que servisse. Luis dispensou minhas preocupações com um leve gesto, como se dissesse *Ele é legal*.

– Fern.

Will ergueu as sobrancelhas, esperando mais.

– Brookbanks – falei para ele, passando os dedos atrás da orelha para ajeitar o cabelo, embora já não houvesse cabelo suficiente para que eu precisasse ajeitar.

– Sinto muito por saber que você acha o meu trabalho batido, Fern Brookbanks – Will declarou, com uma animação exagerada –, porque parece que você vai passar o resto do dia presa aqui comigo.

Dei um sorrisinho tenso.

– Bom, já vou indo – Luis informou. – Will, apesar da primeira impressão, a Fern não morde.

– Ei! – eu disse.

– A gente se vê na segunda. – Luis me deu um beijo na bochecha, depois sussurrou no meu ouvido: – Ele é um fofo. Seja simpática.

Fechei a porta depois que Luis saiu, sentindo os olhos de Will em mim.

– Que foi?

– Me fala por que não gostou.

Ele pegou um muffin do saco de papel e começou a tirar da forminha. Meu estômago roncou. Eu tinha preparado as panquecas da minha mãe para um café da manhã especial de despedida para Whitney, mas já fazia horas. Will dividiu o muffin no meio e me ofereceu um pedaço.

– Valeu – respondi, já o enfiando na boca. Era de limão e cranberry.

Nós nos viramos de frente para o mural. Parecia finalizado, com exceção do canto direito.

– O guaxinim não me incomoda – falei. Quando não houve resposta, olhei de lado para ele. O cara era ainda mais bonito de perto. Seus cílios eram exageradamente curvos e tão pretos quanto o lago à meia-noite. Também eram compridos e delicados, chegando a beijar a pele sob os olhos, e o contraste com as roupas de trabalho salpicadas de tinta e largas era estranhamente atraente. Voltei a avaliar o mural. – Não ficou ruim.

A risada dele veio do nada, estourando como fogos de artifício. Um encanto acústico.

– Me fala o que achou, sinceramente.

– É que eu não teria escolhido uma coisa assim. Este lugar mudou tanto nos últimos seis meses.

A chefia havia decidido que o espaço precisava ser "modernizado". As cadeiras antigas de madeira tinham sido substituídas por cadeiras estilosas de plástico preto. As paredes turquesa tinham sido pintadas de branco. Não havia mais nenhum pôster de pinturas de Renoir.

Cometi o erro de voltar a olhar para Will. Ele me observava com tanta fascinação que fiquei desconfortável.

– Você não gosta de mudanças, então?

– Eu gostava do jeito como era antes. – Apontei para um canto perto da janela. – Ali tinha uma poltrona laranja de veludo, e um monte de livros de receita da Nigella. – Quase ninguém os folheava, mas a gente amava a Nigella. – E tinha uma cortina de contas de madeira ali – prossegui, me referindo à passagem para a cozinha.

A parede que Will estava pintando era onde antes ficavam o leite e o açúcar, embaixo de um painel de cortiça onde as pessoas colocavam folhetos anunciando aulas de piano, grupos de tricô, procurando pessoas – e todo tipo de coisa, na verdade. No ano anterior, um cliente pediu o namorado em casamento colocando um papelzinho que dizia: *Te amo, Sean. Quer casar comigo?* Ele havia cortado tiras verticais na parte de baixo, todas dizendo "sim".

– Aqui era um lugar aconchegante. Ficou totalmente diferente – comentei. – Meio... frio.

– Estou entendendo você – Will falou, espanando migalhas de muffin nos bolsos do peito. Ele tinha um anel de sinete no mindinho, de ouro, mas simples. – Sempre que eu volto, sinto que Toronto mudou um pouco. Às vezes nem tão pouco.

– Você não mora aqui?

– Moro em Vancouver, mas cresci aqui. E a cidade está sempre evoluindo. Só que para mim não faz diferença, na verdade. – Ele tira uma mecha de cabelo do rosto. – Sempre que eu venho, tenho a chance de conhecer a cidade mais uma vez.

– Que romântico – comento, sem emoção na voz, mas as palavras dele são como café *espresso* na veia.

3

AGORA

Fico olhando para Will do outro lado do balcão, com os dedos pairando sobre o teclado, a garganta seca. Seus olhos se mantêm fixos nos meus. Ele ainda não me falou seu nome, e Jamie parece um filhote de cachorro tendo de escolher entre dois brinquedos, a julgar pela maneira como vira a cabeça de um lado para o outro enquanto seus olhos se alternam entre nós.

Will e eu tínhamos 22 anos na última vez que nos vimos, e ele não está nem um pouco como eu imaginaria. Eu me pergunto se ele pensa a mesma coisa a meu respeito. Porque Will deve saber quem eu sou. Deve saber que o Resort Brookbanks é o *meu* Resort Brookbanks.

– Só preciso do seu nome para verificar a reserva – Jamie diz, me tirando do caminho enquanto Will e eu nos olhamos. Ele aperta um pouco mais os olhos. Não tem certeza de que o reconheci.

Mas é claro que reconheci, ainda que este Will Baxter esteja muito diferente do Will Baxter do meu passado. Ele ainda é todo comprido e anguloso, embora o terno me desconcerte. Assim como o cabelo, penteado para trás e mantido no lugar com algum produto. Will continua magro, só que mais robusto. A diferença está no terno, no cabelo e no corpo, fora os dez anos que se passaram desde a última vez que nos vimos.

Por mais inesperados que sejam, no entanto, o terno sob medida e o corte de cabelo caro ficam bem nele. Isso eu posso dizer a seu favor.

– Will Baxter – ele fala, com os olhos ainda fixos nos meus enquanto desliza o cartão de crédito e a identidade pelo balcão.

Passei um único dia com Will e isso mudou minha vida. Cheguei a pensar que ele podia ser minha alma gêmea. Cheguei a pensar que nos encontraríamos aqui, em circunstâncias bem diferentes. Cheguei a pensar um monte de coisas a respeito de Will.

E desperdicei tempo demais da minha vida adulta me perguntando o que tinha acontecido com ele.

25

Posso ter conseguido impedir que meu queixo caísse até o carpete cor de vinho, mas sou incapaz de controlar minha respiração. A porcaria do vestido da minha mãe está tão apertado em mim que consigo ver meu peito subindo e descendo. Will também nota. Baixa os olhos por um segundo e, quando volta a olhar nos meus, inspira de maneira irregular.

– Estou vendo aqui que o senhor reservou um chalé este ano – Jamie comenta.

Mal o ouço.

Acho que o mesmo acontece com Will, porque ele não responde. Só abaixa um pouco a cabeça.

– Fern.

A voz de Will é profunda e meu nome sai de um jeito pegajoso, como se envolto em piche.

Não sei bem qual é a coisa certa a fazer aqui. O movimento mais seguro. Fingir que não o conheço seria a melhor maneira de me proteger, mas não sou uma boa atriz. Nunca tive muita certeza se me lembrar tão claramente das 24 horas que passei com Will é maluquice ou se não me lembrar disso seria um absurdo.

Coço a pele do antebraço, o que Will nota. Espalmo as mãos sobre a mesa, irritada que ele tenha esse efeito sobre mim.

– Você está aqui – ele diz, como se não tivesse acabado de falar as três palavras mais irônicas de nossa língua.

Eu estou aqui? Eu estou aqui?, quero gritar em resposta. Quero perguntar onde foi que ele se meteu. A ideia de nos encontrarmos no resort foi dele. Eu vim. Will está nove anos atrasado.

Abro os lábios, depois fecho. Volto a abri-los, mas não digo nada.

– Você está bem? – Jamie sussurra no meu ouvido, e eu balanço a cabeça.

Melancia, faço com a boca, torcendo para que ele ainda lembre.

– Receio que a sra. Brookbanks tenha que ir agora – Jamie avisa, esfregando uma mão na outra –, mas eu vou cuidar de tudo para o senhor.

Sem olhar nos olhos de Will, assinto para o ombro dele e dou a volta no balcão.

– Seu chalé é o número vinte – Jamie informa.

Merda. Merda. Merda. Merda.

Sigo depressa na direção da porta, mantendo a cabeça baixa. Logo antes de sair, ouço Will me chamar, então eu corro.

Fugir de Will Baxter é exaustivo. Sei disso porque passei nove anos trilhando esse caminho. Um caminho que deveria me levar para longe de Will, passando por uma floresta encantada coberta de névoa mágica antes de chegar à terra do esquecimento. Tentei escapar da sensação de ter seu dedo entrelaçado ao meu, da dor. Uma dor latente e aguda, como uma lança atravessando o peito. Com o passar do tempo perdeu a força. Esta noite, no entanto, não há escapatória.

Desço os degraus de pedra em frente à sede. Assim que chego lá embaixo, o salto do meu sapato afunda no cascalho, e eu perco o equilíbrio. Transfiro o peso para a ponta dos pés, mas só consigo avançar poucos centímetros por vez. Deixei minhas sandálias Birkenstock no escritório. Xingando, tiro os sapatos, depois cerro os dentes ao sentir as pedras. Estou morando na cidade há tempo demais. Whitney e eu costumávamos perambular descalças pela propriedade o verão inteiro.

Dou mais três passos antes de ouvir alguém descer os degraus atrás de mim correndo.

– Fern. Espera.

Mas eu não espero. Acelero, tropeço e caio para a frente. Sinto a humilhação antes de sentir dor na palma das mãos e nos joelhos.

– Você está bem? – Will me pergunta, acima de mim.

Amaldiçoo o dia em que ele nasceu. Amaldiçoo as pessoas que ficaram juntas nove meses antes disso. Amaldiçoo várias coisas enquanto permaneço deitada ali. Pressiono a testa contra o chão e enterro os dedos nas pedras. Talvez possa me livrar dessa situação me enterrando ali.

– Vou te ajudar a levantar, está bem?

Antes que eu possa dizer não, que não está bem, que não está nada bem, Will me pega pelos braços e me coloca de pé.

Fico parada, espanando a terra e as pedras do corpo, e Will se inclina um pouco para verificar os danos. Sua cabeça está a centímetros da minha agora – tão perto que sinto seu perfume, couro e fumaça e algo doce, como caramelo queimado. Procuro concentrar a atenção em minhas pernas.

– Está feio – ele afirma, então passa um dedo ao lado do machucado que está sangrando e começando a inchar. Estou atordoada demais para fazer qualquer coisa além de ficar observando.

– Não foi nada de mais – retruco. Quando arrisco olhar para ele, Will me olha de volta.

– É você – ele diz, e não parece surpreso em me ver.

Eu me endireito, e Will faz o mesmo.

Olho para sua gravata. Ele me disse uma vez que nunca usaria uma. Eu me pergunto que outras partes do plano não foram seguidas à risca.

– Você está bem? – Will pergunta. – Quer sentar?

Ele aponta para um banco comprido com vista para o lago, embora esteja escuro demais para enxergar qualquer coisa além da margem. O ar cheira a grama recém-cortada, petúnias e pinheiros – o encontro dos gramados e jardins bem cuidados com os arbustos próximos. Meus olhos vagam para o cais, onde os bombeiros estão preparando o show de fogos da noite, e eu engulo em seco.

Balanço a cabeça, minha mente girando. Tem milhares de coisas que eu quero dizer a Will, mas nenhuma delas me ocorre agora.

Ele coça o pescoço.

– Você lembra de mim, né?

As palavras saem como se atravessassem uma corda bamba na ponta dos pés. Cinco passos cautelosos.

Se eu me lembro dele? É uma pergunta tão ridícula que é quase engraçada. Foi minha mãe quem salvou minha vida, mas foi Will quem me ajudou a descobrir como fazer essa vida ser minha.

Will pega meus sapatos do chão e dá um passo à frente para entregá-los a mim, com um semblante contido, e o movimento é como uma sacudida. Há hóspedes por toda parte, deitados sobre mantas estendidas na grama e nas espreguiçadeiras da praia, esperando que os fogos comecem, mas eu não me importo.

– Ah, eu lembro de você, claro. – As luzes parecem acariciar suas bochechas, e uma imagem dele naquela noite, iluminado por uma chama trêmula, me vem à mente. – Mas gostaria de saber o que você está fazendo aqui.

Meu tom o faz piscar.

– No *meu* resort – acrescento, segurando os sapatos. – Errou a data, foi?

– Não. Eu...

– Não vai me dizer que foi coincidência.

– Você não sabe? – Will parece confuso. – Eu vim ajudar – fala, baixando o tom de voz.

– Do que você está falando?

– Sua mãe não contou? Ela me contratou para uma consultoria.

Jogo o pescoço para trás, como se fosse um estilingue sendo puxado.

– Minha mãe? De onde você conhece a minha mãe? – sibilo, então fecho os olhos. Por um momento, esqueci que ela se foi.

– Eu a conheci aqui no verão passado – Will explica. – Achei que ela pudesse ter comentado. Achei que talvez fosse por isso que você está aqui. Ela pediu minha ajuda com o planejamento estratégico e algumas ideias para...

Sacudo os sapatos para fazê-lo parar de falar. É demais para mim. Não consigo acreditar em uma coisa tão improvável quanto minha mãe contratar um consultor. Ou na reviravolta que representaria Will ser essa pessoa. Will, que está aqui. Will, que esteve aqui no verão passado. Will, que achou que eu soubesse que ele viria. Will, que apesar de tudo isso não entrou em contato comigo. É demais para mim.

Respiro fundo para poder abordar a parte mais importante.

– Will – digo, e o nome dele parece estranho na minha boca –, minha mãe morreu.

– Quê? Não. Acabei de falar com ela... não faz muito tempo – ele murmura, mais para si mesmo que para mim.

– Foi um acidente de carro. Em maio.

Conto os fatos como se tirasse um band-aid, de uma vez só e com o mínimo de atenção possível ao que significam. Explico que a máquina de gelo do restaurante quebrou no meio do jantar e que o pessoal do bar estava tendo que se virar com a que ficava perto dos quartos dos hóspedes. Quando alguém reclamou do barulho constante, minha mãe decidiu ir até a cidade buscar gelo. Estava escuro, e eu duvido que ela tenha enxergado o veado antes que ele atingisse o para-brisa com tudo.

29

A insistência dela em realizar tarefas que poderia simplesmente delegar para outra pessoa me deixa nervosa de um jeito irracional. No fim, essa dedicação a matou.

Will passa a mão no rosto. Está até pálido.

– Você está bem? Claro que não está bem – ele diz, respondendo à própria pergunta. – Você não sabia que eu viria. Está aqui porque perdeu a sua mãe.

Estendo as mãos, com a palma para cima – é um gesto de perplexidade, não de exibicionismo.

– Este lugar é meu agora. Ela deixou para mim.

Will olha para mim, mas eu desvio o olhar. As semanas acordando no meio da noite e me revirando na cama estão começando a cobrar seu preço; a exaustão que sinto lá no fundo está cada vez mais aparente.

– Fern – ele fala, com a voz baixa, gentil, então gira o anel no mindinho. Eu havia esquecido que Will fazia isso. – Sinto muito.

É como se meu peito tivesse sido atingido pelo lado cego de um machado. Não quero que ele sinta muito *por isso*. Meu lábio inferior está tremendo.

Will tenta levar a mão ao meu braço, mas eu não permito.

– Não faz isso.

– Fernie? – Jamie me chama do alto da escada. – Está tudo bem?

– Sim – digo, dando um passo para o lado para abrir passagem para um grupo grande de pessoas que se dirige à sede.

Jamie deseja uma boa noite aos hóspedes e comenta que os bolinhos de siri estão excelentes antes de descer os degraus dois a dois e se juntar a nós. Ele não é tão alto quanto Will, mas sempre se sentiu muito confortável com seu corpo, o que o faz parecer um gigante.

– O senhor esqueceu sua chave – Jamie afirma, passando-a para Will com os olhos estreitos. – E a sua mala, mas vou pedir que alguém a leve para o chalé.

Will estufa o peito, ficando ainda mais alto, e pega o cartão.

– Obrigado.

– Então vocês se conhecem? – Jamie pergunta, com seus olhos se alternando entre nós.

– Não – respondo, ao mesmo tempo que Will diz "sim".

Jamie baixa os olhos para minhas pernas.

– Tem um kit de primeiros socorros no escritório. Vamos limpar isso primeiro.

– Não se preocupe – digo. – É sério, Jamie, eu estou bem.

Vejo o momento exato em que Will registra o nome. Ele pisca duas vezes, e o choque toma conta de seu rosto, como a maré vindo.

Jamie se ajoelha à minha frente e examina o machucado. Meus olhos correm para os de Will. É um reflexo. Mas ele está concentrado em Jamie, com as mãos cerradas em punho ao lado do corpo.

– Tem certeza de que está bem, Fernie? – Jamie pergunta, depois levanta os olhos para mim. – Parece bem feio.

Estou entre Jamie Pringle e Will Baxter, descalça e com os joelhos machucados, menos de dois meses depois da morte da minha mãe.

– Arram – respondo.

– Não acredito. Vem comigo. – Jamie volta a se levantar. – Você não vai se livrar de mim, Fernie – ele fala no meu ouvido, mas tenho certeza de que Will escuta.

Eu não deveria me sentir culpada, mas me sinto. E me odeio por isso.

Will pigarreia.

– Vou deixar vocês dois irem então. Sinto muito, Fern.

Ele me olha demoradamente. Fico achando que vai dizer alguma coisa, mas então se vira para o caminho de volta.

Os fogos começam a explodir acima de nós, com um estouro e um chiado, iluminando as copas das árvores. Não olho, no entanto. Me concentro em Will, que se afasta de mim como fez há dez anos.

Você e eu, daqui a um ano, Fern Brookbanks. Não vai me decepcionar.

Foi a última coisa que ele falou.

4

14 DE JUNHO, DEZ ANOS ANTES

Os homens pareciam estar sempre meio jogados. Se recostavam no batente das portas e se debruçavam sobre as mesas do café. Jamie às vezes me usava de apoio, pondo um cotovelo no meu ombro. Will era muito mais vertical.

Ele estava desenhando a asa de um avião sobrevoando a cidade enquanto eu fingia ler o *Grid*. Meu caderno estava sobre a mesa, aberto na lista de coisas que eu precisava fazer, ver, comer e beber antes de voltar para casa em pouco mais de uma semana. Entre as aulas, os estudos e o trabalho, eu não tinha podido aproveitar ao máximo meus anos vivendo na maior cidade do Canadá. Esperava encontrar algumas sugestões baratas do que fazer na edição daquela semana do jornal para acrescentar à minha lista, mas ficava olhando para a linha comprida das costas de Will e sua pegada firme no pincel. O que mais me impressionava, na verdade, era a maneira como ele se mantinha ereto. Nem um pouco largado.

– Estou ouvindo seu julgamento daqui – Will disse. – Está gritando. – Ele olhou por cima do ombro, com uma mecha de cabelo caindo nos olhos, os lábios curvados em um sorriso. – Quer colocar uma música para abafar o som?

Então Will era divertido *e* gato. Olhei feio para ele, mas seu sorriso só se alargou. Eu nunca tinha visto um sorriso tão bonito.

– Você sempre foi assim cheio de dentes? – perguntei.

– Você sempre foi assim simpática?

– Sempre.

Ele riu, e eu senti o som na minha barriga, quente e doce.

– Então não vou levar pro pessoal. – Will apontou para meu iPod na mesa. – Música?

– Claro. – Ele tinha descoberto meu ponto fraco em tempo recorde. Limpei os dedos sujos de jornal no short e, com o esmalte azul das unhas lascado, passei pelos meus álbuns, tentando adivinhar do que ele gostaria. – Tenho o disco novo do Vampire Weekend. Já ouviu?

– Era isso que você estava ouvindo quando chegou? Eu tinha te visto na rua.

Pigarreei, surpresa.

– Ah, não. Era uma das playlists do Peter.

– Seu namorado?

Ri.

– O melhor amigo da minha mãe. A gente curte fazer playlists.

Dizer isso era pouco. Peter e eu nos comunicávamos através da música. Minha mãe falava que era nossa linguagem secreta.

Segundo ela, Peter não deixava muita gente se aproximar – algo que tínhamos em comum. Minha mãe contava (e ela adorava contar) que tinha entrado na vida dele às cotoveladas muito antes de eu nascer.

Ele não sabia o que fazer com a minha falação e não sabia como me mandar calar a boca, então, depois de um inverno inteiro morando naquela casa, ficou preso a mim pelo resto da vida. Confinamento. Foi assim que eu o forcei a ser meu amigo.

Ainda bem que isso aconteceu, porque, sem Peter, éramos só minha mãe e eu. Foi ele quem me comprou meu primeiro fone de ouvido e todos os que vieram depois. A gente se mandava CDs gravados pelo correio, que eu passava para o iPod.

– O que tem nessa playlist? – Will perguntou, chegando mais perto. Tinha um broche minúsculo na gola dele, com a palavra "surrealista" escrita. Mostrei minha tela e ele se debruçou, com o pincel suspenso no ar, para ler os nomes das músicas.

– "Stop Your Crying." "Only Happy When It Rains." "Road to Nowhere."[1] – Ele voltou seus olhos brilhantes para mim. – Acho que ele está tentando te dizer alguma coisa.

– Peter gosta de temas – observei, impressionada que Will tivesse percebido aquilo. – Ele disse que eu parecia rabugenta da última vez que nos falamos, então me mandou isso.

– Por que você estava rabugenta?

Dei de ombros.

– Assunto confidencial?

---

1 Em tradução livre, "Pare de chorar", "Feliz apenas quando chove", "Estrada para lugar nenhum", respectivamente. [N. E.]

– E você com isso?

Will me avaliou por um segundo, com um sorriso incerto no rosto.

– Vamos ouvir.

Eu me agachei atrás do balcão e liguei o iPod no sistema de som do café. Fiona Apple tomou conta do lugar. Quando me levantei, Will estava me olhando. Senti um friozinho na barriga.

– Eu amo essa música – ele disse. – "Every Single Night",[2] né?

– Arram.

Então ele era engraçado, gato *e* tinha bom gosto para música. Beleza.

Will voltou ao seu mural, e eu voltei ao meu jornal.

– O que tem nesse caderno? – Will perguntou alguns minutos depois. – Você é escritora?

Cruzei os braços, sem responder.

– Poemas? É um diário? Um plano para dominar o mundo?

– Você é um tantinho enxerido, sabia?

Uma gargalhada vigorosa irrompeu dele.

– *Um tantinho?*

Will olhou por cima do ombro, e eu tentei fazer cara feia, mas estava sorrindo como não sorria havia meses. Poucas pessoas tinham me feito sorrir naquele mês.

Quando ele terminou o avião, eu me levantei da cadeira anunciando que precisava de um café.

– Quer um?

– Sim, por favor. Seria ótimo.

– O que exatamente?

– Um latte. Com *espresso* duplo?

– Beleza.

Eu estava torcendo para que Will pedisse algo com espuma.

Despejei o leite quente por cima do café, com a caneca inclinada e agitando a jarrinha em um sentido e depois no outro ao voltar. Estava tocando Spiritualized nos alto-falantes. Se a cafeteria estivesse lotada, seria a perfeição. O meu lugar era atrás do

2 "Toda noite", em tradução livre. [N. E.]

balcão, onde ninguém prestava atenção em mim; lá, eu me sentia quase tão bem quanto passeando pela cidade.

– Praticamente acabei – Will disse, limpando as mãos. – Vou deixar secar um pouco e depois passar uma camada de verniz. Não vai demorar muito.

Ponho as canecas em uma mesa.

– Essa é a sua. Você toma com açúcar?

– Três saquinhos. – Will sorriu. – Sou formiguinha. É um problema sério.

O macacão de Will era tão folgado que não dava para saber ao certo o que havia por baixo, mas eu sabia que não tinha problema.

Ele se sentou enquanto eu tirava o pano que estava cobrindo o lugar onde o açúcar ficava à mão para os clientes.

– Você falou três como se quisesse quatro – falei, soltando na mesa um pacotinho a mais de açúcar e um pauzinho para mexer enquanto me sentava. Will tirou os olhos da bebida com uma expressão estranha no rosto.

Eu seguia uma regra para executar a arte dos lattes. Fazia corações para todos os clientes. Corações bem grandes. Coraçõezinhos em cima de corações grandes. Círculos de corações. Corações faziam com que eles se sentissem especiais. Mas meus clientes preferidos não recebiam corações.

– Uma samambaia da Fern – Will disse, com a voz baixa. Era o que meu nome significava. Samambaia.

Eu fazia samambaias quando alguém vibrava de alegria, ou se parecia triste, ou quando a pessoa elogiava a música que eu tinha posto para tocar. Quando Josh pediu Sean em casamento no café, fiz duas folhas de samambaia na xícara dele, com as hastes unidas no centro. Eu fazia samambaias para minhas pessoas preferidas. E não tinha percebido que havia feito uma para Will até terminar.

Empurrei o açúcar na direção dele.

– Seu café está esfriando.

Ele piscou, depois pegou os quatro pacotinhos.

– Vou voltar pra casa logo depois da colação de grau – eu disse a Will após o primeiro gole. Passei os dedos pela capa macia de couro preto do caderno. Tinha sido um presente da minha mãe antes de eu vir para Toronto. Na verdade, era uma espécie de fichário de argolas, em que eu podia simplesmente incluir mais folhas. *Um diário de adulta para minha filha adulta. Estou muito orgulhosa de ver que você virou o jogo, querida.* – Tem um monte de coisas que eu quero fazer antes de ir embora, e eu anoto tudo aqui. Nada demais.

– Depende do que tem na sua lista – Will falou. Meus olhos seguiram o lento abrir de um sorriso, notando a leve cicatriz sob o lábio.

– É uma mistura – eu disse. – Uma boa parte tem a ver com comida. Tem um restaurante no distrito financeiro que vende uma barra de chocolate de vinte dólares. É meio cretino e eu não tenho grana pra gastar com isso, mas, tipo, como será o gosto de uma barra de chocolate que custa vinte dólares?

– Não faço ideia.

Abri o caderno e passei os olhos pela lista.

– Tem uns bairros. Distillery District, Junction... Nunca estive no High Park. Dá pra acreditar? Faz quatro anos que estou aqui. – Depois de uma pausa, pergunto: – Em que região da cidade você cresceu?

Will ficou acanhado.

– Do lado do High Park.

– Cala a boca.

Ele ergueu as mãos, rindo.

– É lindo, principalmente quando as cerejeiras florescem, na primavera. Você tem que ir mesmo.

Atirei minha caneta nele.

– Perdi a época das cerejeiras.

– Sempre achei que Toronto fosse um destino de viagem meio entediante sem uma pessoa da cidade pra mostrar tudo. Todas as coisas legais ficam meio escondidas – Will disse, virando um pacotinho vazio de açúcar nos dedos. – De onde você é?

– Muskoka. Perto de Huntsville.

Muskoka era um distrito com lagos ao norte da cidade, cheio de casas de veraneio.

– Deve ser lindo.

Fiquei olhando para a poça marrom leitosa na minha caneca.

– É sim.

– Mas...

Levanto os olhos para ele.

– Não tem "mas" – menti.

Os olhos de Will passaram pelo meu rosto e foram para meus dedos, coçando o pulso esquerdo.

– Então... chocolate superfaturado, parques urbanos... o que mais?

Ele mencionou algumas das atrações principais.

– A CN Tower? – Will indagou. – Não é meio... – Ele sorriu e seus olhos brilharam. – Batida?

– Ah, entendi – falei. – Você é esnobe.

Eu estava prestes a perguntar a Will o que ele achava que valia a pena ver, mas me segurei. Geralmente não me entrosava com as pessoas tão rápido assim, porém estava gostando de conversar com ele. E estava gostando muito do sorriso dele. Um pouco demais para alguém que tinha um namorado. Arrastei a cadeira para trás, peguei as canecas e os utensílios e levei tudo para a pia.

Jamie era uma presença constante nos meus verões desde que eu me lembrava. Quando eu tinha dezoito anos, no entanto, as coisas mudaram. Os boatos envolvendo minhas confusões de adolescente corriam soltos no resort, o que me deixara com medo de trabalhar na recepção ou como garçonete no restaurante, onde pessoas demais sabiam quem eu era e o que havia acontecido. Minha mãe concordou em me colocar para trabalhar na garagem de barcos. Jamie e eu ficávamos sozinhos no cais, puxando barcos e medindo os hóspedes para escolher coletes salva-vidas e remos do tamanho certo.

Jamie era três anos mais velho que eu e do tipo xavequeiro. Não que fosse bom nisso, estava mais para persistente. Com seu bronzeado e seus cachos emaranhados, tinha um lance surfista largado que eu não odiava, e uma fala tranquila que o fazia parecer sábio ou meio xarope dependendo da ocasião. Ao contrário de outros funcionários do resort, Jamie não me tratava de um jeito diferente por causa do meu sobrenome ou de qualquer idiotice que eu tivesse feito. Quando o beijei durante uma festa dos funcionários com fogueira em um fim de semana prolongado de agosto, fiquei tão surpresa quanto ele. Já fazia quatro anos, e continuávamos juntos.

– Quer me ajudar com o verniz? – Will perguntou enquanto eu lavava as canecas. – Em dois nós terminamos mais rápido.

Ele girou o anel no mindinho.

– Você quer que eu faça o seu trabalho pra você? – perguntei, sem saber se trabalhar ao lado de Will era uma boa ideia.

Ele passou para trás do balcão, pegou um pano de prato e começou a secar as canecas.

– Pra mim não, comigo – ele retrucou, e o friozinho na barriga voltou.

Will me mostrou como se aplicava o verniz transparente com pinceladas largas e cruzadas, começando pela parte de cima da parede e descendo.

– É meio difícil errar – ele garantiu.

– Por que você está morando em Vancouver? – perguntei, enquanto cobria o mural com verniz.

– Fui pra fazer faculdade lá. Acabei de me formar na Emily Carr.

– É uma escola de artes, né?

– Isso. Fiz design.

Apontei o pincel para o broche dele.

– Surrealista... é o tipo de pintura que você faz?

– Não. – Will ajeitou o colarinho como se tivesse esquecido o broche ali. – Acho que é meio que uma piada interna, já que o meu trabalho é bem literal. Minha namorada que me deu.

A palavra "namorada" foi como um dedo cutucando o espaço entre minhas costelas. Fiz uma careta, sem conseguir evitar.

– Literal como? – questionei, tentando atenuar o ciúme. Eu não tinha o direito de ficar com ciúme. Namorava Jamie.

– Sou ilustrador. Principalmente de quadrinhos. Eu arranho um retrato, mas...

– *Arranho!* Tenho certeza de que "arranho" e "um tantinho" se equivalem.

Will riu.

– Definitivamente são da mesma turma.

– Tá, então você *arranha um retrato* – incentivei, com um sotaque inglês forçado.

– Engraçadinha – Will disse. – Saiu uma tirinha minha em uma publicação do campus no semestre passado. Meu sonho é transformar essas tiras em uma graphic novel.

– Você tem sua própria HQ?

Ele ergueu um único ombro, como se não fosse nada demais.

– Fred cuidava da arte da publicação. Eu tinha um contato lá.

– Fred?

– Minha namorada.

É claro que a namorada dele cuidava da *arte* da publicação de uma escola de arte. E é claro que ela tinha um nome incrível como Fred, em vez de um nome de planta.

Cada um termina seu trecho da parede e passa para o próximo.

– Você disse que curte playlists... e o tal amigo da sua mãe também – Will comentou depois de um tempo.

– Peter. É, a gente ouve música junto desde que eu era pequena.

Minha mãe se irritava sempre que achava que a gente levava a coisa a sério demais na frente dela. *Se eu ouvir as palavras "distorção" ou "tonalidade" mais uma vez, é melhor vocês acharem outra pessoa pra jogar baralho com vocês.* Mas eu sabia que era da boca pra fora.

– Isso é incomum. Tipo, que legal – Will acrescenta. – Não conheço muito bem os amigos dos meus pais. Você e a sua mãe devem ser superpróximas.

– Minha mãe e eu somos...

Fiquei ouvindo o barulho das pinceladas de Will enquanto tentava descobrir o que minha mãe e eu éramos. Nosso relacionamento havia sido tenso ao longo de toda minha adolescência. Eu me irritava com o tanto que ela trabalhava e com a frequência com que eu precisava fazer meu próprio jantar. Então eu tinha lido o diário dela e me tornado uma bola de demolição humana. Mas passara os últimos quatro anos na universidade, mostrando à minha mãe que era responsável e me formando em administração, como ela. Nós nos falávamos todo domingo. Assistíamos a *The Good Wife* juntas, cada uma com seu celular no viva-voz, enquanto eu dobrava a roupa lavada e ela fazia as unhas. Alicia Florrick era nossa heroína.

– Eu não diria que somos superpróximas, mas estamos chegando lá.

Voltei a pintar. Will não tinha parado para olhar para mim, e fiquei me perguntando se ele sabia que era mais fácil me fazer falar assim.

– Peter ajudou a me criar. Ele diz que supervisionou minha educação musical. Minha mãe fala que foi mais uma doutrinação.

Peter era o chef pâtissier do resort. Quando pequena, eu era sua provadora oficial. Ele mantinha uma banqueta de plástico branca na cozinha para que eu pudesse ficar ao lado dele, mergulhando o garfo em diferentes tortas e doces, com a música no último volume. Sempre que minha mãe entrava, insistia para que a gente baixasse o volume. *Ou, melhor ainda, Peter, desliga essa porcaria.* Ela odiava nossas músicas.

– Você faz playlists pra ele também?

– A gente troca. A única regra é que elas precisam ter um tema.

– Você está montando uma agora?

– Estou. – Pressionei o pincel contra a parede com uma força desnecessária. – A Playlist do Fim.

Will ficou em silêncio por um momento, então falou:

– Algumas pessoas pensam nesse momento da vida como o começo.

– Algumas pessoas pensam mesmo – rebati.

– Mas você não.

Encarei o mural, depois olhei para Will. Ele se virou para mim.

– O que eu quero saber – falei, mudando de assunto – é como você veio parar aqui, entre todos os lugares.

– Ah. Nepotismo descarado – Will explicou. – Minha mãe é amiga da dona. Quando comentei que vinha visitar a cidade, ela sugeriu que eu pintasse alguma coisa aqui.

Imaginei como seria ter uma paixão, uma mãe ou um pai que apoiava a gente e a liberdade de seguir essa paixão,

– Que incrível. Ela acredita em você de verdade.

Will olhou para mim, e algo nisso – na maneira como seus olhos se mantiveram nos meus por três longos segundos – me arrebatou. Era a primeira vez que eu o via sem qualquer traço de alegria. Ele pareceu mais velho. Talvez até um pouco cansado. A necessidade de contar uma piada, de ver um sorriso surgir em seu rosto, me veio, parecendo estranha em sua intensidade.

– Ela diz que o meu desejo de desenhar em caixas e pintar paredes revela uma rigidez interior, e que o meu perfeccionismo destrutivo não caberia no coração de um artista.

Fiquei boquiaberta.

– Sua mãe disse isso? Tipo, na sua cara?

– Mais de uma vez.

Minha mãe e eu passamos por muita coisa. Mas eu nem conseguia imaginá-la dizendo algo tão frio.

– Ela é artista – Will afirmou, como se aquilo explicasse. – Escultora.

Franzi a testa.

– Todos os artistas são maldosos?

– Alguns – ele disse, com a voz baixa, depois pigarreou. – Mas eu gosto de trabalhar com caixas. Esse tipo de limitação me estimula.

Meu corpo esquentou na mesma hora. A palma das minhas mãos arderam como se eu tivesse tirado batatas do forno.

– E você? – Will quis saber. – O que te estimula?

– Eu?

Voltei a me virar para a parede, então Will se debruçou na minha direção e falou no meu ouvido, fazendo meus braços se arrepiarem.

– Relaxa, Fern Brookbanks.

Até parece.

– Eu gosto de café, de música e de fazer caminhada – respondi, olhando de relance para Will. – O básico.

– O fundamental – ele me corrigiu. – Você se formou em quê?

– Administração – respondi, parecendo meio insegura, porque me sentia insegura, muito embora só me faltasse pegar o diploma.

Ele olhou para mim.

– Se eu chutasse, teria errado.

Eu queria perguntar qual teria sido o palpite dele, mas chegamos ao fim da parede.

– Então é isso – Will anunciou. – Vou limpar e guardar tudo, depois a gente pode ir.

Will estendeu a mão para pegar meu pincel.

– Quer ajuda? – ofereci.

– Não precisa. Já te convenci a passar o verniz.

Assenti, decepcionada. Peguei minhas coisas, desconectei o iPod e deixei o café em silêncio, a não ser pelo barulho de Will lavando os pincéis nos fundos.

Cheguei mais perto do mural, avaliando a pintura enquanto esperava, meu olhar seguindo na direção em que havíamos trabalhado e finalmente pousando no avião. Perdi o ar e dei um passo adiante. Will havia passado verniz naquela seção, por isso eu ainda não tinha visto. Ele havia feito uma folha de samambaia pequena no leme de direção.

– Você me deu uma samambaia no café, então eu te dei uma no avião.

Eu me virei na direção da voz. Will estava secando as mãos na toalha.

– Você pintou uma samambaia na parede pra mim.

– Em um pedaço bem pequeno da parede. Gostou?

Era a melhor samambaia que eu já tinha visto. Eu queria arrancá-la da parede e levá-la para casa.

– Sim – murmurei. Eu tinha amado.

– Então, eu tenho uma ideia – Will falou, jogando a toalha por cima do ombro. – Pensei em te mostrar alguns dos meus lugares preferidos, se você estiver livre. Nenhum lugar batido, prometo.

Fiquei sem fala por um momento.

– Vou voltar pra Vancouver amanhã – ele disse quando não respondi. – Tenho que começar um mural na segunda, em outro café. Pensei em passar a tarde dando uma volta na cidade.

Horas antes, tudo o que eu queria era fumar um baseado, ir para casa e me atirar na cama, mas a ideia de ver a Toronto de Will me empolgava. A ideia de passar mais tempo com ele me empolgava. O que era um problema. Jamie deveria ser o único cara com quem eu queria ficar.

– E aí? – Will insistiu. – O que acha?

Eu sentia as batidas do meu coração em toda parte – nos lábios, na garganta –, os baques pesados de aviso ao longo do corpo. Olhei por cima do ombro para o avião e depois de novo para Will. Ele estava mexendo no anel no mindinho.

– Eu adoraria – falei. Porque, mais que qualquer outra coisa, eu não queria desperdiçar um único momento do tempo que me restava naquela cidade.

5
AGORA

Acordo às 2h02. Minha insônia costuma dar as caras com uma precisão suíça, logo depois das duas. Às vezes abro a janela e fico ouvindo a brisa nos galhos das árvores e a água do lago batendo contra as pedras, torcendo para voltar a dormir. Às vezes entro num aplicativo de meditação e tento pegar no sono com a ajuda da atenção plena. Com mais frequência, fico deitada aqui, no meu quarto de criança, pensando no que vou fazer da vida.

Esta madrugada eu me viro de lado, depois de costas, depois de bruços, mas não consigo ficar confortável, não quando minha mente gira em torno da ideia de que Will Baxter está aqui, de que minha mãe o conheceu. E *o contratou*.

Sei que o resort não está tão movimentado quanto poderia estar, mas a ideia de a minha mãe ceder um grama de poder a um consultor só faz sentido se as coisas estiverem muito piores do que eu imaginava. E por que ela procurou a ajuda dele em vez da minha? A possibilidade de que minha mãe não acreditava na minha capacidade me incomoda.

Acabo mandando uma mensagem para Whitney.

Acordada?

Infelizmente. Tudo bem?

É uma das vantagens de ter uma melhor amiga com um bebê de cinco meses. Owen é a coisinha mais fofa, mas na hora de dormir...

Lembra do Will Baxter?

Whitney nunca o conheceu, e a princípio não contei muita coisa para ela. Ela e Jamie eram próximos, e eu tinha medo de que minha amiga me condenasse. Mas não falar de Will era impossível.

O Will Baxter de um milhão de anos atrás? Aquele por quem você ficou obcecada?

Haha, respondo.

O que tem ele?

Chegou no resort hoje.

Em questão de segundos, meu celular vibra.

– Conta tudo – Whitney sussurra, empolgada, quando atendo, e não consigo não rir. Já estou me sentindo menos estressada.

Conto a ela o pouco que sei.

– Como ele está?

– Continua alto. De cabelo bem escuro.

– E bonitão?

Sua habilidade de soar animada mesmo sussurrando é impressionante.

– Muito – murmuro. – E vai ficar no chalé 20.

Tem duas fileiras de chalés à beira do lago. Meus avós construíram uma casa pequena de tábuas de madeira com telhado de duas águas no fim da trilha norte. Fica em meio às árvores, bem em frente ao chalé 20.

– A coisa só melhora. – Whitney solta um gritinho. – Ele é o Hóspede Misterioso!

Solto um gemido.

Hóspede Misterioso é um jogo de detetive que inventamos no verão entre o sexto e o sétimo ano. Basicamente, envolve espionarmos de leve algum hóspede do resort, coletando o máximo de informações possível a seu respeito. Registrávamos nossas descobertas em um caderno espiral com a palavra CONFIDENCIAL escrita na capa em canetinha preta. Como eram os que ficavam mais próximos da casa, os hóspedes do chalé 20 costumavam ser os escolhidos. Não seria uma surpresa se Whitney aparecesse à minha porta pela manhã vestida com um trench coat e segurando um binóculo.

– Bom, eu teria que voltar a trabalhar no Filtr na semana que vem, mas...

– Você não pode ir ainda. Não deveria ir nunca. – Whitney não é nem um pouco sutil quanto a querer que eu me mude de vez para cá. Ela morou fora só enquanto fazia o curso técnico em saúde bucal, mas voltou a morar em Huntsville logo em seguida. – Sem falar que eu tenho certeza de que eles conseguem sobreviver mais um pouquinho sem você. Sem querer ofender.

Normalmente eu protestaria – já tivemos outras versões desta conversa –, mas hoje sei que ela está certa. Voltei ao meu apartamento em Toronto uma única vez, para me certificar de que não tinha nenhum experimento científico crescendo na geladeira e pedir aos vizinhos que pegassem minha correspondência. Sinto falta das minhas coisas. Mas preciso ficar por aqui pelo menos até descobrir o que está acontecendo com o resort. Vou ligar para o contador logo cedo, e depois vou ter que conversar com Will.

– Falei com Philippe ontem – digo a Whitney. – Ele disse que eu posso ficar fora o tempo que precisar.

Philippe foi meu namorado – isso até eu o pegar em cima da designer de chapéus da loja ao lado do Filtr original. Eu devia ter percebido que alguma coisa estava rolando quando ele começou a usar chapéus fedora. Mas aprendi a lição: namorar o chefe nunca é uma boa ideia.

Terminamos há dois anos, e estou de férias dos homens desde então. Na verdade, o sexo voltou à minha vida depois de cinco longos meses – são os relacionamentos que não me interessam mais. Exigem tempo, energia e compromisso demais, e para quê? Ter meias sujas de homem largadas no apartamento e em seguida se decepcionar quando as coisas não dão certo. Melhor não.

– Eu mandaria ele enfiar um *biscotti* lá onde não bate sol – Whitney diz.

– Não servimos *biscotti*.

– Então uma bolinha energética vegana de maconha ou qualquer outra coisa nojenta que vocês servem lá. Você devia ter pedido demissão há muito tempo.

Não vou entrar nessa discussão com ela outra vez. Com ou sem Philippe, gosto do que faço. Comecei a trabalhar no Filtr quando era só uma unidade. Agora somos um pequeno império do café no oeste da cidade, e eu tive minha participação nisso. Minha sala fica no andar de cima da cafeteria original, e quando o lugar está lotado eu desço para dar uma mão. O barulho do moedor, pressionar o pó no porta-filtro, o zumbido do espumador – isso me reconforta. Mói. Aperta. Zumbe. E de novo. Há uma satisfação singular em ver a fila diminuindo. Uma tarefa concluída, a desordem controlada. É perfeito, deixando de lado o fato de que divido a sala com Philippe. E de que o império é dele, e não meu.

Faz um século que quero ter meu próprio negócio. É assim que fantasio: reformo a lojinha de conveniência que tem no bairro onde moro, um negócio familiar que nunca vai ser vendido, mas que na minha fantasia será. Fica em uma construção de tijolinhos aparentes com janelões, na esquina de uma rua residencial arborizada. Eu pinto as paredes com um azul bem escuro e decoro o espaço com móveis garimpados em feiras de antiguidades. A poltrona laranja de veludo fica no canto, perto de uma janela. Penduro um quadro de avisos comunitário e encontro uma estante antiga maravilhosa. Encho de livros de receitas. Não da Nigella, e sim uma coleção de livros de receitas de doces e tortas – *The Violet Bakery Cookbook, Maida Heatter's Book of Great Cookies, New World Sourdough, The Complete Canadian Living Baking Book*. Em homenagem a Peter. E reservo uma prateleira para Agatha Christie, em homenagem à minha mãe. Passo semanas escolhendo as músicas do dia da abertura, músicas triunfantes e alegres. A primeira que toca é "Feeling Good",[3] na voz da Nina Simone. Meu café é aconchegante e caloroso, e destoa do estilo descolado e escandinavo do Filtr. Ele leva o meu nome. Fern's.

Eu precisaria economizar por pelo menos mais um ano para ter o suficiente para cobrir os custos iniciais e poder procurar um espaço, mas agora tudo mudou. Vendendo o resort, posso comprar um imóvel comercial. Posso transformar o Fern's em realidade se deixar de lado meu imóvel dos sonhos. Mas fechar o Brookbanks para bancar meu sonho não é fácil. O resort está na minha família há mais de cinquenta anos. Foi o trabalho da vida da minha mãe. É a minha casa.

Owen começa a chorar. Whitney solta um palavrão.

– Achei que ele estivesse dormindo pesado – ela diz. – Tenho que ir, Baby.

---

3 "Sentindo-se bem", em tradução livre. [N. E.]

Solto um grunhido.

– Desculpa, desculpa. Foi sem querer. Te ligo amanhã.

Percebendo que a conversa foi quase toda sobre mim, pergunto:

– E você? Está tudo bem?

– Acho que sim. Tipo, tão bem quanto possível quando você é uma vaca leiteira que praticamente não dorme.

– Sinto muito. Tipo, te entendo quanto ao sono, mas não consigo nem imaginar a parte do leite. Você é uma heroína.

– Sabe o que é mais estranho? Sinto falta do Cam. Vejo ele mais do que quando estava trabalhando, mas tudo gira em torno do bebê, sabe?

– E se eu ficar de babá uma noite? Posso cuidar do Owen enquanto vocês saem.

– Talvez – Whitney responde. – Deixei Owen com a minha mãe uma tarde e não deu muito certo.

– Bom, pense nisso. Sem pressa.

– Isso significa que você vai ficar?

– Espertinha. Boa noite, Whit.

– Boa noite, Baby.

Ela desliga antes que eu possa lhe dar uma bronca.

Eu me arrasto para fora da cama e depois até a cozinha para pegar um copo de água. Antes de levar a mão ao interruptor, noto uma luz amarela brilhando entre as árvores – a luz do chalé 20 está acesa.

Vou até a janela. As cortinas de Will não estão fechadas, então consigo ver a sala, mas nada além da lareira e da mesa de centro. Eu me debruço sobre a pia para enxergar melhor e dou risada sozinha – este era um dos lugares de onde Whitney e eu costumávamos espiar. Parece que estou voltando no tempo.

Quando uma figura aparece de repente, sou pega de surpresa de tal maneira que solto um gritinho.

Will ergue uma mão, mas não faço o mesmo. Percebo que ele sabe que esta é a minha casa. Sabe que sou eu na janela. Ficamos ali, olhando um para o outro.

Minha respiração fica rápida e curta. Estou tentando decidir se devo ir até lá exigir respostas quando ele some do meu campo de visão e o chalé 20 fica escuro.

Volto para a cama, com o coração acelerado como se eu tivesse subido um lance de escadas correndo.

Faz bastante tempo que não fico acordada me perguntando o que aconteceu com Will Baxter.

Por que ele não veio me encontrar, há nove anos, como planejamos? Por que me deixou esperando, conjecturando?

Viro o travesseiro e pressiono a bochecha contra ele, mais fresco, com perguntas diferentes girando na cabeça.

Por que, depois de todo esse tempo, Will veio para cá no verão passado? Como foi que acabou conversando com minha mãe? Será que estava esperando me ver?

É a última ideia que me mantém acordada até que os chapins começam a cantar do lado de fora da minha janela.

Devo ter pegado no sono outra vez, porque sonho que estou dirigindo o carro da minha mãe na estrada. Está escuro, e não vejo o veado até ele pular na minha frente. Um veado-galheiro enorme e gracioso. Não tenho tempo de desviar, mas escapo ilesa. Saio para ver se ele se machucou, mas não é um veado ensanguentado que encontro na estrada – é Will.

Acordo assustada. Está claro lá fora, e a cantoria matinal dos chapins ganhou a companhia dos tentilhões, das juruviaras e até de um corvo grasnando.

Mesmo depois de me ensaboar, me depilar e passar xampu, continuo tremendo. É a primeira vez que sonho com o acidente. Em sua maior parte, os sonhos com minha mãe são sempre o mesmo flashback distorcido. Entro na cozinha e ela está usando um avental – o avental com estampa de maçãs vermelhas. Ela faz massa de panqueca, o que significa que deve ser domingo. Domingo é o dia de folga dela, e às vezes ficamos de pijama até meio- -dia. Minha mãe me deixa mexendo a massa enquanto derrete um pouco de manteiga na frigideira de ferro fundido. Ela tenta fazer uma panqueca em formato de samambaia, mas o que sai é uma panqueca normal. Minha mãe me pede para pôr a mesa. Eu disponho os talheres e a garrafa de xarope de bordo, depois me sento para esperá-la. Mas ela não para. Faz uma panqueca depois da outra, e eu nunca chego à parte do sonho em que minha mãe se senta para comermos juntas.

Agora, visto um robe e desço. Minha mãe não está na cozinha com o avental com estampa de maçãs vermelhas.

Antes de fazer café, ligo para Reggie, contador de longa data do resort. Ele começou a me mandar mensagens mais ou menos uma semana depois do funeral, sugerindo delicadamente que estava disponível e que devíamos marcar uma reunião em breve. Reggie atende no segundo toque e concorda em me encontrar, apesar de ser domingo.

Coloco um disco verde na máquina de café. É uma dessas engenhocas alimentadas por sachês, igual à das acomodações dos hóspedes. Fico vendo o líquido marrom sair, quente demais, fraco demais, enquanto penso que era típico da minha mãe não ter uma máquina de café decente. Ela tampouco se dava ao trabalho de redecorar a casa. Tratava o lugar como pouco mais que uma plataforma de pouso – continua mais ou menos igual a quando meus avós moravam aqui conosco. O único cômodo que passou por uma reforma foi o solário. Não costumo passar o tempo lá. Ainda não estou em paz com as lembranças que desperta.

Apesar de sua falta de interesse pela decoração do lar, há marcas da minha mãe por toda parte, rastros da pessoa que ela era fora do trabalho. Molduras das fotos em branco e preto da viagem que fez pela Europa antes que eu nascesse. Estantes cheias de romances de Louise Penny, livros de mistério e clássicos britânicos do século XIX.

Estou prestes a dar o primeiro gole no meu café nada satisfatório quando alguém bate à porta. Já sei quem é só pelo ritmo do *tap-tap-tap*. Peter bate assim desde sempre.

Saio para a varanda, sem me preocupar por ainda estar de robe. Conheço Peter desde que nasci. Meus avós o contrataram assim que ele saiu da escola de gastronomia e deixaram que ele morasse na casa no primeiro ano. Meu quarto era dele antigamente. Na época, minha mãe ainda estava no ensino médio.

Nada em Peter diz "confeiteiro", a não ser certa suavidade que se apoderou dele com o tempo. Todo o resto – os dedos grossos, a barba grisalha, a propensão a usar xadrez, a aversão a demonstrações claras de emoção – diz "lenhador". No entanto, ele é o mestre da fermentação natural e das florezinhas de açúcar.

– Jamie conseguiu fazer você entrar no restaurante ontem à noite? – Peter quer saber, à guisa de cumprimento. Sua voz é gentil, do tipo que faz a pessoa se inclinar para ouvir, mas agora minha atenção está concentrada nas três caixas de sapato que ele carrega. Não as vejo há anos, mas sei exatamente o que tem dentro. Olho para Peter, insegura.

– Onde você conseguiu isso? Achei que ela tivesse jogado fora – digo. Sempre me senti culpada por isso. O incêndio foi culpa minha, e não dela.

– Ela pediu que eu guardasse – Peter esclarece. – Imaginei que ela gostaria que ficasse com você.

– Não tenho tanta certeza assim.

Peter apoia as caixas na namoradeira de vime.

– São seus. Talvez você queira reler no futuro. Está mais velha agora. Mais velha do que Maggie quando escreveu.

Eu poderia insistir, mas aprendi há muito tempo que Peter está sempre certo.

– Você leu?

– Não. São particulares, e imagino que deve ter coisa que prefiro não saber.

Assinto. Eu mesma costumava desejar nunca ter lido.

– Cheguei a pensar nisso – ele prossegue. – Pensei que poderia ser como ouvir Maggie outra vez.

– E por que não leu?

– Porque ela ia me matar. Não ia querer que eu soubesse o que se passava na cabeça dela na época.

– Mas vocês eram melhores amigos – digo, ainda que saiba que segredos são o ingrediente-chave das amizades próximas.

– Às vezes.

Como assim ele e minha mãe *às vezes* eram melhores amigos? Peter parece prestes a dizer alguma coisa, então balança a cabeça.

– É melhor eu ir – ele fala.

Por cima do ombro de Peter, vejo um carrinho de golfe parar diante do chalé ao lado do chalé de Will. O resort tem uma pequena frota de carrinhos para as bagagens e o serviço de quarto.

Faz alguns anos que minha mãe trocou o toldo para um com listras em verde e branco. O desse está rasgado. Notei isso na semana passada – o toldo dos carrinhos de golfe deveria ter sido trocado de novo faz um tempo. Acompanho a jovem usando calça cáqui e a polo verde-floresta do resort pegar uma bandeja de prata com cloche dos fundos do carrinho.

– Minha mãe comentou com você que contratou um consultor? – pergunto a Peter antes que ele vá embora.

– Um tempo atrás ela mencionou que ia trazer uma pessoa, sim. Com tudo o que aconteceu, acabei esquecendo.

Em geral, a memória dele é infalível, mas Peter não tem sido o mesmo. Não sei se alguém notou que ele está estranho, considerando que normalmente é quieto. Nas vezes em que fui visitá-lo na cozinha, não havia música tocando – um silêncio lúgubre predominava. É como se o senso de humor sarcástico dele tivesse ido embora com minha mãe.

– Maggie falou que o cara era qualificado até demais para o trabalho – Peter comenta. – Acho que ficou satisfeita com o combinado.

Antes de ir embora, Peter me dá um tapinha no ombro. Meus olhos o acompanham indo embora pelo caminho, depois se voltam para o chalé 20.

Bato os nós dos dedos contra a porta de Will, respirando devagar para desacelerar meu coração. Ele me pegou com a guarda baixa ontem à noite, mas hoje vou incorporar minha mãe. Sou eu que vou dar as cartas.

Já são mais de nove, mas é difícil dizer se tem alguém lá dentro. Como os outros chalés, o número 20 parece tirado de um cartão-postal, com revestimento de tábuas de madeira e toldo verde-escuro. Estou na porta dos fundos, onde uma varanda com tela dá para a mata e o caminho de cascalho que leva à sede e à praia. Pressiono o nariz contra a tela, mas não consigo ver se as luzes estão acesas lá dentro.

Bato de novo e aguardo alguns segundos. Nada. Já estou descendo os degraus de madeira quando o ouço.

– Fern?

Sua voz parece irregular ao pronunciar meu nome.

Depois que Peter foi embora, coloquei minha playlist *Você Consegue* para tocar no último volume enquanto penteava o cabelo e bolava um plano. Convidar Will para tomar um café. Perguntar a ele sobre o trabalho que concordou em fazer para minha mãe. Agir como uma profissional. Não mencionar o que aconteceu há nove anos. Ou dez. Quando olho para ele, no entanto, sinto que o plano foi rasgado e seus pedaços foram lançados ao vento.

Will está de calça de moletom e seu cabelo despenteado passa a impressão de que acabou de vestir a camiseta. A barba por fazer marca seu rosto, e Will aperta os olhos como se ainda estivessem se ajustando à luz do dia. Porque estão mesmo. Claramente, Will estava dormindo.

Quando ele passa os dedos pelo cabelo, noto a tatuagem em seu braço. Meu coração dá um salto acrobático no peito. Sigo sua mão em seu caminho da cabeça para a lateral do corpo. Ele a enfia no bolso, e minha boca fica seca.

– Desculpa – falo, com uma careta. – Achei que já estivesse acordado.

– Não dormi bem essa noite.

A expressão dele é indecifrável.

– Ah – digo, como se não o tivesse visto pela janela às duas da manhã. – Foi a cama? O colchão deveria ser bom.

– Não foi a cama – ele garante.

Há um momento de silêncio. Uma faísca ganha vida em meu peito, uma vela em um apartamento escuro. Eu a apago depressa, depois me esforço para voltar aos trilhos.

– Precisamos conversar. – Aponto por cima do ombro. – Vou fazer um café. Você me encontra na varanda quando estiver pronto?

Os olhos de Will miram a casa onde cresci.

– Chego em dez minutos.

– Ficou péssimo, eu sei – digo, passando uma caneca a Will e me sentando à sua frente, na namoradeira. Seu corpo ocupa toda a cadeira de vime. Will penteou o cabelo e vestiu uma calça apropriada e uma camisa branca, que está com as mangas dobradas e o primeiro botão aberto.

Will dá um gole e faz uma careta.

– Eu avisei.

– Não, está ótimo – Will diz. – Sutil, mas ótimo. Obrigado.

Tomo um gole do meu café. Está horrível.

– Não sei o que é isso exatamente, mas não dá para chamar de café. É mais uma sugestão de café.

– Hummm – ele fala. – Tem um gostinho de água.

Sorrio contra minha vontade. Não quero sentir carinho por Will. O ideal seria não sentir nada.

– Você colocou açúcar – Will observa, tomando outro gole.

Arrisquei. Algumas pessoas mudam a maneira como tomam café, mas alguém que usa quatro pacotinhos... Adocei tanto o café de Will que virou praticamente um xarope preto. Não sei dizer se ele ficou feliz, satisfeito ou se está só comentando. Sua expressão é como uma tela em branco.

Deixo o comentário para lá.

– Como foi que a minha mãe contratou você?

Entre todas as pessoas do mundo, quero acrescentar, mas não preciso.

Will alisa sua camisa com a mão.

– Um conhecido meu se casou aqui no ano passado. Pensei em não vir, mas... Passei uma semana em um quarto na sede, comi no restaurante toda noite e falei com a sua mãe algumas vezes. Ela parecia estar sempre em todo lugar. Era como se existissem duas dela.

Fecho os olhos por dois segundos enquanto esfrego o peito. Dói tanto. Ela não estar aqui, ele descrevê-la tão perfeitamente.

– Sinto muito – Will diz, em tom baixo.

Eu assinto e me reservo mais um minuto para me recuperar.

– Continua.

Will verifica minha expressão antes de continuar.

– Eu tenho uma empresa especializada em marketing e reposicionamento de marca, mas o que eu gosto mesmo é de ajudar negócios em dificuldade a virarem o jogo. Modernizar, cortar custos, repensar as estratégias de crescimento... o que for preciso, na verdade.

Não sei o que é mais improvável: o resort estar em apuros ou Will ser o tipo de pessoa que repensa estratégias de crescimento. Sua voz é formal, como se aquele fosse um discurso ensaiado.

Will toma um gole de café. Tento não ficar olhando para a boca dele e a cicatriz logo abaixo.

– Quando descobriu o que eu fazia, sua mãe começou a me perguntar um monte de coisas. Sugeri que a gente tomasse um café, e ela me contou sobre os desafios que estava enfrentando. Fiz algumas sugestões. Trocamos alguns e-mails depois que eu fui embora, e alguns meses atrás ela me fez uma proposta – Will conta. – Uma estadia de quatro semanas neste verão em um dos chalés em troca de ajuda.

– Quatro semanas?

Dá para ouvir minha surpresa.

– Isso. A sua mãe queria manter o meu trabalho em segredo, e o chalé 20 é o que fica mais perto da casa.

Faço as contas. Um mês de estadia não é barato, mas, a julgar pelo terno com que Will apareceu ontem, ele deve cobrar muito mais que esse valor.

Ele deve notar a confusão no meu rosto, porque acrescenta:

– Dei um belo desconto para fecharmos negócio.

– Mas por quê? Se você é tão bem-sucedido, não devem faltar clientes. O que você ganha com essa história?

Will dá de ombros, olhando para seu chalé. O lago fica mais adiante, cintilando por entre as árvores.

– Eu gosto daqui.

Não pode ser só isso, pode? Mesmo que eu não tivesse voltado para o resort, ficaria sabendo se ele passasse um mês inteiro aqui, trabalhando com minha mãe. Will devia saber.

– Como você está? – ele pergunta, com a voz mais suave e voltando a olhar para mim. – Deve ser difícil. Você nunca quis isso.

Enquanto me revirava na cama na noite passada, jurei a mim mesma que não sou a mesma de quando tinha vinte e poucos anos, e que Will também não deve ser. No entanto, quando olho em seus olhos, é como se estivesse sendo puxada por um buraco negro.

– Não – respondo. – Nunca quis. Mas aqui estamos.

Will Baxter e eu, no Resort Brookbanks.

Por um breve momento, eu me imagino apoiando a cabeça em seu ombro e sentindo sua voz vibrar contra minha bochecha enquanto ele me diz que vai ficar tudo bem. É exatamente o tipo de pensamento que preciso evitar. Não vou cair de novo no vórtex de Will Baxter. Meu coração ainda tem um leve roxinho por causa da última vez.

Neste momento, aliás, o hematoma parece tão dolorido quanto há nove anos. Não sei se é a bondade na voz de Will, se é o fato de que ele está aqui e minha mãe não, ou se as noites sem dormir finalmente estão cobrando seu preço, mas me sinto exposta. Arrasada.

– Você deveria ter vindo muito antes – consigo falar. Os olhos de Will voltam a procurar os meus, que ardem das lágrimas que me recuso a permitir que rolem. – Poderia ter visto tudo isso bem antes do verão passado.

– Eu sei.

Ficamos olhando um para o outro, eu segurando a caneca com as duas mãos para que não tremam.

– Por que você não veio?

Will desvia o rosto, com o maxilar cerrado.

– Esqueceu? – insisto. Não é a primeira vez que me pergunto se me tornei uma lembrança distante assim que Will me deixou.

Ele volta a olhar para mim.

– Não esqueci, Fern. – Meu nome soa irregular na língua de Will. Quando ele volta a falar, é com uma voz baixa e entrecortada, sem o verniz corporativo de antes. – Você não ia gostar de quem eu era na época.

Pisco, surpresa. O que quer que eu achasse que Will diria, não era isso.

Seus olhos escuros me pedem desculpas em silêncio. Estou prestes a lhe perguntar o que isso significa quando meu celular vibra. O nome de Jamie aparece na tela, e eu deixo que caia na caixa postal, mas não antes que Will veja quem é.

Nossos olhares se encontram. Então Will se levanta e passa a mão pelo cabelo.

– Já tomei tempo demais do seu domingo – ele fala, com o tom formal de antes.

Will desce os degraus antes que eu tenha a chance de falar alguma coisa, de lhe fazer uma das muitas perguntas que giram em minha mente.

Você não ia gostar de quem eu era na época.

Então ele se vira e declara:

– Quero ajudar. Pense a respeito. Você sabe onde me encontrar se precisar de mim.

Eu o vejo caminhando rumo ao chalé, torcendo para não precisar dele em hipótese alguma.

6

14 DE JUNHO, DEZ ANOS ANTES

Will estava no banheiro, tirando o macacão, quando meu celular acendeu com uma mensagem de Jamie.

Vamos fumar um e conversar à noite ;)

Não dá, **respondo.** Estou sem.

:(

Daqui a nove dias estou aí. Troco o ponto-final por três pontos de exclamação antes de apertar "enviar".

Como foi a visita da Whit?

Suspiro. Boa? Sei lá... Meio esquisita. Te conto depois.

Não contei a Jamie que estava odiando ter que voltar, mas ele sabia tudo sobre meu desentendimento com Whitney e o fato de as coisas ainda estarem estranhas entre nós. Tão frágeis quanto uma daquelas pontes de livro infantil, com tábuas faltando e a corda arrebentando, que passam por cima de um desfiladeiro. Pelo menos quando fosse para casa eu ia poder consertá-la.

– Isso parece intenso – Will disse, voltando do corredor.

Era o momento certo para dizer que eu estava falando por mensagem com meu namorado. Em vez disso, enfiei o celular na bolsa e falei:

– Não é nada.

Eu não era do tipo que traía e, ao longo de quatro anos de namoro a distância, nunca questionei a fidelidade de Jamie. Ficávamos juntos no verão, mas, fora isso, a maior parte do tempo só nos falávamos por telefone, mensagem e Skype. No entanto, naquele dia, parte de mim – e não era uma parte pequena – queria fingir que eu não ia voltar para casa. Que Jamie, Whitney e minha mãe não estavam esperando que eu me despedisse daquela vida. Eu queria curtir sem circular por Toronto com Muskoka a tiracolo. Afinal, em pouco tempo, eu estaria lá outra vez.

O jeans de Will terminava um pouco acima das botas, e ele usava uma camiseta preta e um cardigã leve por cima, desabotoado. Sem o macacão, seu corpo tomava forma. De algum modo, ele parecia mais alto. Era esbelto, mas não magro. Tinha ombros largos e o tronco comprido. Imaginei que ele vivesse tão absorto em sua arte que as refeições eram esquecidas ou mal planejadas – um sanduíche de manteiga de amendoim e geleia sobre a pia da cozinha tomada de louça suja à meia-noite, um shawarma devorado na calçada no fim da tarde.

– Boa – eu disse, apontando para a camiseta de Will, em cujo peito a palavra "rascunho" estava escrita em letra cursiva branca.

– Tento não me levar a sério demais.

Com os cadarços rosa-choque, as botas, o cardigã e o cabelo bagunçado, ficava difícil definir o estilo de Will. Com certeza não era o mesmo que eu via nos caras que faziam as minhas aulas, os quais eu tinha certeza de que escolhiam o figurino dando uma cheiradinha no que quer que estivesse no topo da pilha de roupas mais próxima no chão. Também não era o estilo de Jamie.

Jamie usava bermuda de cintura baixa e chinelos que estalavam contra o piso de madeira compensada da garagem de barcos. Seus cachos escapavam da bandana verde-floresta. Ele era todo pele exposta e bronzeada, músculos e suor. Da primeira vez que me visitara em Toronto, se debruçara no balcão da segurança do dormitório Pitman Hall vestindo calça social e casaco de lã azul-marinho, com o cabelo escondido dentro da gola levantada e um buquê de dálias na mão. Eu passei direto por ele.

– Então, Fern Brookbanks – Will falou, colocando uma mochila verde-militar nos ombros. – Está pronta para o melhor tour do mundo por Toronto?

Ele não quis revelar aonde íamos, só disse que de bonde o percurso seria curto. Esperamos no ponto por quinze minutos, e nada.

– Não acho que nada que seja o melhor do mundo comece com o transporte público de Toronto – observei, descendo para a rua para ver se conseguia enxergar o bonde a distância. Reclamar do transporte público era praticamente um esporte na cidade. – Acho que tem um bonde atrás daquele caminhão.

Will pegou uma latinha de balas de limão da mochila e me ofereceu uma.

– Não, obrigada. Só pra você saber, tenho 22 anos, não 82.

Quando ele colocou uma bala na boca, suas bochechas revelaram covinhas.

– Só pra você saber, tenho 82 – Will disse. – Se pareço ter 22, é por causa da alimentação e da atividade física.

Um punhado de pessoas esperava conosco. Tinha um casal de velhinhos sentado no único banco, de mãos dadas, com um estojo de trompete aos pés dele e uma bengala aos dela. Enquanto o bonde parava, o velhinho ajudou a velhinha a se levantar. Ficamos atrás dos dois, e, quando começaram a subir os degraus devagar, ele com a mão na lombar dela, Will se ofereceu para segurar o instrumento.

– A melhor história de amor do mundo – Will disse no meu ouvido depois de devolver o trompete, seu hálito com cheirinho de limão e açúcar.

Os bancos estavam todos ocupados, por isso nos dirigimos para os fundos do veículo aos tropeços enquanto ele entrava em movimento. Will me segurou pela cintura, mas recolheu a mão quase no mesmo instante.

– A maior infecção de estafilococos do mundo – comentei, me segurando a uma barra de metal, e Will riu.

Fomos jogados um contra o outro, e quando chegamos à Yonge Street cerca de metade das pessoas desceu. Apontei para dois lugares vazios e peguei o da janela. Eu tinha um metro e cinquenta e três – o que significava que o espaço era mais que suficiente para minhas pernas –, mas Will tinha mais de um e oitenta, e a impossibilidade geométrica obrigava seus joelhos a roçarem nos meus. Havia um rasguinho no jeans dele em que senti uma vontade louca de enfiar o dedo. Incomodada, passei uma mão pelo cabelo e ergui o rosto, só para pegar Will me encarando.

– O que é isso tudo? – perguntei, puxando a aba da frente da mochila dele, decorada com broches e emblemas, incluindo uma bandeira canadense no meio.

– A maioria é de lugares onde eu já estive. – Ele pegou uma guitarra azul em miniatura entre o dedão e o indicador. – Seattle. – Depois um cogumelo. – Amsterdam.

Alguns eram de comida: um taco de Los Angeles, um prato de fritas com queijo e molho de Montreal.

– Esse foi difícil de encontrar. Meu amigo Matty me abandonou depois de algumas horas procurando. O cara é um banana.

Meu cérebro fervilhou.

O maior era um broche oval com um limão bordado, que parecia mais antigo que o restante.

– E esse aqui?

– Fred me deu. Ela adora bordado e tecelagem, principalmente tapeçaria. E eu gosto de qualquer coisa sabor limão.

No verão em que Jamie e eu ficamos juntos pela primeira vez, ele me fez uma série de perguntas aleatórias para passar o tempo na garagem para barcos. Às vezes eu estava varrendo as folhas do deque enquanto Jamie tirava uma canoa do lago e ouvia:

– Qual é o seu animal aquático preferido, Fernie?

Ou: – Fernie: mar, lago ou piscina?

Ou: – Se você fosse uma sobremesa do Peter, qual seria, Fernie?

– Não sei – eu respondera nesse caso. – Adoro todas as sobremesas.

Jamie tinha pensado a respeito a tarde inteira, depois declarado:

– Você seria uma torta de limão. Meio azeda, mas de um jeito bom. De um jeito que faz o doce ficar ainda mais gostoso.

Agora, fiquei olhando para Will.

– Sério?

– Sério – ele disse. – Sorvete, bolo, torta. De limão é sempre melhor.

Pigarreei e toquei uma caixinha prateada e com a tampa arredondada.

– E isso aqui?

– É uma armadilha para lagosta. De quando eu passei férias em família na Ilha do Príncipe Eduardo, no verão antes do divórcio dos meus pais.

– Ah – falei. – Sinto muito.

– Não sinta. Foi uma ótima viagem – Will disse, embora soasse triste.

– E onde você conseguiu esse? – Dei um toquinho no broche que dizia "I ❤ NY". – Meio *batido*, né?

– É o mais antigo, e é um clássico. – Will passou o dedo no contorno. – Outra viagem em família, antes que as coisas ficassem ruins de verdade entre os meus pais. Eu devia ter uns dez anos.

Will ficou em silêncio por um segundo, então virou a cabeça.

– Tem mais sal aí nessa sacola pra passar nas feridas da minha família?

Revirei minha sacola até encontrar um pacote de chiclete.

– Serve?

Will deu risada.

– Meus pais estão melhores depois que se separaram. Não consigo imaginar que já tenham feito sentido como casal. Ele é um advogado certinho do ramo imobiliário que nem se dá ao trabalho de fingir que se importa com arte. E a minha mãe vive e respira o trabalho dela. Eles brigavam muito. Agora ela mora em Roma.

Olhei para o pequeno Coliseu na mochila de Will.

– Itália. Longe, né?

Ele não disse nada por um longo momento.

– Antes eu ia para lá algumas vezes por ano, nos feriados e tal – Will falou, apertando os olhos na direção do sol antes de voltar a me encarar. – Mas agora que já tenho que visitar meu pai e minha irmã aqui fica mais difícil ir para lá.

– Você e a sua irmã são próximos?

– Somos. Annabel é três anos mais nova, então ela tinha onze quando minha mãe foi embora. A gente já se dava bem, mas depois ficamos só os dois contra o meu pai. Então ficamos bem unidos mesmo.

Ajeitei o Coliseu.

– Você acha que ela vai voltar um dia?

– Minha mãe? De jeito nenhum. Ela diz que Toronto é o lugar onde a mediocridade nasceu, e que ela precisa morar em um lugar que a inspire. A arte vem em primeiro lugar pra ela.

– Deve ter sido difícil.

Will deu de ombros e olhou para as próprias mãos.

– Às vezes eu me sinto um babaca egoísta por ter me mudado e deixado minha irmã sozinha para se virar com o meu pai.

– Ei. – Dei cotoveladas nele até que seus olhos encontrassem os meus. Ao sol, dava para ver que não eram pretos. Eram cor de café bem escuro, com as bordas cor de ébano. – Não acho que você seja um babaca por morar em Vancouver. Só te conheci hoje e tenho certeza de que tem vários outros motivos. Mas não esse.

Os olhos de Will passearam pelo meu rosto.

– Bondade sua.

– Nunca viajei para lugar nenhum – eu disse, depois de um momento.

Will inclinou a cabeça.

– Eu não estava esperando por isso.

Inclino a cabeça também.

– Vou encarar isso como um elogio. Só visitei meus avós na Colúmbia Britânica uma vez. Mas nem cheguei a Vancouver, eles moram em Victoria.

Nós quatro moramos juntos na casa até quando eu tinha uns sete anos, e então os meus avós se mudaram para um apartamento reformado na sede. Depois da aula, eu os encontrava jogando baralho na biblioteca, em meio a uma multidão de hóspedes de cabelo branco, e me sentava no sofá diante da lareira para fazer a lição de casa. Às sextas-feiras, minha mãe mandava peixe com batata frita do restaurante, e Peter e eu perdíamos para eles no jogo. Quando terminava o trabalho, minha mãe se juntava a nós, trazendo em uma única mão uma bandeja com três copos de cerveja bem gelados e uma Sprite. Todos comemorávamos sua chegada, e, quando não havia ninguém na biblioteca, ela fechava a porta, tirava os sapatos de salto, girava os tornozelos para um lado e para o outro e estalava os dedos dos pés cobertos por meias finas.

– O que você achou de Victoria? – Will perguntou. – Fui à Ilha de Vancouver algumas vezes. Dirigi até Tofino com amigos no verão passado. Só pra constar, não sei surfar.

– Não cheguei a sair da cidade, mas gostei. Fui ao Beacon Hill Park, ao Butchart Gardens, ao porto. Vou para Banff em novembro, para trabalhar em um resort na temporada de esqui.

Jamie e eu estávamos procurando um apartamento para alugar na temporada, mas isso estava me deixando nervosa. Como namorado a distância ele era legal, mas eu não sabia como seria dividirmos uma casa. Eu tinha visto o estado do espaço dele no alojamento dos funcionários e sabia que na segunda semana do verão seu cabelo já havia virado um ninho loiro.

– Por que Banff?

Puxei a barra desfiada do meu short.

– Minha mãe tem um resort em Muskoka. É meio que o negócio da família. Banff vai ser uma oportunidade de viajar, mas também uma boa experiência de trabalho.

Quando mencionei a ideia para minha mãe, torcendo para assim conseguir mais alguns meses no mundo, achei que ela fosse dizer não. Mas ela achava que passar algum tempo trabalhando em um hotel grande poderia ser útil.

– Você foi criada em um resort?

– É... – Enrolei um fio de cabelo no dedo, bem apertado, até que a pontinha ficasse branca. – Vou voltar para lá daqui a nove dias.

Will cobriu minha mão com as suas e desenrolou o fio. O sangue voltou a circular pelo meu dedo. Meus olhos encontraram os dele, e ele me soltou.

– Quando você fala que é o negócio da família... significa que vai ficar com ele um dia?

– Essa é a ideia.

– Mas você não quer.

– Não, eu quero.

Meu tom de voz subiu uma oitava e de repente pareceu que não havia espaço para meus pulmões dentro da caixa torácica.

Will se inclinou um pouco mais para perto, roubando todo o oxigênio entre nós e mantendo seus olhos fixos nos meus.

– Uma coisa ótima em conhecer uma pessoa que você provavelmente nunca mais vai ver de novo é poder contar qualquer coisa a seu respeito e isso não ter nenhuma consequência.

Balancei a cabeça.

– Tudo tem consequência.

Aprendi isso aos dezessete anos.

7

AGORA

O centro de Huntsville fica lotado de turistas desde maio até que as árvores percam suas cores de outono. Por sorte, encontro uma vaga grande o bastante para o Cadillac que o tio de Whitney me emprestou. É como dirigir uma barca cheirando a *pot-pourri* velho, mas não tenho carro e preciso de um, porque o resort fica a vinte minutos da cidade.

Quando minha mãe morreu, seis semanas atrás, Whitney foi me buscar. Peter me ligou para contar do acidente, e ela já estava a caminho, levando o bebê junto. Em todos os anos em que morei em Toronto, foi a única vez que Whitney se aventurou a dirigir até lá. Ela fez minha mala e me levou para casa, segurando o volante com firmeza até estarmos uma hora ao norte da cidade.

Toco a campainha da casa azul-clara, e Reginald Oswald vem me receber. Ele já passou da idade da aposentadoria e está usando suspensórios e uma camisa xadrez amassada, como sempre. Reggie é o contador do resort desde que meus avós o compraram, no fim dos anos sessenta.

– Rosemary foi à igreja, mas deixou um abraço bem forte. – Reggie não compartilha do comprometimento da esposa com o serviço dominical. – Como estão seus avós? Faz tempo que quero falar com eles.

O voo de Victoria até aqui seria demais para vovó Izzy, por isso vovô Gerry veio sozinho para o funeral. Ele me pareceu muito envelhecido. Pequeno e frágil, diferente do homem bombástico de quando eu era pequena.

– Eles dizem que estão segurando as pontas, mas acho que só querem me fazer sentir melhor.

Da última vez que nos falamos por telefone, vovó Izzy começou a chorar no meio da conversa.

– Você fala igualzinho a ela – vovó Izzy comentou.

Meus avós estavam do outro lado do país, mas minha mãe conhecia bem cada funcionário da comunidade para aposentados em que viviam. Ela conhecia a programação dos dois melhor do que eles. Havia feito amizade com os filhos adultos dos vizinhos para ter alguém que ficasse de olho neles. E regularmente relatava a meus avós tudo o que acontecia no resort.

– Espero que você faça o mesmo por mim quando eu me aposentar – minha mãe costumava me falar.

Eu revirava os olhos e dizia:

– Mãe, nós duas sabemos que você nunca vai se aposentar.

Agora, enquanto me conduz pelo corredor até seu escritório, com o cheiro de bacon e ovos do café da manhã ainda no ar, Reggie fala:

– Vou ligar para eles hoje à tarde.

Ele estende a mão para uma das cadeiras em frente à sua mesa.

– Você toma café? Talvez precise de um antes.

Reggie pega um para mim, então dá a notícia, que não é boa.

– Vou ser sincero com você, Fern – ele fala, me olhando por cima da armação metálica dos óculos. Estou brincando com um buraco no jeans, mas meus dedos congelam diante de sua expressão. – Maggie era boa nos negócios e as coisas melhoraram muito quando ela assumiu o resort dos seus avós. Mas, com a queda no turismo nos últimos anos, ela só estava conseguindo ficar no zero a zero. Não estava nem retirando seu próprio salário.

Esfrego o ponto entre minhas sobrancelhas. É muito pior do que eu tinha imaginado.

Reggie assoa o nariz bulboso em um lenço de bolinhas e continua: – Com sorte, este ano vai ser melhor que os dois últimos. Você sabe como estão as reservas para o outono e o inverno?

Balanço a cabeça. Jamie disse que as reservas para julho e agosto estão um pouco paradas, mas não sei nada sobre o restante do ano. Nem sei qual é nossa porcentagem de ocupação atual. O resort tem dois espaços para conferências, e em um deles vai ser realizado o evento de dermatologia esta semana, mas tivemos algum outro grupo desde que cheguei? Já faz mais de um mês. Eu deveria saber essas coisas. Mesmo se for vender o resort, preciso ter noção dos números.

Minha preocupação deve estar estampada no rosto, porque a expressão de Reggie se abranda.

– Não seja dura demais consigo mesma – ele diz. – Você sofreu uma perda terrível, e é difícil ocupar o lugar da Maggie. Estou aqui para ajudar em tudo que puder, quando você estiver pronta.

A princípio, minha mãe parou de falar comigo sobre o negócio da família quando finalmente deixei claro que não queria trabalhar no resort, anos atrás. Mas o Brookbanks era seu primeiro amor, e com o tempo ela me permitiu ter acesso outra vez – pedindo minha opinião sobre que banda contratar para o baile de despedida do verão ou sobre um prato que queria tirar do cardápio. Os hóspedes iriam se revoltar se o peixe com fritas não fosse mais uma opção? (Sim.) Saber que minha mãe escondeu os problemas do resort de mim me faz cair na real. Achei que estivéssemos mais próximas.

Quando pequena, eu me ressentia do tanto que ela trabalhava. Odiava ter que jantar sozinha, odiava cada ligação de emergência que a afastava de mim quando a noite devia ser nossa. Não queria ser tão ligada ao trabalho quanto ela era, mas tenho trabalhado cinquenta horas por semana para o Filtr. Sei o que é preciso para gerenciar um negócio. Sei o quanto minha mãe se importava com o resort. "Estressada" nem começa a descrever como ela devia estar se sentindo. A preocupação devia ser constante, devia corroê-la por dentro. A culpa é como chumbo nos meus bolsos. Enquanto eu ajudava Philippe a tornar o Filtr um sucesso, o Brookbanks naufragava. Pela primeira vez desde que minha mãe morreu, eu me dou conta de que o resort é meu. Meu de verdade. E não dela.

– Estou pronta – digo a Reggie. – Você tem um tempinho para me atualizar agora?

Peço papel e caneta, e ele pega um bloco novo, amarelo e pautado, para mim. Reggie aponta áreas em que poderíamos fazer cortes e alguns investimentos dispendiosos que precisavam ser feitos, mas foram atrasados para compensar a desaceleração do mercado. Penso no toldo dos carrinhos de golfe, na máquina de gelo que quebrou na noite do acidente. Jamie disse que já fazia um tempo que não estava funcionando direito.

Quando terminamos, horas depois, minha cabeça está girando e minha mão dói de tanto escrever. Combinei com o sr. e a sra. Rose de ir tomar um drinque no chalé deles mais tarde, mas um martíni cairia bem agora.

Está claro que o custo do restaurante é alto demais, mas fora isso minha mãe conseguiu manter os gastos e as horas de trabalho da equipe baixos. Vou ter que rever a escala e os pedidos de suprimentos para ver se alguma coisa ainda pode ser melhorada, contudo ficou óbvio que o que realmente precisamos é de mais hóspedes. Foi coisa demais em pouco tempo, mas uma centelha de animação se acendeu dentro de mim.

Sempre fui competitiva. Antes de ser expulsa do time de futebol no ensino médio, vencer era tudo para mim. E o resort, percebo, é algo em que quero vencer. Minha mãe pode não ter pedido minha ajuda, porém quero provar a ela que sou capaz.

– Minha mãe mencionou um consultor? – pergunto a Reggie antes de ir ao jardim dar um oi a Rosemary, que voltou da igreja há um tempo.

Reggie tira os óculos e limpa as lentes na camisa.

– Sim. Nem acreditei no acordo que ela fez com ele, mas Maggie era capaz de convencer qualquer um.

É verdade. Minha mãe tinha uma energia vibrante e um carisma que atraía as pessoas. Era naturalmente tagarela, mas, em casa, quando não estava na função, relaxava um pouco.

Reggie ri sozinho.

– Por que você está perguntando? Ele entrou em contato?

– Na verdade, ele apareceu ontem.

– Que sorte então, porque você precisa de ajuda – Reggie diz. – Espero que você não se ofenda. Eu sei que é formada em administração, e Maggie comentou que você comanda um grande negócio em Toronto.

– É mesmo?

– Não pareça surpresa desse jeito. Ela tinha orgulho de você. Não teria deixado o resort aos seus cuidados se não achasse que era capaz.

Minha garganta fecha. Agradeço a Reggie pela ajuda, pisco para que a ardência em meus olhos passe e fujo para o jardim.

Encontro Rosemary amarrando os tomateiros, usando um vestido amarelo e um chapéu de palha. Enquanto ela me leva para ver a horta e explica seus truques para manter as lesmas longe das alfaces, noto que estou vestida de maneira mais casual do que ela, que está mexendo na terra. Jeans rasgado e sandálias Birkenstock provavelmente não são o mais apropriado para uma reunião de negócios, mesmo que seja com alguém que conheço desde sempre.

Se vou me envolver mais com o resort, preciso de roupas. Os vestidos da minha mãe não são muito o meu estilo, e jeans rasgados e camisetas simples, embora dialoguem com o minimalismo do Filtr, não são a melhor escolha para alguém que trabalha em um resort. Enquanto passo pelas lojas da Main Street, percebo que é isso que eu quero fazer. Trabalhar. Não ficar seguindo Jamie feito barata tonta, como venho fazendo, mas trabalhar de verdade. Isso não significa que não vou vender o resort, digo a mim mesma. Não significa que vou ficar.

Consigo encontrar mais do que algumas coisas que não odeio – peças simples que não vão me incomodar por causa do peso que ganhei no sofá da minha mãe. Nunca me preocupei muito com roupa. Gosto de jeans. Sei que fico bem de regatinha. Ir muito além disso tende a testar minha já limitada paciência quando o assunto é moda. Antes eu procurava tesouros escondidos em brechós, só que não tenho mais tempo para isso.

Enquanto volto para o carro, noto uma loja de discos que não estava aqui antes e uma loja de violões que também serve comida. Sempre quis aprender a tocar. Paro na frente da Splattered Apron, uma loja fofa de artigos de cozinha, então decido entrar. Saio de lá 35 dólares mais pobre. Minha mãe não ligava de tomar água suja toda manhã, mas eu ligo.

Quando chego em casa, tiro a máquina de café de sachê do caminho e coloco minha nova prensa francesa na bancada. A sensação é ótima. Mesmo que eu não vá ficar aqui muito tempo, não tenho que tomar café como minha mãe tomava, assim como não tenho que gerenciar o resort como ela gerenciava.

Então pego o celular e ligo para Philippe.

Chego ao chalé 15 empolgada. A sensação de pedir demissão foi boa. Philippe não achava que eu fosse mesmo fazer isso, ainda que soubesse que eu queria abrir meu próprio negócio. Ele sempre foi arrogante ao extremo. Desde o algodão de suas camisetas (sempre pima, sempre branco) até a temperatura do leite de aveia de seu flat white (57 graus Celsius), ele também é cri-cri ao extremo. Por um longo tempo, eu gostei disso nele. O fato de alguém tão exigente se sentir atraído por mim fazia bem ao meu ego, que tinha passado anos abalado depois de Will.

– Você parece bem. Está com um pouco mais de cor que na semana passada – a sra. Rose diz, me segurando a um braço de distância para me inspecionar.

O sr. e a sra. Rose fazem um happy hour aos domingos no chalé 15 desde antes de eu nascer. Primeiro eram meus avós que se juntavam a eles, depois passou a ser minha mãe, e agora sou eu. Às vezes tem mais gente, uma variedade de hóspedes de longa data do resort e recém-chegados que eles conheceram no arremesso de ferraduras; caso contrário, o ritual é o mesmo: tomamos martínis gelados e comemos batatinhas Ruffles na varanda às cinco da tarde.

Eles nunca tiveram filhos, e não sei bem se isso foi uma escolha ou o modo como as coisas se desenrolaram; mesmo assim, eles parecem avós excêntricos. O pescoço da sra. Rose está sempre carregado de tantos colares de contas de madeira que seria de imaginar que são eles que mantêm suas costas curvadas. O sr. Rose foi crítico de teatro "na época em que o teatro era digno de crítica". Acho que nem um nem outro nunca comeu um legume na vida, a não ser pelas cebolas em conserva dos drinques.

Quando eu era mais nova, sentia certa amargura em relação aos hóspedes e ao fato de que suas necessidades vinham antes das minhas, mas os Rose eram praticamente da família. Antes de eu ir para a faculdade, eles fizeram uma festa de queijos e vinhos de arromba, que se alastrou do chalé deles para os outros. A sra. Rose me passava taças de plástico de chardonnay quando minha mãe não estava olhando. Desde que voltei para casa, eles têm insistido em me receber para tomar um drinque toda semana. Acho que querem ficar de olho em mim.

– Estou nadando no deque particular e saindo de caiaque logo cedo, antes que o lago fique muito movimentado – digo a eles. – Também fiz umas caminhadas. Estava muito parada.

De início a ideia era sair de casa e fazer o sangue circular, mas agora estou gostando das caminhadas pela propriedade e do tempo que passo no lago. Quando era criança eu não valorizava a beleza impressionante deste lugar.

– Que bom – o sr. Rose diz. Ele está de pé atrás do barzinho, mexendo uma jarra de gin enorme. Vovó Izzy o comprou nos anos oitenta e mandou que entregassem antes que eles chegassem para as férias de verão. É um carrinho de metal com alças grandes que não combina nem um pouco com a decoração estilo casa de campo. Todos sabemos que é o barzinho da Izzy, muito embora o sr. Rose não deixe ninguém mais fazer os drinques.

– Fico aliviada em ver que você não está mais se vestindo como um menino de rua – comenta a sra. Rose.

Estou com uma calça capri e uma blusa nova cor creme sem mangas de seda, com decote fechado e aberta nas costas. Os Rose têm o costume de se arrumar para o happy hour, embora eu nunca os tenha visto usando nada nem remotamente desleixado. O sr. Rose está sempre com ternos elegantes e a sra. Rose, com peças largas de seda. Esta noite ele usa amarelo; e ela, um cafetã turquesa com bordado dourado no busto e nas mangas. Tenho vindo de short e regatinha, mas até agora nenhum deles havia feito qualquer comentário a respeito.

– Fui fazer compras na cidade hoje – digo, me sentando em uma namoradeira de vime igual à que tem na casa, enquanto a sra. Rose se acomoda em uma cadeira de balanço de bambu. Na mesa de centro, além da tradicional tigela forrada com papel-toalha e repleta de batatinhas, tem uma bola de queijo – uma bola de queijo das antigas, envolta em salsinha e nozes e rodeada por bolachinhas salgadas.

Aponto para ela.

– É uma ocasião especial?

– Vamos ter companhia, querida – a sra. Rose declara, enquanto o sr. Rose serve uma quarta taça de martíni. Ele decora dois drinques com cebolas em conserva e o meu com três azeitonas verdes bem gordas.

– Pensamos em convidar seu amigo – o sr. Rose acrescenta.

– Meu amigo?

Olho em volta na varanda. Não tem mais ninguém ali.

– Pedi para ele entrar para dar uma olhada na TV – a sra. Rose afirma. – Não sei o que nós fizemos. Estamos sem imagem.

– Ah, ali está ele – o sr. Rose comenta quando Will aparece à porta, com o controle remoto na mão. Ele está com um terno azul-marinho e camisa branca com o primeiro botão aberto, o cabelo penteado para trás como ontem à noite. Sinto que estou ficando sem ar.

– Olá – ele diz, lançando um olhar indecifrável na minha direção. Na verdade, mais que um olhar. Seus olhos encontram os meus e parecem ficar mais escuros, então ele pisca e entrega o controle remoto para a sra. Rose. – Tudo certo. É só apertar esse botão "input" algumas vezes.

Will mostra para ela.

– De onde você conhece os Rose?

– Nos conhecemos no verão passado. Trombei com eles de novo esta tarde.

– Sente-se, William. – O sr. Rose aponta para o espaço estreito ao meu lado, depois entrega meu drinque e o da sra. Rose. As taças estão cheias até a borda. – Como você gosta do seu martíni mesmo? – ele pergunta a Will. – Vou adivinhar. Com uma tira de casca de limão?

– Isso – Will responde, sentando-se ao meu lado.

Fico vendo o sr. Rose descascar a fruta, e de repente sinto o gosto da bala de Will na minha boca e percebo seu corpo imprensando o meu, todo músculos torneados e pele suada.

– Espero que não tenha problema eu estar aqui – Will diz, em tom baixo, enquanto o sr. Rose se acomoda em sua cadeira de balanço.

– Imagina – falo, tentando não pensar no cheiro adocicado dele, em sua coxa tocando a minha, ou no fato de os pelos dos meus braços estarem arrepiados.

Os olhos de Will ficam tão grandes quanto o drinque que o sr. Rose lhe passa, derramando um pouco na mesa. O anfitrião não nota, e Will aproveita para enxugar a bebida com um guardanapo de papel quando ele não está olhando.

Depois de tudo o que Reggie me disse, tenho quase certeza de que preciso da ajuda de Will, mas será que consigo trabalhar com ele? Tenho revirado a ideia na cabeça, como um quebra-cabeças recém-tirado da caixa.

Brindamos, e eu tomo um belo gole do martíni. De canto de olho, noto que Will está concentrado em mim, seus olhos se demorando no meu ombro.

– Você está bonita – ele comenta.

Prendo o cabelo atrás da orelha e agradeço em voz baixa.

– Também recebi o dress code – Will fala. – Nada de short nem chinelo.

– Nada tira o apetite como os pés descalços de um homem – a sra. Rose garante.

– Bem, contem para nós como vocês se conheceram – o sr. Rose pede. Meu estômago revira, e eu levo a taça aos lábios.

– Fern e eu nos conhecemos há dez anos. Eu pintei um mural no café onde ela trabalhava.

Sinto os olhos de Will em mim, mas me concentro na bola de queijo enquanto ele fala do nosso dia para os Rose.

O que ele não sabe é que o nosso tempo juntos transformou a cidade para mim. Foi como se tivéssemos deixado uma marca em todos os lugares que visitamos, e agora o Will e a Fern de 22 anos vagassem pelo centro de Toronto sem parar em minha lembrança.

– Que bom que vocês mantiveram contato esse tempo todo – a sra. Rose diz, mas nenhum de nós a corrige.

– Um mural, é? Você não parece um artista – comenta o sr. Rose, e meus olhos disparam para Will. Um estranho instinto de proteção zumbe em meu peito.

– Não sou mais artista – ele afirma, sem emoção na voz. – Nunca fui muito bom. Fern pode comprovar isso.

Os Rose olham para mim. Tenho tantos sentimentos conflitantes em relação ao homem sentado ao meu lado, porém o mais estranho deles é a necessidade de defender o Will que conheci. Ele parece separado desse Will de agora. Quem me magoou foi o Will de agora; o desenho que ainda tenho emoldurado na parede do meu quarto é do Will de antes. É o Will de antes que eu defendo.

– Achei que Will um dia fosse se tornar um ilustrador famoso. Ele era *muito* bom.

Ignoro o olhar dele, fixo no meu rosto. Sirvo para mim mesma outra dose de gin. A coxa dele empurra a minha, em um toque proposital, e eu derrubo a bebida, com as bochechas queimando.

– Na minha idade, eu deveria saber que as pessoas nem sempre são o que parecem – fala o sr. Rose. – Veja só a Fern. Olhando agora, ninguém imaginaria o trabalho que ela deu para a mãe quando era adolescente. Era uma rebelde. Até a polícia apareceu aqui uma vez. Maggie ficou fora de si. Todos os hóspedes viram.

Fico tensa. Will se ajeita ao meu lado.

– Essa nem foi a pior parte – a sra. Rose diz, sem notar meu desconforto. Quando ela está prestes a continuar, Will bate palmas alto e todos olhamos para ele.

– Já ouvi essa história – ele afirma, em um tom que deixa claro que não quer ouvir de novo.

Eu o encaro, e pela segunda vez sinto sua perna batendo contra a minha.

– E você, William? Aprontou muito quando era garoto? – o sr. Rose pergunta.

– Só o básico. Festas, cerveja, um pouco de maconha – ele diz. – Fui um garoto bem sem graça.

– Até parece – eu o contradigo. Aparentemente, sou a mais ferrenha defensora do jovem Will Baxter. Não gosto dessa versão estoica e autodepreciativa, por mais que pareça um sonho erótico. Passo uma cunha alaranjada da bola de queijo em uma bolachinha salgada, torcendo para que a conversa siga em frente, o que não acontece. Tenho três pares de olhos concentrados em mim. – Você era... único.

Sinto minhas bochechas ficando vermelhas.

Will me avalia por um segundo, e a pele em torno de seus olhos se enruga. Algo de reconfortante nesse primórdio de sorriso. Eu me pego sorrindo de volta.

– Acho que o dia que passei com Fern foi a coisa mais emocionante que me aconteceu.

Will me encara enquanto fala isso, e meu queixo cai.

– Bem, se perambular por Toronto foi a experiência mais excitante da sua juventude, espero que você tenha se metido em mais confusão depois de adulto – a sra. Rose diz, quebrando o silêncio.

– Menos ainda, o pior é isso – Will retruca, tomando um gole do martíni, com a expressão agora impenetrável. Não é exatamente triste que ele soa. Talvez um pouco melancólico? Quero saber o motivo. Quero saber por que este Will Baxter é tão diferente do *meu* Will Baxter. Ele continua sendo a pessoa mais fascinante que já conheci, mas agora é um completo mistério.

A sra. Rose ri.

– Os jovens não sabem mais como se divertir – ela aponta, então começa a contar uma história sobre Christopher Plummer, uma festa de elenco e um pedido de casamento que tenho quase certeza de que nunca aconteceu.

A conversa logo muda para as férias de Will.

– O que você vai fazer para se manter ocupado por quatro semanas inteiras? – o sr. Rose pergunta.

– Vou passar a maior parte do tempo trabalhando. Tenho um tipo de trabalho que pode ser feito de maneira remota tranquilamente. – Will olha para mim como se pedisse permissão, e eu assinto. Não me importo que os Rose saibam por que ele está aqui. – Eu ia fazer um trabalho para Maggie, ajudar com algumas ideias para o resort. – Ouvi-lo chamar minha mãe de Maggie é chocante. – Só soube do ocorrido depois de chegar.

– Como assim, você *ia*? – a sra. Rose questiona. Ela não deixa nada passar. Direciona imediatamente seu olhar de raio laser para mim. – Você precisa de toda a ajuda disponível, querida. Isso não depõe nem um pouco contra você.

Eu sei que ela tem razão. O que não sei é se consigo me controlar ao longo de um mês inteiro. Só de ficar sentada aqui já quero sair correndo. Ou pular no colo de Will.

– E aquela moça que veio com você no verão passado? – o sr. Rose pergunta, por cima dos óculos. Will tem uma namorada? Sinto um ciúme familiar tomando conta de mim. – Qual era o nome dela?

– Jessica – Will responde e olha rápido em minha direção.

Isso é bom. Isso significa que pular no colo dele definitivamente não é uma possibilidade. Isso é ótimo, digo para mim mesma, muito embora pareça quase cruel que, quando Will finalmente veio, estava com outra mulher. Tomo um longo gole da minha bebida.

– Jessica, isso. Uma mulher muito bonita. – Sinto os olhos de Will em mim enquanto o sr. Rose assovia de leve. – Nós a ensinamos a jogar cribbage – ele me diz, e abro um sorriso que imagino que deve parecer tão falso quanto é.

– Onde está Jessica? Vem depois? – a sra. Rose pergunta a Will.

– Não – ele responde, e tenho certeza de que sinto uma leve cotovelada no braço. – A gente terminou.

A noite já tinha caído quando os Rose nos mandam embora. Will e eu seguimos pelo caminho de cascalho, ouvindo a trilha sonora de cada chalé – o bater das portas de tela, o tilintar dos pratos do jantar, um rolar de dados e gritos vitoriosos. O chalé 20 é o mais distante da sede, e conforme andamos a mata fica mais densa. O caminho é ladeado por samambaias e begônias plantadas em troncos velhos. É difícil dizer, mas acho que Will está um pouco tonto. Eu sei que eu estou.

– Acho que o meu sangue é dois terços gin – ele comenta, com os olhos brilhando como não brilhavam desde que chegou.

– Essa deve ser uma estimativa conservadora.

Estou alegre. Por causa da bebida, claro. E outras coisas mais. Ter pedido demissão, a linda noite de verão, a sensação de recuperar algum controle depois que minha mãe morreu.

Culpo os martínis quando estico a mão e toco o braço dele.

– Ei, Will?

Ele para de andar.

– Obrigada por ter mudado de assunto. Aquela não é a minha história preferida.

– Eu sei.

Ficamos olhando um para o outro. O rosto de Will está na sombra do poste de iluminação.

– Você estava falando sério? Quando disse que aquele dia foi a coisa mais emocionante que já te aconteceu?

– Estava. Não vou muito mais ao centro, mas quando estou lá sempre penso naquele dia.

Eu pisco.

– Você mora em Toronto?

Não sei por que não pensei nisso antes.

– Moro – ele diz, devagar.

– Há quanto tempo? – pergunto, com o coração acelerando.

Will olha para as árvores. Não quer responder.

– Fala logo.

– Bastante tempo.

Mantenho os olhos fixos nele. Essa resposta não serve.

– Quase dez anos – Will afirma, com a voz baixa.

Assinto uma vez, mais para me certificar de que minha cabeça continua presa ao pescoço. Não achei que o grande fora de Fern Brookbanks pudesse ser ainda pior.

– Nossa.

– Fern – Will começa, e eu sacudo as mãos enquanto a mágoa e a decepção sobem pela minha garganta.

– Não.

– Fern.

– Tenho que ir. Estou bêbada. E você... – Olho para ele. – É alto demais.

Deixo Will ali, no caminho, em meio aos pinheiros e álamos.

O sonho começa do mesmo jeito naquela noite. Sinto o cheiro das panquecas antes mesmo de descer, mas quando entro na cozinha é Will quem está no fogão, não minha mãe. Ele usa um terno azul-escuro e está de costas para mim. Seu cabelo passa das orelhas, como aos 22 anos, e quando ele olha por cima do ombro seu rosto se abre no sorriso mais lindo que já vi. Eu o puxo para a mesa e tiro seu paletó devagar. Seu sorriso se torna lupino, seus olhos ficam vorazes. Vou mais devagar ao desabotoar sua camisa, matando-o de vontade, então finco os dentes na pele sobre seu coração enquanto as panquecas queimam.

8

14 DE JUNHO, DEZ ANOS ANTES

Will e eu estávamos na entrada de uma rua estreita, com duas paredes de tijolos multicoloridos se estendendo à nossa frente. O Graffiti Alley era o ponto de concentração mais famoso de arte de rua legalizada.

– Você já veio aqui? – ele me perguntou.

– Não. – Eu já tinha ouvido falar do lugar, mas não sabia exatamente onde ficava. – Na semana de recepção aos calouros, eles ensinam basicamente a não tirar os olhos da bebida, não se aproximar dos guaxinins e não entrar em becos, mesmo se forem lindos assim.

– Você acha lindo?

Assenti e olhei para as letras laranja-vivo ao nosso lado. Enfiei a mão na sacola e tirei meu porta-moedas do Ziggy Stardust, balançando-o no ar.

– E eu sei o que deixaria ainda mais lindo.

Will sorriu.

– Ah, é?

Seguimos adiante no beco, deixando para trás os dois prédios entre os quais nos encontrávamos. Mesmo na sombra, fazia calor. Tudo à nossa volta estava coberto de tinta spray – os muros, as grades, as portas das garagens, as lixeiras. Havia um banco de madeira frágil que parecia ter sido feito de palitos de picolé gigantes, cobertos de redemoinhos azuis e amarelos. E com uma crosta de cocô de pássaro, de modo que preferimos nos acomodar em um canto perto da lixeira. Acendi o baseado e dei uma bela tragada antes de passá-lo para Will. Ele também deu uma tragada profunda, com os olhos semicerrados, a mão envolvendo a parte de cima do baseado, e fiquei achando que era a coisa mais sexy que eu já tinha testemunhado.

– O que tem de tão bom em Toronto? – Will perguntou quando parou para respirar.

– Como assim?

Dei um tapa e devolvi o baseado.

– Tenho a impressão de que você não está exatamente feliz de ir embora.

Apoiei a cabeça na parede e olhei para a passarela de céu azul acima do beco. Já dava para sentir a maconha entrando na minha corrente sanguínea, me relaxando. O barato vinha fácil para mim. Dei uma olhada em Will enquanto ele tragava, então voltei a me concentrar no céu, pensando em sua pergunta. Eu gostava de muita coisa da vida em Toronto, porém uma se destacava.

– Em casa, todo mundo sabe tudo sobre mim – falei, inclinando a cabeça para Will. – Na cidade eu posso desaparecer.

Ele voltou os olhos para mim, e eu senti a pele tensa.

– Não consigo acreditar nisso.

Dei um último tapa e apaguei o baseado na parede.

– Tem uma liberdade ligada à ideia de morar na cidade. Aqui eu não sou ninguém.

– E isso é bom?

Começamos a andar devagar, com o sol em nossos olhos.

– É, sim. Em casa eu sou Fern Brookbanks.

Will sorriu.

– Você não é Fern Brookbanks aqui também?

– Sou, mas isso não significa nada. Em casa eu sou a filha de Margaret Brookbanks.

A menina do resort. Que só aprontava. Até entrar nos trilhos e ir fazer administração.

– Talvez eu esteja dando a impressão de que sou importante, mas não sou. É mais como se quem eu sou já estivesse determinado. Lugares pequenos meio que são assim, e o resort é um pequeno império.

– Entendi. Você é a princesa Fern.

– Rá! – Levei a mão à testa para proteger os olhos do sol. – Passei por uma...

Minha frase morreu no ar. Fazia anos que eu não falava com ninguém além de Jamie – nem mesmo Whitney – sobre o que havia acontecido quando eu estava no ensino médio.

Depois de ler o diário da minha mãe, eu a havia chamado das piores coisas possíveis e cheguei a jogá-lo nela. Então passei meses descontando minha raiva de maneira totalmente irresponsável, até finalmente ir parar no hospital. Uma imagem da minha mãe sentada ao lado da maca, com o rosto vermelho de tanto chorar, me veio à cabeça. Fechei os olhos com força, querendo afastá-la. As coisas estavam muito melhores agora.

– Você está bem? – Will perguntou.

– Estou. Só perdi a linha de raciocínio.

– Você estava contando que passou por alguma coisa.

– Passei por uma fase meio rebelde quando era mais nova, e nada disso ficou em segredo. Não tenho privacidade lá. Eu sei que morar em um resort parece incrível, e às vezes era mesmo. Mas imagina como é ser parado para desentupir uma privada ou explicar onde fica a quadra de tênis toda vez que sai de casa. Tem hóspedes por toda parte.

Eu estava desabafando agora, gesticulando enquanto passava pela minha lista de queixas.

– Quando você é filha da dona, também é uma funcionária, gostando ou não. Trabalhei lá todos os verões desde os catorze anos, além de pegar turnos durante o ano letivo. Com dez anos eu já tinha que fazer o meu jantar, porque a minha mãe quase nunca estava em casa. Bom, teoricamente o resort era a nossa casa, mas ela trabalhava tanto que nunca ficava na nossa casa de verdade.

Notei o tom da minha própria voz e puxei a bainha da blusa de Will.

– Desculpa. Estou parecendo uma adolescente reclamona. Achei que tivesse passado dessa fase.

– Não precisa se segurar – Will disse. – É a primeira vez no dia que você fala tanto assim. – Ele se virou para me encarar e começou a andar de costas, com os braços abertos. – Me conta tudo sobre Fern, a adolescente sofrida.

Empurrei o ombro dele.

– Nem tudo era ruim. O lago é incrível. E quem gosta de ficar ao ar livre tem um monte de coisa pra fazer, com as canoas, os caiaques, as trilhas. A sede foi construída há mais de cem anos, por isso o lugar parece saído de outra era, o que é bem legal.

– Eu adoraria ver – Will afirmou. – Nunca estive em um lugar assim. Já fiquei em cabanas de amigos, mas quando a minha família viajava em geral saía de Ontário.

Fiz uma careta. Antes me irritava quando minha mãe reclamava que as pessoas não valorizavam a própria província. Então me mudei para Toronto e conheci muita gente como Will, que tinha a oportunidade de viajar e ia para longe, deixando de lado a oportunidade de explorar a região.

O beco havia se aberto em um estacionamento pequeno, banhado pelo sol. Dava para ver o calor subindo do asfalto. Will apoiou a mochila no chão para tirar o cardigã.

– Eu só tive essa experiência de ficar ao ar livre de verdade quando mudei para o Oeste. A beleza natural da Colúmbia Britânica é absurda – ele disse, dobrando a blusa e guardando-a na mochila. Enxuguei o suor da nuca, sem conseguir desviar os olhos. – Na primeira vez que fui de bicicleta ao Stanley Park, pedalei ao longo de todo o paredão rindo em voz alta. Não conseguia acreditar em todos aqueles tons diferentes de verde. Ainda não me acostumei com aquilo.

Murmurei alguma coisa para indicar que estava prestando atenção, mas na verdade estava focada era no corpo de Will. Antes estava totalmente coberto, só que agora eu via pele. Pele que se esticava sobre os músculos magros e entrava pela manga da camiseta. Pintas e veias e cotovelos e rugas.

Will fechou a mochila e a colocou sobre um dos ombros. Ela enroscou na barra da camiseta, deixando uma parte do quadril à mostra.

O baseado havia sido uma ideia ruim. Eu deveria imaginar. A maconha me fazia sentir como cera de vela derretida, quente e fluida. Meus dedos já estavam começando a formigar.

Antes de Jamie, eu só havia transado duas vezes, com caras diferentes. Nenhuma dessas experiências tinha sido boa. Eu havia dito a Jamie que queria ir devagar, por isso esperamos até nosso segundo verão juntos, então passamos de maio a agosto com as mãos um no outro, dando rapidinhas entre os turnos de trabalho, ficando de pegação na cama dele, se entreolhando e correndo para o meu quarto. Mais de uma vez, penduramos uma placa de VOLTAMOS EM 5 MINUTOS na porta da garagem de barcos. O sexo com Jamie era divertido e bobo, e depois que entendemos um ao outro ficou muito melhor do que eu achava que era possível.

Ir para a universidade em setembro, depois de quatro meses de sexo ininterrupto, era como ter água fresca negada depois de morar ao lado de uma fonte alpina. Ele sugeriu sexo pelo telefone. Da primeira vez eu deitei na cama e fiquei olhando para a rachadura no teto do apartamento, tentando não rir. Jamie mergulhou de cabeça na linguagem obscena, o que não chegou a me surpreender. Pedi desculpas várias vezes, e ele só me dizia para relaxar. Uma hora eu acabei relaxando, mas não o bastante para gozar.

– Tenho uma ideia – Jamie disse depois de ter gozado.

Muito embora baseados fossem tão comuns quanto cigarros na noite de Toronto, eu vinha sendo cautelosa. Era uma nova Fern – alguém que fazia boas escolhas. Mas Jamie me garantiu que um pouco de maconha não me faria perder o controle e me colocou em contato com um fornecedor no centro. Antes de tentarmos de novo, fumei um. Com a maconha, eu conseguia dizer palavras como "lamber" e "molhada" com propriedade, e minhas partes íntimas ficavam parecendo mel quente. Viramos adeptos do sexo por telefone.

Will passou uma mão pelo cabelo, e eu acompanhei o movimento como se acontecesse em câmera lenta. Ele tinha uma mancha de tinta na parte interna do braço direito, e uma linha preta ao lado. O desejo me atingiu com tudo. Jamie me fazia sentir bem, mas eu nunca tinha sentido tanto desejo de uma vez só.

Will me olhou com uma cara engraçada.

– Que foi?

Engoli em seco. Minha língua parecia veludo.

– Tem uma mancha de tinta no seu braço.

Ele virou o cotovelo, revelando mais de sua tatuagem.

– Tem mesmo. Deve ter atravessado o macacão.

O formigamento se espalhava pelo meu corpo, se transformando em uma pulsação lenta. Will voltou a olhar para mim, percebendo que eu estava encarando.

– É uma árvore? – perguntei, apontando para a tatuagem. (Que era claramente de uma árvore.)

– É. – Ele subiu a manga. Uma conífera alta e fina crescia do cotovelo até a axila na parte interna do braço. – Já tem uns anos. Acho que ficou meio clichê.

– Como assim?

Will abriu um sorriso preguiçoso, que me fez perceber que ele também estava sentindo o efeito da maconha.

– Bom, eu estudei na Emily Carr.

– Fiquei sabendo.

– É uma escola de artes – ele prosseguiu. – Emily Carr, que Deus a tenha, foi uma das pintoras mais importantes deste país.

Dei risada.

– Fala mais, Dalí.

– A árvore solitária era um motivo recorrente no trabalho dela, por isso é quase como se eu tivesse tatuado o logo da instituição. Mas tem uma coisa muito majestosa nas coníferas. É disso que eu mais gosto em Vancouver, o choque da natureza com a cidade.

Eu me inclinei para ver mais de perto. A maioria das tatuagens com que havia tido contato era do tipo que as pessoas escolhiam em uma pasta, mas a de Will era única. Tinha sido obviamente feita só para ele – a sombra era muito delicada.

– Bom, é um clichê bem bonito – elogiei, olhando para Will e constatando que ele estava olhando para mim. Ficamos nos encarando pelo que deve ter sido um segundo, mas pareceram minutos, até que o som de uma sirene nos assustou.

– Então você prefere as minhas ilustrações aos meus murais – Will rebateu, abaixando a manga.

– Foi você que desenhou?

Tirei uma garrafa de água da sacola, bebi metade e ofereci o restante a ele. Will inclinou a cabeça para trás e fechou os olhos para o sol, sua garganta se movendo enquanto ele engolia. Uma gota de água escorreu do canto de sua boca. Eu mantinha os olhos fixos no caminho que percorria pelo seu queixo, como um leopardo, quando senti o celular vibrar.

Franzi a testa para a tela. Jamie só ligava quando a gente combinava de "se falar".

– Desculpa, vou ter que atender – eu disse a Will, me afastando um pouco. – Oi – falei para Jamie. – Está tudo bem?

Uma risada soou do outro lado da linha.

– Claro que sim. Estou indo levar uma molecada em um passeio de canoa pelo Smoke. – Jamie baixou a voz. – Estou com saudade, Fernie. Queria ouvir a sua voz um segundo. Já faz um tempo.

Um buraco se abriu no meu estômago.

– Eu sei. Estava complicado com a Whitney aqui – declarei, embora nós dois soubéssemos que fazia mais tempo. Tínhamos falado apenas algumas vezes desde que minhas aulas haviam terminado, e as ligações iam pouco além do sexo. Eu não podia deixar que Jamie soubesse quão infeliz estava por ter que voltar para casa, o que me deixava ainda mais infeliz. Não importava o que eu dissesse, a mensagem nas entrelinhas seria: *Oi, lindo, não quero voltar para casa, mesmo que isso signifique passar o verão com você. Não leva pro pessoal! É que a ideia de trabalhar no resort pelo resto da vida me parece abominável. E eu acho meio estranho que você curta mais do que eu o negócio da minha família.*

Eu sabia que o que eu realmente queria acabaria com nosso relacionamento. Como odiava esconder qualquer coisa de Jamie, tinha passado a evitá-lo.

– Whit me disse que você estava meio estranha – Jamie comentou.

Aquilo doeu. Eu achava que tinha feito um ótimo trabalho parecendo normal.

– Ah, é?

– Por mensagem. Você mesma disse que a visita foi esquisita.

Olhei para Will. Ele estava digitando alguma coisa no celular.

– É, foi mesmo. Eu sinto que às vezes ela não me entende, sabe? Whit acha que eu vou voltar pra casa e tudo vai ser como quando a gente tinha doze anos, mas nós somos pessoas diferentes agora. – Whitney nunca queria falar sobre o que havia acontecido no ensino médio. Fingia que não havíamos brigado feio, que nosso distanciamento não tinha se iniciado anos antes, quando ela começou a namorar Cam. – Parece que ela não confia em mim.

Eu tinha visto a maneira como ela ficou olhando quando pedi o segundo drinque no bar na noite anterior, embora não houvesse motivo para preocupação. Eu raramente tomava mais de dois agora.

– Você está pensando demais, Fernie. Dá um descanso pro seu cérebro. Quando voltar pra cá você vai ver. Não tem com que se preocupar. Vocês vão ser amigas pelo resto da vida.

– Espero que sim – falei, com um suspiro.

Will guardou o celular e foi até um cardume de peixes pintado na lateral de um predinho de três andares.

– Tenho que ir – Jamie disse. – Te amo.

– Também te amo.

Fiquei observando Will de uma distância segura. Ele estava de costas para mim, descansando as mãos na cabeça.

Quatro anos tinham se passado sem que eu me interessasse por ninguém além de Jamie. Eu havia até flertado e dançado com alguns caras, mas deixar que me pagassem uma bebida era o limite. E tinha aguentado as provocações constantes quanto a estar em um relacionamento a distância com alguém que conhecia desde pequena.

– Você nunca vai ser mais bonita que agora – Ayla tinha dito uma vez. Havíamos nos conhecido na aula de macroeconomia do primeiro ano, e ela era minha amiga mais próxima na cidade. – Está desperdiçando seus anos de ouro.

Então ela conhecera Jamie, que a conquistara trinta minutos depois de sugerir irmos a um karaokê naquela noite. Quando ele incorporou a Alanis (impressionando com "You Oughta Know"), ela entregou os pontos. A noite terminara com Ayla nos arrastando para seu apartamento e os dois cantando músicas da Nelly Furtado cuja letra nem um nem outro lembrava.

Jamie estava entremeado em cada aspecto da minha vida. Eu achava que queria que fosse assim para sempre.

– Está tudo bem? – Will me perguntou quando me aproximei.

– Tudo. Era só um amigo.

Fiquei olhando para o perfil dele por um longo tempo. Estava chapada e não tinha nenhuma vergonha. O que tinha era uma teoria. Permiti que meus olhos traçassem a linha dura de suas bochechas e seu maxilar. Examinei seus braços e seu tronco. Quando voltei ao pescoço dele, vi que estava rosa. A sensação formigante que Will me provocava era apenas física. Eu tinha certeza.

– Como é a Fred? – perguntei.

Ele franziu o nariz.

– Fred?

– É. – Segui pelo beco. Tínhamos mais para ver. – Toquei num tema delicado?

– Não – Will disse, me seguindo. – Claro que não. Fred... – Ele fez uma pausa. – Fred é bem única. Não tem ninguém como ela. – Will deu risada. – Fred faz questão de que seja assim. Se todo mundo entrasse pela porta da frente, ela iria procurar uma entrada lateral. Faz tudo do jeito dela.

Baixei um pouco a cabeça para poder revirar os olhos.

Will me contou tudo sobre Fred. Havia uma tapeçaria sua exposta em uma galeria em Gastown. Chamava-se *Maldição* e entrelaçava a dor, o poder e a fecundidade da menstruação. Fred havia se comprometido a usar apenas roupas vermelhas enquanto trabalhava na obra, em seu último ano de faculdade. Ela tinha ideias insondáveis. Por exemplo, propôs o tema "fracasso" para a edição de formatura do boletim informativo da faculdade e ajudou a rastrear ex-alunos para que confessassem seus maiores reveses.

Fred parece se levar muito a sério, pensei.

– Ela parece divertida – foi o que eu disse. – Há quanto tempo vocês estão juntos?

– Uns cinco meses.

Só isso? As palavras quase me escaparam.

– O que foi? – Will perguntou.

– Nada.

– Não, fala. Você está com aquela cara.

– Estou nada.

– Está, sim. – Ele apontou para minha boca e ambos paramos de falar. – Uma cara um tantinho estranha.

– Bom, agora eu estou, mas só porque você disse "um tantinho".

– Você não estava julgando a duração do meu relacionamento?

Levo a mão ao peito.

– Não, de jeito nenhum.

Eu não me orgulhava de ter ciúme de Fred, mas e daí se estivesse julgando? Will era muito gato. Só isso. Não havia mais nada rolando.

Will se curvou um pouco para me encarar, seus olhos brilhando.

– Mentirosa.

9

AGORA

– Como assim você não procurou o cara no Google? – Whitney pergunta, sacudindo uma fralda no ar.

Eu a convenci a me deixar cuidar de Owen enquanto ela e Cam saem. Os dois vão jantar no restaurante do resort, e a ideia é deixarem o bebê em casa comigo enquanto aproveitam um tempo a sós, mas ainda não consegui fazê-los ir embora.

Eles montaram o berço portátil de Owen, explicaram o esquema da mamadeira, me fizeram uma descrição detalhada da assadura dele e me entregaram uma lista de dúvidas mais frequentes relacionadas ao bebê. Whitney procurou ser engraçadinha, escrevendo coisas como "Ah, merda, ele fez cocô! E agora?", mas ainda assim beira o ofensivo. E não tem nada a ver com Whitney.

Olho para ela de joelhos, debruçada sobre Owen, que se contorce sem fralda no sofá. Whitney está com um vestido transpassado magenta com uma faixa discreta para facilitar a amamentação. Seus seios estão enormes. Tem uma leve camada de suor logo abaixo da linha do cabelo, e ela tem reclamado dos fios curtos e finos perto das têmporas. Aparentemente a pessoa perde o cabelo depois de ter um bebê, e quando volta a crescer é assim. A maternidade está mudando Whitney de maneiras que eu nem havia notado, e provavelmente de maneiras que nem ela notou.

– Você sabe que eu não gosto de stalkear as pessoas na internet – digo, procurando lenços umedecidos na bolsa com as coisas do bebê. Nunca troquei uma fralda, mas não pode ser tão difícil. – Deixa que eu faço isso, Whit. Vocês fizeram reserva e vão se atrasar.

– Nem tenta mudar de assunto – Whitney diz, olhando para o pacote nas minhas mãos. – Não precisa usar lencinho quando for só um pouco de xixi.

Ela termina de colocar a fralda, se levanta e pega Owen com a agilidade e eficiência de alguém que já fez isso centenas de vezes, o que ela fez mesmo. Whitney agora é mãe. Eu já sabia disso, mas não como sei agora, neste momento. Não moramos na mesma cidade desde o ensino médio. Perdemos muita coisa ao longo do caminho para a vida adulta.

– Então você nunca procurou? – ela questiona. – Nem na época?

– Não.

É uma mentira descarada.

– Você vai entregar o futuro do resort a esse cara e nem pesquisou se ele tem uma consultoria decente?

Ela olha para Cam, procurando ajuda, mas ele se limita a levantar um de seus ombros largos. É alguns bons centímetros mais alto que Whitney e tem braços dignos de um calendário dos bombeiros.

Os dois não desgrudam desde os quinze anos. Cam era um bobalhão no ensino fundamental, mas o verão entre o nono ano e o primeiro do ensino médio foi generoso com ele. Não pude deixar de notar o modo como Whitney o encarava quando as aulas recomeçaram no outono. De repente, Cam tinha sua paixão antiga bem onde queria, e eu me lembro de quando ele a convidou para o baile de inverno, com o queixo erguido, como se a desafiasse. Whitney não resistia a um desafio.

Agora Cam trabalha como orientador na escola onde estudamos, e é um cara tão ponta firme e bonzinho que aposto que se sai muito bem. Quanto a Whitney, eu sei que é ótima no trabalho dela. É sem dúvida a técnica em saúde bucal mais apaixonada do mundo.

– Não combinei nada com ele, e talvez tenha feito uma pesquisa rápida há alguns anos. Mas só isso.

Cometi o erro de pesquisar Will no Google ontem, no entanto não o vejo em carne e osso desde o happy hour de domingo. Isso foi há três dias, e eu o tenho evitado desde então. Estou até um pouco surpresa que ele não tenha feito as malas e ido embora.

Passei a maior parte desse tempo com Jamie, me atualizando. Cheguei inclusive a passar no restaurante. Pude sentir olhos em mim assim que entrei e quis desaparecer, mas consegui. Ficou claro o quanto Jamie vem me protegendo enquanto eu atravesso a névoa escura do luto.

Agora, quando acordo no meio da noite, vou na ponta dos pés até a janela do quarto e olho para o brilho suave do chalé 20. Não sou a única a sofrer de insônia por aqui. Fico olhando para o quadrado de luz em meio às árvores e me pergunto como eu poderia sobreviver a uma hora que fosse trabalhando ao lado de Will. Porque, quanto mais descubro sobre o resort, mais não posso negar que preciso da ajuda de Will.

Whitney passa o bebê para Cam, que começa imediatamente a balançá-lo e a fazer caretas. Desde que Owen começou a rir, os pais parecem obcecados em arrancar risadinhas dele. Owen é um bebê lindo, com a pele escura de Cam e os olhos grandes de Whitney.

Ela revira a bolsa, encontra o celular e toca na tela algumas vezes.

– É ele?

Whitney segura o aparelho diante do meu rosto. É uma foto de Will, com o cabelo penteado para trás, de terno e gravata. Já estudei cada pixel dessa imagem. Os cílios grossos, os olhos entre castanhos e pretos, a curva do lábio superior, o maxilar definido, o nariz comprido. Ele é bonito de um jeito irritante.

– Imagino que sim, pelo tamanho das suas pupilas – Whitney diz.

Ela mostra a foto para Cam, que dá uma olhada rápida a princípio, depois volta a olhar com mais atenção, chegando tão perto que os óculos quase tocam a tela.

– Cacete – ele fala. – Mandou bem, Baby.

– Cam, pelo amor de Deus, não me chama assim – peço. – E como assim "mandou bem"?

– Você pegou esse cara, não pegou?

– Não – Whitney e eu respondemos juntas.

Cam franze a testa.

– Espera, você não está dormindo com ele? Então por que nós estamos falando desse cara mesmo?

– Porque ele fez a Baby se apaixonar, depois magoou ela. Se liga, Camden.

– Ah, esse é o cara que fez você dar um pé na bunda do Jamie? – Cam pergunta.

– Eu não dei um pé na bunda do Jamie – retruco. Odeio que os dois pensem que o término foi culpa minha. Quando Jamie e eu namorávamos, nós quatro passávamos bastante tempo juntos no verão, e Cam e ele mantiveram contato. Agora são bons amigos.

– Teoricamente, não – Cam diz. – Mas você forçou a barra.

Olho feio para Cam, enquanto Whitney começa a ler o site.

– "William Baxter é sócio da Baxter-Lee." Blá-blá-blá, que chatice... "É especializado em marketing e branding estratégico e foi eleito um dos novos visionários mais inspiradores de 2019 pela revista *Canadian Business*. William é formado em belas-artes pela Universidade Emily Carr e fez MBA na Escola de Administração Rotman."

Whitney arregala os olhos à medida que rola a página. Era disso que eu tinha medo.

– Acho que o cara pode ser meio socialite – ela comenta. – Tem um monte de fotos dele em festas e tapetes vermelhos.

Whitney volta a se concentrar na tela com o mesmo olhar determinado de quando brincávamos de Hóspede Misterioso.

– Me dá isso – digo, pegando o celular. Pretendo desligá-lo e passar para Cam guardar, porém meus olhos se demoram na foto que preenche a tela. Já a vi também. É Will, de smoking, abraçando uma mulher com um vestido esmeralda de festa. Ela é absurdamente linda. Seu cabelo, tão escuro quanto o dele, cai em ondas suaves e moldadas com calor, que passam dos ombros. Enquanto Will olha sério para a câmera, ela sorri, revelando dentes superbrancos e supercertinhos, e o tipo de lábio rosado que a palavra "voluptuoso" parece ter sido inventada para descrever.

– Ela aparece em muitas – Whitney afirma. – Jessica Rashad. Uma das legendas diz que ela é colecionadora de arte e filantropa. Talvez isso só queira dizer que é rica. – Seus olhos se arregalam ainda mais e se iluminam como faróis de neblina. – Vamos procurar ela também!

– Não. Estou parando oficialmente com isso – digo, tentando agir como se não me importasse com o fato de a ex de Will ser tão bonita quanto a esposa de um dos Jonas Brothers. – É hora de vocês dois deixarem o bebê comigo e se mandarem daqui.

Só para garantir, passo o celular para Cam e tiro Owen dos braços dele. Cam e Whitney olham um para o outro, com uma careta de preocupação.

– É sério, vamos ficar bem. – Dou uma batidinha no nariz de Owen e ele me abre um sorriso que é só gengivas. Ergo as sobrancelhas para Whitney, em um "não falei?" silencioso. – E não precisam correr. Tomem um drinque. Peçam sobremesa – digo, embora aposte que vão voltar em uma hora.

Eles enchem a cabeça de Owen de beijinhos e finalmente se despedem. Da varanda, fico vendo os dois se afastarem, segurando o bracinho gordo do bebê e acenando.

Depois de meros quinze minutos, Owen começa a gritar.

Já fiz de tudo. Troquei a fralda suja. Tentei dar mamadeira. Balancei-o no meu joelho. Fiz caretas engraçadas. Cantei musiquinhas. Mas o menino não para de chorar. Fico preocupada que ele acabe vomitando. Estou sem calça, porque derrubei leite em nós dois.

– Owen, meu bem, por favor, por favor, por favor, para de chorar – imploro enquanto passeio com ele pela sala de estar, prestes a chorar também.

Eu não tinha o costume de chorar, mas é como se alguém tivesse instalado uma torneira aberta atrás das minhas pálpebras depois que minha mãe morreu.

Alguma coisa fundamental mudou entre nós quando contei para minha mãe que não queria entrar de vez no negócio da família. Eu me senti culpada, mas também livre. Minha mãe não conseguia entender por que eu queria sobreviver com um salário medíocre em Toronto se podia voltar para casa e ganhar muito mais. Nós nos falávamos por telefone todo domingo, mas com frequência passávamos a ligação toda discutindo. Quando me tornei gerente da Filtr, há seis anos, pensei que ela tivesse se conformado com minha vida na cidade. Paramos de brigar. Ela me visitou, me levou para almoçar e ficou impressionada ao ver como o café era movimentado.

Quando Philippe e eu começamos a sair, deu para notar que ela não confiava nele.

– Philippe parece muito seguro de si – ela disse. A descrição era precisa, mas eu achava que ele tinha motivos para ser seguro: seu negócio bem-sucedido, seu tanquinho visível, um apartamento fantástico num espaço que antes abrigava uma igreja. Ela pediu que eu tivesse cuidado.

Eu o flagrei com a designer de chapéus em um domingo. Tínhamos passado a tarde no escritório, revendo os planos de reforma do espaço onde ficaria nossa terceira unidade. Embora eu dormisse com frequência na casa dele, Philippe me disse que precisava das noites de domingo para si – para um "cuidado restaurativo", em suas palavras. Por mim tudo bem. Eu tinha minha rotina. Ia ao mercado, depois falava ao telefone com minha mãe. Naquele dia, percebi que havia esquecido o celular assim que subi no bonde. Dizer que fiquei surpresa ao encontrar Philippe apalpando alguém na minha mesa é pouco. Eu ainda estava em choque quando minha mãe ligou, e contei tudo – foi o máximo que revelei a ela sobre minha vida amorosa.

Minha mãe apareceu no meu apartamento no dia seguinte, com uma malinha que eu nem sabia que ela tinha e um pão feito pelo Peter. Passou três noites comigo, mais do que havíamos ficado juntas em anos, tirando o Natal. Não fez perguntas. Não me pressionou para saber se eu fazia ideia de que Philippe estava me traindo. Desconfiei que minha mãe estivesse se preparando para me pedir para voltar para casa, para trabalhar no resort. Mas ela não fez isso. Vimos muita Netflix e comemos muito pão. Quando minha mãe se despediu com um abraço, eu não queria que ela fosse embora. Quando eu lhe disse que ia ficar com saudade, senti algo mudar outra vez, a tensão se abrandar. Naquele momento, estávamos mais próximas do que antes.

Minha mãe morreu dois anos depois.

Parece que eu a perdi bem quando estávamos começando a encontrar uma à outra. Fiquei de luto pelas lembranças que tinha dela. A maneira como entrava no meu quarto para me dar um beijo de boa-noite quando voltava da sede, pensando que eu já estava dormindo, quando na verdade a aguardava. As manhãs frias de outono, quando as coisas ficavam um pouco mais calmas e ela me acordava cedo para nos sentarmos juntas à beira da água, enquanto ela tomava seu café. O fato de me apresentar como "minha Fern". Suas panquecas. Ela era inflexível quanto a fazê-las com leitelho, embora nunca tivéssemos leitelho em casa. Por isso, misturava sumo de limão ao leite, para que azedasse. Mas também fiquei de luto pelo futuro que nunca teremos, o relacionamento que estávamos começando a solidificar.

Fiquei tão cansada de chorar – dos olhos ardendo, do nariz entupido, da sensação de que nunca conseguiria parar – que me esforcei para não derramar mais lágrimas algumas semanas depois do funeral. Tive alguns deslizes, mas agora, tentando acalmar um bebê de cinco meses inconsolável, sofro uma recaída. Uma recaída feia.

A batida é quase imperceptível com a cacofonia de Owen. Quando paro de fazer "shhh", eu a ouço de novo. Whitney e Cam devem ter voltado mais cedo. Fico tão aliviada que nem me importo de ser um fracasso completo como babá.

Mas não é Whitney e Cam que vejo quando abro a porta.

É Will.

Não sei dizer o que exatamente nele dá pane no meu cérebro. A calça jeans e a camiseta cinza estonada. Sua altura. O fato de ele estar aqui. Se tivesse que escolher, eu arriscaria que é o cabelo. Está mais curto agora, mas vê-lo assim, bagunçado, caindo em uma faixa preta sobre a testa, me faz sentir com 22 anos outra vez.

– Eu vim para o ritual de sacrifício infantil. Era às oito, né? – Will diz enquanto pisco para ele e Owen se sacode vigorosamente no meu colo.

Imagino o que Will está vendo: nós dois de olhos inchados e com o rosto impregnado de lágrimas. Owen só de fralda. Meu nariz escorrendo. Estou sem sutiã e sem calça, e minha regatinha cinza está salpicada do leite da minha melhor amiga.

– Você ouviu o choro? – pergunto, tentando soar como se estivesse de calça e não totalmente surtada. Fico grata que Will mantenha os olhos no meu rosto.

– Acho que dava pra ouvir do Alasca.

– Desculpa. – Procuro falar mais alto que a pirotecnia vocal de Owen. – Vou fechar as janelas.

– Na verdade eu vim ver se posso ajudar – Will fala.

– Com o bebê?

A julgar pela descrença em minha voz, eu poderia muito bem estar perguntando: *Com o sacrifício infantil?*

– É. Eu entendo um pouquinho de bebês.

A melhor coisa a fazer nessa situação seria mentir, dizer a Will que tenho tudo sob controle e pedir educadamente que vá embora.

– Então... – Will diz. – Posso entrar?

Mas a realidade é que Owen está descontrolado há pelo menos vinte minutos, e eu estou desesperada, por isso mantenho a porta aberta com o quadril.

Assim que Will entra, sei que cometi um erro. Ele fica na minha frente no corredor, e de repente há demais dele perto demais de mim. Quando Will se inclina na direção de Owen, vejo as leves sardas no alto de suas bochechas e sinto o cheiro de açúcar queimado que sempre traz consigo. Inúmeras vezes imaginei finais alternativos para o dia que passamos juntos, o que é vergonhoso, mas nada me leva tão depressa ao nosso passado quanto ter Will Baxter na minha casa. Sou atingida na mesma medida pela humilhação e pelo desejo.

Will leva a mão ao meu cotovelo.

– Por que você não me deixa pegar... – Will começa a falar, então espera.

– Owen.

Will aperta o pé de Owen.

– Por que você não me deixa pegar o Owen e vai se vestir?

Ele olha para mim, e o brilho travesso em seus olhos quase me faz arfar. É o primeiro vislumbre que tenho do antigo Will.

– A menos que vocês dois tenham entrado em um acordo e ninguém possa usar calça aqui.

– Derramei leite – sussurro. – Em nós dois.

– Não vou contar pra ninguém – Will garante.

Passo Owen para os braços de Will, que o deita em seu ombro em um movimento fácil.

– A sala fica à esquerda – digo. De jeito nenhum que vou acompanhá-lo até lá. Tem SEGUNDA escrito na parte de trás da minha calcinha, debaixo de um desenhinho infantil. Fora que hoje é quarta-feira.

Lá em cima, jogo água fria no rosto. Ainda bem que não estou de maquiagem e minhas bochechas não ficaram manchadas de rímel. Passo uma escova no cabelo, retoco o desodorante e coloco sutiã, uma regata limpa e um short jeans, então dou uma olhada no espelho.

Quando desço, Will está cantando para Owen, que está aninhado em seus braços, olhando para ele em silêncio. Fico observando do pé da escada. Will vestiu um macacão turquesa em Owen e agora percebo que está cantando "Closing Time", a música que encerrava todos os bailes a que fui no ensino fundamental. Quando ele termina, aproxima Owen de seu rosto, e o pequeno terrorista ri.

93

– O poder inegável do Semisonic. Infalível com meninas do sétimo ano e bebês – digo, me aproximando. Will vira para mim e me olha, observando minha roupa.

– Que foi?

Ele balança a cabeça.

– Beijei Catherine Reyes dançando essa música.

Dou risada, ainda que não queira.

– Beijei Justin Tremblay. – Acaricio a cabecinha de Owen. – Como você conseguiu domar a fera? Nada estava funcionando comigo. – Olho para Will, e seus olhos estão tão calorosos que recuo um passo. Então me dou conta. – Ah, você tem um?

– Um filho? Não – ele responde, sobressaltado.

– Não quer ter?

– Não. – Will pensa por um momento. – Não sei. E você?

– Tenho cinco – digo, sem emoção na voz. – Owen é o mais novo.

Sou recompensada com um minissorriso. Will olha para o bebê.

– Vi você se despedindo de um casal que imagino que sejam os pais dele.

– Minha melhor amiga, Whitney, e o marido. – Procuro em seu rosto sinais de que ele se lembra do nome, mas não encontro nenhum. – É a primeira vez que eu fico de babá. O que deve estar claro.

Owen solta um gritinho que parece cronometrado e enfia o punho na boca.

– Você conseguiu dar leite? – Will quer saber, ajeitando o tronco para se adequar a Owen. – Acho que ele está com fome.

– Tentei, mas ele não parava de chorar. Não tomou nada. Podemos tentar outra vez.

Esquento o leite na cozinha, e quando volto os dois estão aconchegados na poltrona, Owen já com um babador de pano. Eu nem tinha pensado em colocar um babador. Will estende o braço para a mamadeira.

– Deixa comigo – ele diz. – A menos que você prefira dar.

– Fica à vontade.

Eu me sento no sofá.

– É um rapazinho guloso – Will comenta quando Owen começa a mamar alegremente.

Fico observando, atônita. Will olha para mim e não tem como não perceber meu choque, mas ele não dá nenhuma explicação para seu jeito com o bebê.

Quando Owen começa a se contorcer, Will o coloca sentado e dá tapinhas delicados em suas costas. O bebê solta um arroto escandalosamente alto, nível Homer Simpson, então volta a se jogar nos braços de Will.

Will o faz arrotar de novo depois que a mamadeira acaba, então limpa seu queixo e o leva até o berço portátil que está em um canto da sala, onde o coloca com todo o cuidado. Owen não dá um pio.

– Podemos passar para outro cômodo? – Will sussurra, me pegando de surpresa. Achei que já fosse embora. – A menos que você prefira que eu saia.

– Fica – digo. – Se ele acordar, vou precisar de ajuda.

Levo Will para a cozinha. As caixas de sapatos com os diários da minha mãe continuam na mesa, exatamente no mesmo lugar, desde que Peter os entregou a mim, e sem terem sido abertos. Tiro uma garrafa de vinho branco da geladeira e a mostro para ele, em uma pergunta silenciosa. Will faz que sim com a cabeça e aponta para a lista de dúvidas frequentes, que está em cima da bancada.

– O que é isso?

– Uma prova de que a minha melhor amiga não confia em mim para cuidar do filho dela. – Sirvo o vinho. – Não tenho ideia do motivo.

Will começa a ler alto.

– "As canções de ninar preferidas de Owen são 'Edelweiss' e 'What a Wonderful World'." – Will olha para mim. – Coisa fina.

– Estou convencida de que fizeram um transplante de personalidade na Whitney durante o parto.

Enquanto Will avalia a folha, as rugas em sua testa se aprofundam.

– Ser mãe ou pai mexe mesmo com a pessoa.

É um comentário contundente para alguém que supostamente não tem filhos.

– Legal aqui – Will diz quando passamos pelo solário que minha mãe usava como escritório. Não gosto de ficar neste lugar, mas é a passagem para os fundos da casa. – Bem moderno – ele comenta enquanto abro a porta de vidro que dá para o deque.

– É – digo, com a voz baixa. – Foi reformado.

Os olhos de Will encontram os meus, e percebo que ele está ligando os pontos. Não quero pensar naquela noite, ou em todos os turnos extras que peguei para ajudar a cobrir os custos.

Embora a compreensão esteja clara nos olhos de Will, tudo o que ele diz é: "Ah". Aceno com a cabeça para que ele saia.

A parte de trás da casa dá para a mata, portanto não tem vista para o lago, mas sempre gostei da sensação de privacidade que passa, porque não se vê nenhum chalé daqui. Deixo a porta aberta para ouvir Owen e me sento em uma cadeira.

– Você realmente parece entender do mundo dos bebês – comento. – Não tem mesmo um em casa?

Will congela, com a taça na metade do caminho até a boca. Ele fica olhando para o vinho, depois apoia a taça, devagar.

– Tenho uma sobrinha. Minha irmã tem uma filha – ele explica, depois de um segundo. Sua voz sai entrecortada, como se lhe custasse compartilhar essa informação.

– Ela nasceu faz pouco tempo?

– Não.

Will volta a olhar para o vinho, com o maxilar tenso. A parede que ele ergueu é quase visível.

Quero sacudi-lo. Quero gritar: *Quem é você e o que fez com o meu Will?* Quero projetar minhas garras e arrancar cada tijolo desse muro.

– Quer falar sobre o assunto?

Will toma um gole de vinho e olha nos meus olhos.

– Minha irmã era bem nova quando ficou grávida. Eu ajudei.

– Como um tio orgulhoso?

– Tipo isso.

– Não sei como a minha mãe se virou sozinha.

Isso é algo que penso comigo mesma e que nem percebo que vocalizo.

– Mães solteiras são sobre-humanas – Will comenta. – A sua parecia uma mulher muito determinada.

– Ela era uma força da natureza.

Ficamos em silêncio. Will se recosta em sua cadeira, com as pernas estendidas à frente, olhando para as árvores.

– É gostoso aqui – ele diz. – O resort todo é lindo, mas aqui é bem tranquilo.

– É, eu ficava bastante aqui quando era mais nova – conto. – Ia até o deque particular.

– Pra se esconder dos hóspedes?

– Tipo isso. – Olho para a mata.

– Você deve estar pensando em vender – ele afirma.

– Devo?

– Não tinha interesse em cuidar do resort, então imagino que vender seja uma opção.

Encho bem os pulmões e solto o ar lentamente.

– É uma opção.

– Não é uma escolha fácil.

– Não, não é – concordo. – Parece uma escolha impossível.

Ele me observa de perto.

– Jamie tem alguma coisa a ver com isso?

Não vou entrar nesse assunto agora.

– Acho que não tem sentido eu contratar um consultor se vou vender o lugar, né? – alego.

Will inclina a cabeça.

– Você vai mesmo vender?

Tomo um gole do vinho.

– É a pergunta de um milhão de dólares.

– Não quero pressionar.

– Tirando o fato de que você precisa saber se eu quero trabalhar com você ou não.

– Verdade. – Ele cruza os tornozelos. – Mas não estou perguntando como possível consultor, e sim como...

A frase morre no ar.

Ergo as sobrancelhas, aguardando para ver como ele vai concluir o pensamento. Não há nenhum rótulo que descreva o que ele é para mim.

– Só estou perguntando – Will diz, então fixa os olhos penetrantes em mim. – E acho que fico surpreso por existir uma dúvida. Por você não vender direto.

97

– Por causa do plano? – pergunto, com a voz rouca. Faz anos que não vejo a lista que Will e eu fizemos, mas, se fechar os olhos, ainda consigo visualizar a letra dele. PLANO DE UM ANO DA FERN. E eu sei os quatro itens de cor.

– Porque você não queria acabar aqui.

Meus dedos se contorcem de tanta vontade de me coçar.

– Faz um bom tempo que o meu plano é abrir um café na cidade.

– Sem um mural de Toronto na parede, imagino. – Os lábios de Will se retorcem. – Porque seria batido demais.

Fervilho de prazer por dentro.

– Talvez eu deixe você pintar uma samambaia na parede – digo. – Bem pequenininha.

– Minhas samambaias são sempre pequenas – ele fala. – Tenho muito carinho por samambaias pequenas.

Fico imóvel, embora por baixo da pele esteja efervescendo. O som ecoa na minha cabeça. Ficamos nos olhando por um minuto. Ou talvez cinco segundos. Seja qual for a duração, é perigoso.

– Você ainda pinta murais? Por diversão, digo.

– Não – Will responde, em tom baixo, e olha para a escuridão. – Faz muito tempo que não pego num pincel.

– E num lápis?

Ele faz que não com a cabeça.

– Deveria pegar – comento. – É um desperdício de talento.

Seus olhos disparam para os meus e ficam ali.

– Cuidado – ele diz. – Isso chegou a parecer um elogio.

– Não foi... eu só comentei que você está ignorando um dom.

Will emite uma espécie de zumbido no fundo da garganta. É como se alguém coçasse minhas costas.

– De um jeito ou de outro – falo, voltando ao assunto original –, este resort era a vida da minha mãe. Não é fácil dar adeus a ele. Não tenho ideia do que fazer.

Will deixa a taça de lado, ainda me observando, e gira o anel no dedo. Olho para suas mãos e volto no tempo. Quase consigo sentir aquele dedinho entrelaçado no meu.

– Se você não sabe mesmo, eu posso trabalhar com as duas possibilidades: a venda ou você dando continuidade ao negócio.

– Imagino que dê muito mais trabalho.

– Considerar as duas opções pode te ajudar a tomar uma decisão.

Balanço a cabeça.

– Você ainda não sabe se quer trabalhar comigo, né? – Will pergunta. – Sou bom no que faço, mas essa não é a questão. Certo?

Suas perguntas tocam em algo dentro de mim que não quero explorar.

Não posso me agarrar à mágoa a ponto de não ser capaz de fazer o melhor para o resort. Sou uma boa gerente, mas nunca recuperei um negócio. Talvez aprenda a fazer isso com o tempo, mas o Brookbanks precisa de ajuda para ontem.

– Na verdade – digo a Will –, cheguei à conclusão de que vou aceitar sua ajuda.

O sorriso que se espalha pelo rosto dele poderia guiar um navio de volta para casa. Will parece uma década mais novo. Como o Will de que me lembro.

– Estamos interrompendo? – Whitney enfia a cabeça para fora da porta dos fundos.

– Ei! – Eu me levanto da cadeira com um pulo. – Vocês voltaram. Como foi?

– Ótimo – Whitney diz, de olho em Will, que está se levantando também. – Mas chega desse assunto. – Ela balança o punho.

Whitney se empolga com facilidade. Quando quer brincar, seus olhos ficam ainda maiores e ela aperta um lábio contra o outro como se tivesse dificuldade de se segurar. Chamo essa expressão de sua Cara de Vilã. E, neste momento, Whitney está com sua Cara de Vilã.

– Estou vendo que a seca chegou ao fim – ela comenta.

Olho para Will, cujas sobrancelhas estão uns três centímetros mais altas que antes.

– Seca?

Antes que eu possa confirmar, negar ou implodir de vergonha, Cam chega também.

– Owen está dormindo pesado – ele comenta.

Ninguém lhe dá atenção, porque agora Whitney está estendendo uma mão e dizendo: – Você deve ser o Will. Muito prazer.

Ele aperta a mão dela, claramente confuso.

– A gente te procurou no Google mais cedo – Whitney explica. Traidora.

Isso faz os olhos de Will brilharem. Ele me lança um olhar presunçoso, outro vislumbre do jovem Will.

– Só para conferir as suas credenciais – Cam diz, oferecendo a mão também. Tenho que agradecer a ele depois. – Sou Camden, e essa encrenqueira é a minha esposa, Whitney.

– É um prazer conhecer vocês dois – Will fala. – E eu conheci o Owen agora há pouco. Ele é lindo.

– Não sabíamos que a Fern ia receber um homem esta noite – Whitney diz. – Não sei se deixamos dinheiro suficiente pra comprar pizza pra duas pessoas.

Ela está brincando, mas a pergunta implícita é óbvia: *O que exatamente você está fazendo aqui, Will Baxter?*

Will fala antes que eu possa explicar que ele me ajudou com o bebê.

– Eu vi a Fern se despedindo de vocês mais cedo e vim conhecer o Owen. Nós começamos a conversar e... – Will aponta para o vinho e a varanda. – Está uma noite muito agradável.

– Querem uma taça? – pergunto aos dois.

Whitney olha para mim e para Will, parecendo agoniada. Eu sei o que ela está pensando. Se deve ficar para conhecer Will melhor ou ir embora para que a gente continue o que quer que eles tenham interrompido. Uma escolha excruciante.

– Nós adoraríamos, mas é melhor irmos para casa – ela diz, e as palavras transmitem tanta decepção que chega a ser cômico.

Will fica nos fundos enquanto os acompanho. Whitney carrega Owen dormindo no colo e Cam cuida da bolsa com as coisas do bebê e o berço portátil.

– Whitney parece ser divertida – Will comenta quando volto.

– Ela é louca.

– Tenho que ir também – ele avisa. Quase lhe digo para ficar, para beber mais uma taça. – Obrigado pelo vinho.

– Te devo uma garrafa inteira pela ajuda esta noite. Não sei o que teria feito se você não tivesse vindo.

– É só chamar. – Há um momento de silêncio, enquanto seus olhos parecem uma lanterna buscando algo no meu rosto. – Você estava falando sério, né? Sobre nós trabalharmos juntos.

– Estava. – Embora a mera ideia de passar mais tempo com ele já me deixe meio tonta. – Eu tenho uma reunião com uma corretora de imóveis na semana que vem. Você pode participar?

– Posso. Mas tudo bem se eu e você fizermos uma reunião antes? Tenho bastante coisa para ver. Amanhã seria ótimo, se você estiver disponível.

Concordamos em nos encontrar aqui à tarde, então eu acompanho Will até a porta da frente e a seguro aberta.

– Boa noite, Fern – ele diz. – Espero que você durma bem.

Depois que Will vai embora, fico à mesa da cozinha, diante da pilha de caixas de sapatos. Penso nele e no passado, em como as coisas estão diferentes depois de tanto tempo, e levo as caixas para o quarto. As molas do colchão chiam quando as apoio nele.

Tem mais de uma dezena de diários, que vão desde os oitos anos até pouco antes de eu nascer. Li todos no verão dos meus dezessete anos, mas nunca terminei o último. Quando confrontei minha mãe, estava no ponto em que ela descobre a gravidez.

Perco o ar quando encontro o último caderno, a capa de tecido com uma estampa alegre de girassóis, metade das páginas por preencher. A caligrafia da minha mãe me é tão familiar, inclinada para a direita, com o "y", o "j", o "g" e o "f" alongados. Começa em 6 de maio de 1990. Minha mãe tinha 22 anos e havia acabado de se formar na Universidade de Ottawa.

Cento e vinte e sete noites de sono até a Europa!, é como ela começa a escrever. Muitas outras datas começam assim também, com uma contagem regressiva até a grande viagem.

Peter me trouxe um calendário hoje e disse que eu precisava começar a riscar os dias até a partida. Faz só uma semana que estou em casa, mas acho que ele cansou de ficar me ouvindo falar a respeito. Então agora eu preciso passar na cozinha todo dia e marcar um X.

Já comentei que a música que Peter põe pra tocar agora é ainda mais deprimente que a fita gravada que ele me mandou no inverno? Coitados dos outros funcionários! Amanhã vou colocar Anne Murray no toca-fitas quando ele não estiver olhando.

Sorrio sozinha, porque Peter ainda tem aquele toca-fitas. Dou uma folheada no diário, procurando o nome dele. Peter aparece bastante.

Quando estou pronta para ir para a cama, eu me deito com o diário e rio alto da maneira como minha mãe descreve os Rose e meus avós.

É o último dia do feriado prolongado e finalmente está começando a parecer verão. Muitos dos hóspedes recorrentes chegaram ontem. Os Rose trouxeram uma caixa de gin. Quase todos os empregados de temporada já começaram a trabalhar (o salva-vidas novo é de longe o mais bonito), e o alojamento está lotado. Vão soltar fogos no cais hoje à noite, o que significa que vou precisar ficar de olho no meu pai. No último Victoria Day ele tomou martínis demais do sr. Rose e quase perdeu o nariz acendendo uma candela romana.

Minha mãe escreve sobre o quanto quer se envolver no negócio da família de "maneira significativa". Menciona que Peter foi visitá-la na faculdade, em Ottawa, algumas vezes no seu aniversário. Nada aconteceu entre eles, mas fica claro para mim agora que sentimentos profundos estavam em jogo.

Quando meus olhos começam a pesar, fecho o diário e apago a luz. Minha mente vai para Will, e repasso nossa noite juntos, me demorando no sorriso que transformou seu rosto quando eu disse que queria que trabalhássemos juntos.

Pela segunda vez na vida, Will Baxter vai me ajudar a fazer um plano.

10
14 DE JUNHO, DEZ ANOS ANTES

– Preciso confessar uma coisa – eu disse quando chegamos ao fim do beco.

Will havia parado algumas vezes para apontar grafites que achava "honestos", "vívidos" ou "indigestos", mas na maior parte do tempo só conversamos e passeamos. Ele falou de *Colegas de quarto*, sua HQ baseada na "nojeira de dividir um apartamento de dois quartos com três outros caras", e contou que os murais começaram como um hobby, mas logo ficou claro que havia demanda suficiente para que eles ajudassem a pagar o aluguel. Enquanto Will falava, eu tentava não deixar que meus olhos se demorassem em sua tatuagem ou suas mãos ou em seus ombros volumosos por tempo demais.

– Não prestei atenção de verdade nos grafites – admiti, com um suspiro exagerado.

– Também preciso confessar uma coisa – ele disse, muito sério.

Will se aproximou do meu ouvido, e o choque de sentir seu hálito no meu pescoço fez meus braços se arrepiarem.

– Estou morrendo de fome.

– Ah. Quer ir embora?

Forcei um sorriso, para mostrar que aquilo não era, de modo algum, uma reviravolta decepcionante.

– Na verdade, pensei que a gente podia comer alguma coisa antes da próxima parada. A menos que você tenha compromisso.

– Meu plano para o resto do dia era passear – falei. – E ficar de boa em casa. Então, sou toda sua.

Meu rosto se contraiu diante da minha escolha de palavras.

O sorriso dele se alargou.

– Perfeito. – Will tirou o celular do bolso. – Se importa se eu der uma ligadinha pra minha irmã? Ela e meu pai tiveram a maior briga ontem. Queria só ver como ela está.

– Claro. Eu vou...

Deixei a frase morrer no ar e apontei com o dedão por cima do ombro.

Já levando o celular ao ouvido, Will dispensou isso com um aceno e fez sinal para que eu ficasse por perto.

– Oi, Bells – Will falou, olhando para mim. Desviei o rosto enquanto ouvia Will perguntar se a irmã estava bem, onde se encontrava e se ia pra casa à noite. Deu até para ouvir a resposta da última pergunta: um enfático "não".

– Eu falei pra ele – Will disse depois de alguns segundos, passando a base da mão na testa. – A gente começou a discutir depois que você foi embora. Passei a noite no Matty. Mas o nosso café amanhã cedo ainda está de pé, né?

Depois de combinar hora e local com a irmã, Will riu e olhou nos meus olhos.

– O nome dela é Fern.

Estreitei os olhos assim que ele guardou o celular no bolso do jeans.

– Você falou de mim pra sua irmã?

– Arram. Annabel pediu que eu te dissesse que o tour dela de Toronto é noventa e oito por cento menos pretensioso que o meu.

– É verdade?

– Supostamente.

– Ela está bem?

– Vai ficar. Ainda precisa de um tempo. Meu pai passou do limite, então ela se descontrolou e a coisa foi ladeira abaixo. Geralmente não é tão ruim. Eu sinto que tem alguma coisa rolando.

Toquei o braço dele.

– Olha, formando em artes... Eu sei que este é o seu tour, mas é a minha cidade também, então eu vou escolher onde a gente vai almoçar.

Estávamos perto de um lugar que tinha aberto uns anos antes e fazia sucesso vendendo sanduíches vietnamitas, e fiquei feliz em saber que Will não conhecia. Quando abri a porta, fomos recebidos pela música alta e pelo ar-condicionado no talo. Já tínhamos passado bastante da hora do almoço, por isso a fila que costumava serpentear pela rua consistia em apenas três pessoas à minha frente. Perguntei a Will se ele não era vegetariano (porque achava que havia uma boa chance de ser) e se comia carne de porco, então mandei segurar a única mesa vazia.

Pedi dois tipos de sanduíche de *banh mi* (de barriga de porco e porco desfiado) e uma porção enorme de fritas com kimchi, maionese, cebolinha e mais porco desfiado, além de dois refrigerantes de limão metidos a besta.

– Que delícia – Will disse ao dar a primeira mordida no sanduíche.

Comemos em um silêncio glutão até que Will deixou o refrigerante de lado.

– Te ouvi no telefone aquela hora. Quem é Whitney?

Hesitei.

– Quer que eu finja que não escutei?

Ele lambeu a maionese do dedão, e eu fiquei em silêncio por um momento.

– Talvez – respondi, enquanto ele limpava as mãos com um guardanapo.

Eu não sabia bem por que me sentia tão confortável com Will, mas tinha certeza de que não era a maconha. Precisava conversar com alguém – eu estava sufocando sob o peso dos segredos. Mas não queria botar tudo para fora em um restaurante lotado.

– Vamos continuar com o tour?

Saímos para a calçada, e Will voltou a pegar a latinha de balas de limão da mochila para me oferecer. Dessa vez aceitei uma.

Chupamos as balas enquanto Will nos guiava por Chinatown até o destino seguinte. Ele sempre se posicionava de modo a ficar do lado da rua na calçada.

– Não precisa fazer isso – eu disse. – É esquisito.

– Estou sendo educado – ele se defendeu.

– Estaria sendo, se fosse 1954.

Puxei o braço dele e o posicionei de modo que eu ficasse do lado da rua.

– Whitney é minha melhor amiga – revelei depois de um tempo. – Desde o quinto ano.

Contei a Will sobre como nos aproximamos, sobre como dei um soco na barriga de Cam por ter espalhado o boato de que Whitney colocava enchimento no sutiã. A história fez Will abrir um sorriso enorme – Cam, que tinha o dobro do meu tamanho, se dobrou de chorar, e Peter, que teve que ir me buscar na escola, falou para a

105

diretora que o garoto havia recebido o que merecia e que eu não ia pedir desculpas.

– Agora eles namoram – contei a Will.

– Não.

A risada dele desceu pela minha garganta como calda de chocolate.

– Desde o primeiro ano do ensino médio. No fim, o Cam gostava dela. Bom, nós somos melhores amigas desde então. Sou filha única, então Whitney é praticamente minha irmã. – Desviamos de uma barraca vendendo camisetas por dez dólares. – Ela passou alguns dias aqui comigo. Mas a visita toda foi meio desconfortável.

– Você não insultou o trabalho artístico dela, né?

Soltei uma risadinha, mas arfei em seguida, porque um entregador de bicicleta bateu na minha sacola ao passar com tudo. De repente o braço de Will envolveu minha cintura e me puxou para mais perto.

– Você está bem?

Baixei os olhos para sua mão firme no meu corpo, e ele me soltou de imediato. Um rubor se espalhou do seu pescoço para as bochechas, como xarope de romã sendo adicionado a um Shirley Temple.

– Por que a visita da Whitney foi tão desconfortável se você não a chamou de última hora? – ele perguntou quando voltamos a andar, devagar o bastante para as pessoas nos empurrarem ao passar.

– Acho que eu queria que fosse uma coisa que não foi – respondi. – Pensei que pudesse fazer ela se apaixonar por Toronto, o que nunca vai acontecer.

– E isso importa? Logo você não vai mais ser uma pessoa da cidade.

Afastei a cabeça em reação.

– Sempre vou ser uma pessoa da cidade. Não é questão de um ou outro, rural ou urbano.

Will ergueu as mãos.

– É, você tem razão. Mas por que é tão importante a Whitney gostar daqui?

Cocei a parte interna do punho.

– Acho que eu pensei que, se ela visse Toronto como eu vejo, entenderia...

Will olhou para mim e depois para a maneira como eu me coçava.

– É uma reação ao estresse – expliquei, escondendo os dedos. Arranhar minha própria pele era um hábito revoltante, mas Will não parecia incomodado.

Ele me conduziu para a lateral de um prédio grande. Eu percebia vagamente os grupos de pessoas circulando, mas estava concentrada em Will, à minha frente, observando e aguardando.

– Entenderia o quê?

Eu não queria contar toda aquela história horrível. Mas podia contar uma parte. Então soltei tudo de uma vez.

– Não quero voltar pra casa. Não contei pra ninguém, mas não quero trabalhar no resort da minha família. Todo mundo espera que eu fique com ele um dia, mas não quero nem um pouco isso. Eu nem queria estudar administração. Foi ideia da minha mãe.

Will ouviu tudo em silêncio. Aguardei que o julgamento marcasse sua expressão, o que não aconteceu, então segui em frente.

– Acho que eu pensei que, se a Whitney entendesse por que eu adoro morar aqui, eu poderia contar todo o resto. Mas ela odeia Toronto. Não iria compreender por que eu quero ficar. Meio que eu venho mentindo pra ela, e pra todo mundo.

– Deve estar sendo difícil guardar tudo isso só pra você.

Os olhos de Will passaram pelo meu rosto como se procurassem alguma coisa.

Fiz que sim com a cabeça.

– Você me acha patética, né?

– Não. – Ele olhou nos meus olhos, e por um segundo achei que fosse dizer mais alguma coisa. Por um segundo, achei que fosse me beijar. Então Will olhou em volta e anunciou: – Chegamos.

– A Galeria de Arte de Ontário? Sério? – perguntei, olhando para o prédio ao lado do qual nos encontrávamos. Eu me sentia mais leve depois de ter me confessado com Will. – Não é um pouco...

– Não completa a frase – ele me interrompeu. – Eu sei exatamente o que está se passando pela sua cabeça agora. Você é bem transparente.

– Não é um pouco *batido*? – perguntei, falando mais alto.

Uma risada vívida, alegre e estrondosa irrompeu dele, como uma bexiga sendo estourada. Senti a vibração de um acorde perfeitamente afinado em todo o meu corpo.

– É um dos meus lugares preferidos em toda a cidade. Foi reformada há alguns anos. O projeto é do Frank Gehry. Este lugar é uma obra de arte arquitetônica por dentro e por fora. – Will gesticulava enquanto falava, apontando para a fachada de vidro curvo que assomava sobre a rua e se estendia por todo o quarteirão. – E tem as obras de arte propriamente ditas, claro.

– Claro.

Apertei um lábio contra o outro para reprimir uma risada.

– Que foi?

– Eu estava pensando que talvez deva ver se a sua irmã está livre. Talvez eu ainda possa fazer o tour dela.

– Para com isso. Tem uma exposição que eu garanto que você vai gostar.

– É mesmo?

A maioria das matérias que eu havia cursado na faculdade era obrigatória: direito empresarial, cálculo, teoria dos jogos. Fora isso, fiz tantas eletivas de música quanto possível: música e cinema, violão no mundo, história da música nas cidades. Não conseguia imaginar o tipo de arte que Will achava que eu curtia. Nem eu mesma sabia que tipo de arte era esse. Então reparei em um cartaz enorme em uma janela.

– Patti Smith? – perguntei, olhando confusa pra Will.

– Tem uma exposição de fotos dela rolando. Achei que pudesse te interessar.

– Me interessa muito.

Will comprou os ingressos e nós fomos direto para a exposição. Eu estava esperando imagens grandiosas, sombrias, sujas. Estava esperando alguma coisa punk. Mas se tratava de uma exposição delicada, austera. As paredes estavam pintadas de branco e as fotos consistiam em Polaroids em preto e branco de objetos inanimados. Um querubim de pedra, o túmulo de Walt Whitman, o quarto de um papa na prisão, um garfo e uma colher. Havia um punhado de itens pessoais de Patti expostos em uma vitrine.

– Não é muito rock 'n' roll, né? – sussurrei para Will quando terminamos.

– Sei lá. A morte é um tema recorrente no trabalho dela – ele comentou, apontando para uma fotografia com uma flor murcha. – Que foi? Você está com uma cara estranha.

– Nada – sibilo. – "A morte é um tema recorrente"... Continua.

Eu gostava quando Will falava de arte.

– Como eu estava dizendo, tem muita morte rolando. E morte é um tema bem rock 'n' roll.

Eu me inclinei para mais perto dele.

– Seria muita babaquice da minha parte dizer que eu prefiro a música dela?

Will deu uma gargalhada, e foi como se o som subisse pela minha espinha. Um homem com uma pochete na cintura e uma câmera profissional no pescoço virou o pescoço para olhar feio para nós.

– Ele não é muito rock 'n' roll – Will disse no meu ouvido.

– Discordo – eu disse, apontando para os pés do cara. As meias dele tinham folhas de maconha estampadas. – Mas nós estamos em uma exposição da Patti Smith. É ridículo não podermos rir ou falar em um volume normal.

– Podemos fazer isso – Will afirmou, com a voz normal, e o homem fez cara feia outra vez. – Mas vamos para outra parte da galeria?

– Vamos. Você esteve aqui várias vezes, né? Qual é sua obra preferida?

– Não tenho uma obra preferida – ele disse. – Mas tenho uma seção preferida.

Will me conduziu até o átrio em vidro e madeira que se estendia ao longo do prédio. Um lado tinha janelas que iam do chão ao teto, com vista para a cidade. Aquela seção era chamada de Galleria Italia, e suas vigas gigantes e curvas dariam a impressão de que estávamos sob o casco de um navio de ponta-cabeça se não fosse por toda a luminosidade. Havia esculturas em troncos enormes no corredor, e enquanto circulávamos por elas decidi que não era como se estivéssemos em um navio de ponta-cabeça.

– É como se estivéssemos em um bosque – comentei com Will. Muito embora desse para ver que estávamos em Toronto por causa da vista, eu senti que estava em casa. Aquele lugar era as duas coisas ao mesmo tempo: a cidade e o campo. – Esta é sua parte preferida?

– É. Eu gosto que seja um espaço tão grandioso que faz a gente se sentir insignificante e vivo ao mesmo tempo. Você é meio que forçado a respirar fundo. Me sinto da mesma maneira quando vejo as montanhas do Oeste.

Aquilo era a coisa mais encantadora que eu já tinha ouvido.

– Sério?

– É, por quê? Que foi?

Ele coçou a nuca.

Balancei a cabeça.

– Nada.

Quando saímos da Galleria Italia, seguimos para a coleção permanente de arte canadense.

– Olha ali a sua amiga – eu disse, apontando para os quadros de Emily Carr. Will olhou para mim, impressionado. – Ei, eu posso não ter estudado artes, mas sei identificar uma obra dela. – Nós nos aproximamos de uma conífera enorme. – Me disseram uma vez que Emily Carr pintava uma porrada de árvores solitárias.

– Algum metido formado em artes, imagino.

Reconheci vagamente um punhado de obras da seção do Grupo dos Sete. Eram alguns dos quadros mais celebrados da natureza selvagem do país, todos produzidos por uma trupe de sete homens. De parede a parede, viam-se lagos, neve, montanhas e muitas, muitas árvores. Alguns deles só me pareciam familiares porque me lembravam de casa.

– Acho que não deixaram a Emily entrar no Grupo – comentei.

– Ah, não mesmo – Will disse. – Ela pintava na mesma época, e Lawren Harris chegou a dizer que ela era um deles. – Ele apontou para um dos picos congelados de Harris. – Mas ela não era, não de verdade. Nenhuma mulher era.

Fiquei em silêncio enquanto vagávamos. Vi uma tela com um lago em um dos últimos dias de inverno – o céu cinza, as árvores nuas, a neve derretendo e se transformando em poças marrons. Dava para sentir o cheiro das folhas de pinheiro molhadas, a promessa de lama, os brotos da primavera surgindo nos galhos. Pisquei para as luzes, sentindo a garganta fechar.

Senti os olhos de Will se voltando para mim. Ele vinha me olhando daquele jeito desde que entramos na galeria. Fui lembrada da maneira como eu mesma agira com Whitney durante a visita dela. Will queria saber o que eu estava achando.

Chegamos a um Tom Thomson – um lago bem escuro ao fundo, uma costa rochosa e árvores novas à frente. Olhar para aquele quadro era como estar pisando no deque particular do resort. As árvores da pintura também estavam nuas, embora não fosse inverno. Devia ser o fim do outono ou o começo da primavera. Quando o resort não ficava muito movimentado, mas não chegava a ser baixa temporada. Quando minha mãe e eu íamos de manhãzinha para o deque, onde ela tomava café devagar. Quando ela parava de trabalhar mais cedo. Quando a vida não parecia girar exclusivamente em torno do resort e de seus hóspedes.

Comecei a sentir uma ardência dentro do nariz. Voltei a olhar para as nuvens, mas uma lágrima escapou, depois outra.

Will ficou ao meu lado.

– Tudo bem?

Assenti, mas precisei de um tempinho antes de falar.

– É lindo lá, sabe?

– Eu adoraria conhecer.

– Às vezes eu fico com saudade.

Eu também sentia falta da minha mãe. Muita falta. Quanto mais velha ficava, mais saudade sentia dela.

– Você parece surpresa.

– Acho que estou. – Olhei para Will, que se virou do quadro. – Desculpa. Às vezes a maconha me deixa... sensível.

– Não tem problema em ficar sensível.

Minha respiração saiu trêmula.

– Isso eu não sei.

Depois de um momento, Will perguntou:

– Você sabia que Tom Thomson na verdade não fazia parte do Grupo dos Sete? Ele morreu em Algonquin Park, um pouco antes de o grupo ser formado. Alguns dizem que ele foi assassinado. É um mistério.

– Acho que eu sabia disso, sim – respondi, fungando.

Will se inclinou para mais perto.

– Você sabia que as árvores eram um tema recorrente na obra de Thomson?

Dou uma gargalhada.

– Aprendi isso na faculdade – ele disse.

Olho para Will, enxugando as bochechas.

– Ah, desculpa. Então você estudou arte?

Ele sorriu.

– É. Não sei se já comentei.

– Foi na Emily Carr?

– Foi, sim – Will confirmou. – Agora vamos sair daqui. Acho que sei do que você precisa.

2 de junho de 1990

Passei a manhã na cozinha com Peter, recheando profiteroles e contando a ele sobre as melhorias que vou fazer se meus pais me deixarem assumir como gerente-geral. Eu estava preocupada que as coisas pudessem ser diferentes quando eu voltasse no verão, que Peter não tivesse mais tempo para mim agora que é o confeiteiro-chefe. Acho que sempre me preocupei com a possibilidade de Peter se cansar de mim. Mas ele continua sendo o bom e velho Peter. A única diferença é que agora começou a trabalhar com fermento natural e é ele quem escolhe a música que toca na cozinha. Eu adoraria nunca mais ter que ouvir Sonic Youth na vida. Peter está deixando a barba crescer, o que o deixa ainda mais bonito, não que ele se importe com esse tipo de coisa. E não que eu ainda me importe. Deixei de me interessar por Peter há anos. Ele nunca vai pensar em mim dessa maneira.

Peter não gosta de Eric, mas a verdade é que nunca gosta dos salva-vidas. Ele diz que o sol deve ter fritado o cérebro dele. Tudo bem. Peter não seria Peter se aprovasse os caras com quem eu saio. E eu sei que Eric é inteligente. Se formar em engenharia não é fácil. Fora que ele fica incrível de sunga.

11

AGORA

Empurro o caiaque do deque particular para a água, então me acomodo nele, como faço toda manhã antes de ir para a sede. É um caiaque aberto, sem nada que cubra minhas pernas. Enquanto sigo para o sul, olho para minhas pernas morenas. Não fico bronzeada assim desde a adolescência.

O tempo está fechado, e o lago está quase vazio. Quando passo pelo chalé dos Pringle, agito o remo no ar para acenar para a mãe de Jamie, que está no deque. Uma escavadeira pequena perturba o sossego trabalhando no terreno ao lado, removendo pedras para abrir caminho para a casa dos sonhos de Jamie. Ele fantasiava com ela quando namorávamos – nós dois morando juntos ali, trabalhando no resort. O lago Smoke sempre foi seu lugar preferido.

Neste verão, parece ser o meu também. Meu passeio de caiaque depois do café se tornou um ritual. Alguns dias eu passo por um trecho pantanoso onde tem uma árvore com um ninho de garça-azul-grande. Sempre procuro por alces – eles já foram vistos por aqui –, mas nunca encontro nenhum. Outros dias, fico mais próxima da costa, passando os olhos pelos chalés e cumprimentando quem já estiver acordado. Essas viagens curtas são uma folga de tudo o que está acontecendo no resort, e uma folga de Will, embora eu nunca consiga tirá-lo da cabeça por completo.

Faz uma semana que concordamos em trabalhar juntos, e estamos entrando em uma rotina. Nossos dias são divididos em duas partes. De manhã, fico na sede e Will trabalha no chalé. A partir do meio da tarde, ficamos juntos na casa. Eu sei quando ele teve alguma reunião por vídeo, porque está usando uma camisa branca, e sei quando sua agenda está mais tranquila, porque ele aparece em casa assim que me vê voltando. Hoje vai ser diferente, no entanto. Hoje vamos mostrar a propriedade a uma corretora.

Encontro Will no saguão, e por um momento o observo a distância, impressionada com o fato de que me acostumei a vê-lo. Ele está olhando para uma série de fotos que retratam três gerações da minha família, assim como as décadas anteriores a nós.

Tem uma foto de Clark Gable durante sua estadia aqui nos anos quarenta, e uma foto clássica dos meus avós quando compraram o lugar. Vovó Izzy com um vestido tie-dye e vovô Gerry com um colete de franjas e uma barba épica. Ninguém pensaria que ele vinha de uma família rica. Por outro lado, de que outra maneira dois sonhadores de vinte e poucos anos poderiam comprar um resort enorme, ainda que um tanto caído? Sempre tinha sido uma espécie de brincadeira para eles.

Há outras fotos também. Minha mãe criança, o cabelo sedoso, brincando em uma tina de metal cheia de água perto da costa. Ela e eu com vestidos de lã xadrez iguais, diante de um pinheiro-escocês gigante decorado no saguão.

A foto que Will está olhando é do baile de despedida do verão. Tenho uns cinco anos e estou usando um vestido branco cheio de babados com uma fita de cetim azul-clara na cintura. Minha mãe usa um vestido do mesmo tom de azul, e eu seguro sua mão e olho para ela com ar de adoração. Estamos no meio da pista de dança do restaurante. A pessoa que tirou a fotografia nos pegou em meio a uma valsa bobinha. Eu amava dançar com ela, adorava como significava não ter que dividir sua atenção. O que era uma coisa rara, mesmo eu sendo tão nova.

– Devo ficar ofendida por ver que pra se reunir com a corretora você coloca o terno, e comigo não? – pergunto. Will está sempre de barba feita e bem-vestido, mas raramente aparece de paletó e gravata.

Ele baixa os olhos para a própria roupa.

– Exagerei? O macacão está lavando.

Trabalhar ao lado de Will exige que eu não pense no passado. Não houve mais referências a coisas "batidas" ou discussões sobre samambaias grandes ou pequenas. Não falamos sobre aquele dia. Achei que fosse um acordo tácito.

Ele bate um dedo na foto em que apareço com minha mãe.

– Você era uma criança muito fofa.

Não tenho tempo de responder, porque ouço o som de sinos vindo do celular dele. Reconheço o toque – não sei a quem pertence, mas essa pessoa já ligou várias vezes em nosso tempo juntos.

– Preciso atender – Will diz. – Desculpa.

Ele fala com o sócio e outros colegas na minha frente, mas sempre se afasta para atender a essas ligações. Se estamos nos fundos da casa, Will entra. Se estamos na cozinha, vai para a varanda. Agora, ele sai pela porta da frente da sede para conversar com quem quer que seja.

E não são só as ligações. O Will Baxter de 32 anos é alguém muito reservado, e eu sou uma agente infiltrada. Reúno todas as informações que consigo, com olhares furtivos enquanto ele digita, registrando tudo no meu diário mental de espionagem. Se estivesse brincando de Hóspede Misterioso, no entanto, eu não teria muito a relatar. Não apenas não discutimos *aquele dia* como mal falamos sobre qualquer outro assunto que não seja o resort. Eu sei que Will tem uma casa em Toronto, perto de onde trabalha. Sei que faz academia e que encontra o personal trainer na hora do almoço. Eu sei que tem um chuveiro no escritório dele. Depois que soube disso, fiquei imaginando Will suado e depois ensaboado, e tive que me passar um belo sermão.

Também tem as coisas que eu aprendi pelo simples contato com ele. Durante o dia, Will bebe água com gás com duas rodelas de limão. Ele mexe no anel quando está perdido em pensamentos. Tem um tom de voz especial para as ligações de trabalho, agradável e... muito firme. Quando o ouço, sinto coisas que não deveria e me passo mais sermões.

Mas não é o bastante. Will é um cofre sem chave, e, quanto mais tempo passo com ele, mais quero abri-lo. Às vezes tenho um vislumbre do antigo Will, mas ele desaparece tão rápido quanto surgiu. Estou sempre desesperada para ouvir sua risada.

Tenho coisas mais importantes no que pensar, mas, quando são duas da manhã e não consigo dormir, penso em comentários que poderiam fazê-lo rir e os treino à perfeição. Eu me pergunto o que aconteceu para que Will se tornasse tão reservado, por que ele abriu mão da arte e quem está ligando quando os sinos tocam. Às vezes dou uma espiada pela janela no meio da noite. Sua luz está quase sempre acesa. Mas não pergunto por que Will fica acordado, e ele tampouco menciona qualquer coisa.

Will volta para o saguão, passando uma mão na gravata. É outro sinal que já percebi: de que ele está estressado.

– Está tudo bem? – pergunto, notando o leve rubor sob o colarinho da camisa.

– Tudo – ele grunhe.

– Então tá.

Sei quando alguém não quer falar a respeito.

A linha dura que é a boca de Will se suaviza e parece que ele vai dizer alguma coisa, então vejo uma mulher em um terninho vermelho entrando no saguão. Reconheço Mira Khan das fotos, das placas de VENDE-SE e de suas várias publicações no Instagram.

Mostro o resort a Mira, e Will nos acompanha, a maior parte do tempo em silêncio. Algo nela me lembra minha mãe. Talvez seja a velocidade com que caminha, ou o modo como parece que está me avaliando por trás dos óculos escuros, ou talvez seja só porque agora vejo minha mãe em todo lugar. Ficou ainda pior depois que comecei a ler o diário dela. O que quer que seja, fico louca para deixar claro para Mira que sou competente. Conto a ela sobre as mudanças que quero fazer na decoração e as comodidades que penso em acrescentar.

– Uma das coisas que Will e eu discutimos foi a possibilidade de gerar receita a partir de partes da propriedade que neste momento não estão monetizadas – digo quando chegamos à biblioteca.

Quando meus avós se mudaram para o Oeste, minha mãe substituiu a mobília colonial. As atuais poltronas de couro marrom dispostas em duplas passam mais a impressão de uma área de descanso de uma estação de esqui que de uma sala de estudos vitoriana. A biblioteca tem uma lareira de pedra emoldurada por janelas altas com vista para o lago. As paredes estão cobertas de estantes de madeira escuras, grossas e com bordas irregulares, lotadas de livros, alguns dos quais já estavam aqui quando meus avós assumiram o resort. Outros minha mãe juntou ao longo dos anos. Alguns foram deixados por hóspedes. Uma vez ela encontrou um exemplar do *Kama Sutra* entre *Irmãs de verão*, de Judy Blume, e *O anjo de pedra*, de Margaret Laurence, e ficou horrorizada ao pensar em quanto tempo podia fazer que estava ali. Peter achou hilário e sugeriu que ela deixasse o livro em uma prateleira alta.

– Faz o dinheiro deles valer, Maggie – ele disse.

Minha mãe bateu com o livro no peito dele, mas eu encontrei o exemplar na mesa de cabeceira dela alguns meses depois e o li de cabo a rabo enquanto ela trabalhava.

Conto a Mira sobre minha ideia de acrescentar um café e uma mesa comunitária para que as pessoas possam ficar trabalhando em seus notebooks.

– Atrairia mais gente e agregaria valor.

Espero que ela reaja com entusiasmo, mas Mira só me oferece um sorriso educado.

No restante do tempo, guardo minhas ideias para mim mesma.

Tudo bem?, Will faz com a boca, sem produzir som, quando acompanhamos Mira até o Mercedes dela.

Eu assinto, apesar do desânimo.

– É uma linda propriedade, Fern – Mira diz. – Encantadora. Vou ter que fazer uma pesquisa antes de sugerir um preço de venda. Mas estamos falando de no mínimo sete dígitos, para um negócio desse tamanho e com toda essa costa.

Quando ela passa uma estimativa, tenho que me esforçar para não arfar.

Olho para Will, que não parece nem um pouco abalado.

– Eu te mando um e-mail daqui a uns dias com a estimativa. É claro que resorts e hotéis desse tamanho têm um número de compradores em potencial limitado. Algumas redes de luxo, um punhado de estabelecimentos independentes. Outra boa possibilidade é vender para uma incorporadora.

– Uma incorporadora? – repito.

– Isso. É um pouco longe da cidade, mas os chalés e a sede poderiam ser demolidos para a construção de um condomínio fechado. De casas, prédios baixos, esse tipo de coisa, se não tiver problema de zoneamento. Ficaria ótimo.

– Não. – Nem penso antes de falar. Vender o resort é uma coisa, mas acabar com ele é outra. – Nada de incorporadoras.

Mira franze a testa e os lábios, depois assente.

– Entendido. – Ela ergue o queixo para se dirigir a Will, o que é irritante. Eu o apresentei como meu consultor, mas a cliente em potencial sou eu. – Eu sei que não preciso explicar a você a importância de manter o preço o mais razoável possível para que seja competitivo.

– Claro – Will afirma.

Mira solta um "hum..." que parece em dúvida.

– Bom, vamos garantir que todo mundo esteja ciente disso, certo?

Está claro que sou todo mundo e que tem alguma coisa que estou deixando passar.

Assim que ela sai com o carro, Will fala:

– Eu explico tudo quando estivermos sozinhos.

Abro a boca para protestar, mas ele me corta.

– Confie em mim. Não é o tipo de conversa que você quer que os outros escutem.

Como que para apoiar o que ele diz, uma mulher usando roupa branca nos interrompe para perguntar onde ficam as quadras de tênis.

– Vamos pra casa? – pergunto a Will, depois que indicamos a direção certa para ela.

– Na verdade – ele responde –, tenho uma ideia melhor.

Desço até a água. Will tinha algumas ligações para fazer depois da visita de Mira, mas agora está aqui, ao lado da garagem de barcos, de calção de banho e camiseta, com um remo em cada mão. Sinto um friozinho na barriga assim que o vejo, o que é engraçado, porque eu achava que já estava congelada desde que Will me pediu para encontrá-lo aqui. Ele não explicou o motivo, mas tive a sensação de que devia colocar maiô e short, e foi o que fiz.

– Eu estava me perguntando se a oferta continua de pé – Will fala quando me aproximo. Já tem uma canoa na água.

Não sei se dou risada ou se o empurro no lago. Primeiro o comentário sobre o macacão, e agora isso.

– O que você acha? – ele pergunta.

– Acho que você chegou nove anos atrasado pra aula.

– Eu sei – Will diz, com uma careta. – Desculpa. – Ele aponta com a cabeça para a canoa. – Mas estava esperando que você me ensinasse mesmo assim. Você falou que ia garantir que eu não passasse vergonha.

– Você lembra disso?

Os olhos de Will parecem procurar algo no meu rosto. Aqui, o tom deles, que antes parecia o de um café *espresso*, é mais como um copo de Coca-Cola contra a luz.

– Eu lembro de tudo – ele fala, devagar, sem tirar os olhos dos meus, e o friozinho na barriga se intensifica.

Pego o remo mais curto, tentando manter as mãos firmes.

– Então tá. – Endireito os ombros. – Entra na canoa.

Está nublado e não tem quase ninguém na água, mesmo sendo uma tarde de julho. É por esse motivo que eu gosto de dias feios. Remamos um pouco, sem conversar, só cortando a água e passando pelas cabanas que pontuam as margens – construções clássicas de toras de madeira com as esquadrias pintadas de vermelho, casas de veraneio pomposas com garagens para barcos enormes. Will vai na frente, e eu observo o movimento dos músculos de suas costas. Perco minutos olhando para a conífera tatuada em seu braço.

É surreal estar aqui com ele, um momento com que sonhei um ano inteiro depois que nos conhecemos. Enquanto eu caminhava para o trabalho, enquanto fazia os cafés, antes de ir para a cama, imaginava fazer o melhor tour do mundo pelo lago Smoke com Will Baxter.

– E aí? – Will pergunta, olhando por cima do ombro. – Como estou me saindo?

Ele abre um sorriso digno do Antigo Will, e de repente fico confusa quanto ao que está acontecendo. Ele está diferente hoje.

– Você é alto demais pra canoas – digo.

Aponto para uma faixa de areia pública e paramos a canoa ali. Ficamos sentados na praia estreita, com os dedos na água, como imaginei que faríamos nove anos atrás.

– Ainda não entramos em detalhes quanto ao que uma venda envolveria, e neste momento é tudo conjectura – Will diz, me trazendo de volta ao presente. – Mas, basicamente, tem um número limitado de possíveis compradores para um lugar deste tamanho. E, embora o resort não esteja prosperando como nós gostaríamos, o valor do terreno e das construções por si só já é bastante elevado.

– Mira disse que preciso manter o preço competitivo.

– Pois é. Para fazer isso, muitos negócios em situação parecida tornariam a operação tão enxuta quanto possível. – Will faz uma pausa. – O que envolveria avaliar toda a folha de pagamento e... mandar gente embora.

Meu estômago revira.

– Quantas pessoas? – sussurro após um minuto.

– Não tenho certeza – Will fala. – Talvez algumas aqui e ali, ou um corte mais substancial pode ser necessário. Preciso de mais tempo para chegar a uma conclusão. – Ele avalia meu rosto. – Vamos pedir uma segunda opinião, mas o lance é: se você decidir vender, pode fazer isso sem trocar uma lâmpada que seja, mas quem quer que compre o negócio vai fazer mudanças, mudanças significativas, incluindo cortes. As redes têm um jeito próprio. Eles padronizam tudo e colocam pessoal interno nos cargos mais importantes.

Penso em Jamie e em como ele adora que nossos xampus e sabonetes sejam produzidos na região. Penso no comentário que Peter fez recentemente sobre poucos hotéis contarem com confeiteiros próprios. No geral, tudo chega pronto e congelado.

– Não quero assustar você, mas também não quero esconder nada – Will diz.

Olho para a água, tentando controlar minha náusea.

Minha mãe ficaria arrasada. A ideia vem e vai em um segundo breve e doloroso, me obrigando a fechar os olhos.

– Fern?

– Comecei a ler o diário da minha mãe escrito no verão antes de eu nascer.

Minha voz falha, e eu faço uma pausa. Não sei por que estou contando isso a ele. Will passa um braço por cima do meu ombro. Está só tentando me reconfortar, mas o toque dele é um alívio tão grande quanto se uma válvula de pressão fosse aberta no meu coração. Seu cheiro é tão bom que preciso de cada partícula de controle que tenho dentro de mim para não apoiar a cabeça em seu ombro e me aninhar nele.

– Ela sempre soube – digo, quando consigo falar direito. – Sempre soube que queria tocar o resort. Vender mataria a minha mãe.

– Posso fazer uma observação? – Will pergunta depois de um minuto.

– Claro.

Eu me viro para olhar para ele. Will recolhe o braço e descansa a mão na areia entre nós.

– Você se ilumina quando fala do resort e das possibilidades para o futuro. Tem paixão por este lugar e ideias sólidas. Espero que não se importe, mas assisti a uma reunião com os funcionários.

– Quê?

Depois que Jamie me disse que minha presença estava deixando "todo mundo maluco", fiz duas reuniões para me apresentar direito e dar os parabéns por terem segurado as pontas depois da morte da minha mãe, então abri para perguntas, mas não consegui responder a muitas delas, inclusive se ia ou não vender o resort. Senti vontade de vomitar o tempo todo. Minha mãe adorava ser o centro das atenções, mas ainda me sinto desconfortável com as pessoas me olhando. Morro de medo de que percebam que improviso grande parte do que digo na hora.

– Eu queria te ver em ação. – Will se inclina para mim. – E você foi incrível. Confiante, o mais transparente possível, forte e empática. É difícil ficar diante de um grupo grande de pessoas e dizer que não tem todas as respostas. Muitos líderes não conseguem fazer isso.

Fico surpresa com o elogio dele. Eu tinha certeza de que todo mundo viu minhas mãos tremerem, ouviu as oscilações na minha voz. O chef executivo ficou o tempo todo de cara feia e braço cruzado.

– Acho que não cativei os funcionários.

– Você seria cativada por alguém se estivesse na posição deles? Você pode ter crescido no resort, mas para a maioria dos funcionários você apareceu do nada.

– É que eu nunca me imaginei aqui – murmuro. Mesmo aos meus próprios ouvidos, esse argumento está começando a me parecer fraco, uma camiseta preferida que é usada até ficar puída: confortável, mas que provavelmente já deveria ter sido jogada fora. – Mas estou começando a gostar de ter voltado. Em parte, parece o certo a fazer. – Tenho medo de admitir, mas é verdade. Fora as reuniões com os funcionários, gosto de quase tudo no trabalho. E adoro estar perto de Whitney. Mal sinto falta da cidade. – Chocante, né?

Considerando tudo o que Will sabe a meu respeito, fico esperando que ele concorde.

– Eu não diria isso. Às vezes os planos mudam.

O comentário parece ter todo um peso. Ficamos vendo um barco passar, com um homem segurando uma vara de pescar na ponta. Depois de um momento, Will acrescenta:

– Não somos mais quem éramos com 22 anos. Tudo bem querer coisas diferentes.

Baixo os olhos para nossos dedos, a centímetros de distância uns dos outros na areia, preocupada porque ainda quero algumas coisas que queria na época.

– Agora me conta sobre essa pausa que você está dando nos homens – Will pede, e meus olhos correm a buscar os dele. Aparentemente meus pensamentos são transmitidos em uma frequência que só Will consegue ouvir.

– Não tenho muito para contar – digo, cautelosa. Nossa vida amorosa com certeza está na lista de coisas sobre as quais não falamos. – Tive um término ruim, fiz um voto de castidade, essas coisas.

– Voto de castidade, é? E como é que está sendo?

– Só durou cinco meses.

Não recebo a risadinha que busco. Em vez disso, Will fica imóvel.

– Então você está saindo com alguém. Jamie?

Enterro os dedos dos pés na areia e levo o queixo até os joelhos.

– Jamie e eu terminamos há muito, muito tempo.

– Ele ainda te ama.

Volto a olhar para Will na hora.

– Ama nada.

– Pode acreditar. Eu vi o jeito como o cara te olha.

– Pode acreditar. Você está errado. O que Jamie ama é o resort – digo, tentando convencer a mim mesma tanto quanto a Will. – Mas, voltando ao assunto, a pausa é mais nos relacionamentos.

– Ah – ele diz. – E há quanto tempo essa pausa está rolando?

– Uns dois anos.

– Dois anos – ele repete. – Foi sério? O relacionamento em que você estava antes da pausa?

Mordo a bochecha por dentro. Tenho que pensar a respeito. Philippe e eu dissemos "eu te amo". Conhecemos a família um do outro. Eu pensava no cachorro dele como sendo meu – ainda tomo conta de Mocha quando Philippe viaja. Mas nunca nos imaginei sendo um casal para sempre.

– Passamos um ano e meio juntos e trabalhávamos juntos desde muito antes.

– Então por que terminaram?

Solto o ar devagar.

Eu não costumava achar que tinha um tipo, embora Whitney defenda que tenho dois: caras perfeitamente aceitáveis, mas que não chegam nem perto de ser perfeitos para mim (quase todo mundo com quem saí) e cretinos (Philippe).

Nunca me senti pronta para trocar chaves de casa ou ir morar junto de fato, mas foi só quando estava com Philippe que comecei a pensar que talvez Whitney estivesse certa: talvez uma parte de mim escolhesse as pessoas erradas de propósito. Acho que não há nada como ver o namorado com a calça nos tornozelos atrás de outra mulher para fazer alguém questionar suas escolhas.

– Desculpa – Will diz. – Não quis me intrometer.

– Não quis? – pergunto, com uma risadinha. É tão estranho, conversar desse jeito com ele outra vez. Eu me vejo querendo contar mais. Sempre foi assim com Will. – Não tem problema. É que é um pouco constrangedor. Ele me traiu. Peguei ele com outra. E daí nós terminamos.

– Por que seria constrangedor? – Will pergunta, com a voz tão fria que tenho que olhar para ele. Will está olhando para o lago, com o maxilar tenso.

Dou de ombros. Não quero confessar que a infidelidade de Philippe feriu meu orgulho. Então mudo de assunto.

– E você? Qual é sua história?

Will franze a testa.

– Não era exatamente assim que você se imaginava. – Penso no que escrevi no plano dele.

– Não era – Will concorda. Desconfio que isso vai ser tudo o que dirá sobre o assunto, mas ele acrescenta: – Não é uma história curta.

– Estou com tempo.

Ele se inclina para a frente, girando o anel no dedo.

– Você faz bastante isso – comento.

Will me espia de canto de olho.

– Quem te deu esse anel?

– Minha avó – ele diz depois de um momento. – Era do meu avô.

– Vocês eram próximos.

– Eu era próximo da minha avó. Você lembra?

Uma sugestão de sorriso surge em seus lábios, e eu quero enganchar os dedos nos cantos da boca de Will para alargá-lo.

– Claro – digo, com a voz baixa. – Eu lembro de tudo.

Ele faz "hum" e olha para a água.

– Meu avô morreu quando eu tinha quatro anos. Não lembro muito dele, mas minha avó era bem presente. Era uma mulher forte. Dottie. Acho que você teria gostado dela.

Estranhamente, isso me agrada.

– É mesmo?

– É. Ela era muito direta. E independente. Minha irmã e eu dormíamos na casa dela quase todo fim de semana quando a gente era pequeno. A gente tinha até quartos lá. Ela me ensinou a usar uma chave de fenda e a trocar o óleo do carro. Quando minha mãe foi embora, minha avó me deu este anel e nós tivemos uma longa conversa sobre como eu precisava ser responsável e cuidar da minha irmã.

Ele olha para mim, e eu assinto. Também me lembro disso. Penso em traçar com o dedo a cicatriz no queixo de Will, mas não me mexo.

– Ela era engraçada, mas seu senso de humor não era óbvio. Eu nunca sabia se ela estava falando sério ou não. Quando fiquei mais velho, percebi que estava quase sempre brincando. Faz um ano que ela morreu.

– Sinto muito.

– Ela estava com 93 anos. Viveu bastante.

– Mesmo assim é uma merda. A pessoa tendo vivido bastante ou não.

– Foi uma merda mesmo. Uma merda muito grande.

Uma chuva leve começa a cair. Não passa daquela garoa que acompanha a névoa, mas entramos na canoa e remamos em ritmo acelerado para voltar, o que é bom, porque as gotas começam a cair com mais vigor quando nos aproximamos do resort.

Tiramos a canoa da água e a guardamos. Quando entramos com os remos e os coletes salva-vidas, estamos ambos ensopados.

125

Penduro os coletes e, assim que me viro, noto Will me observando a alguns passos de distância.

A chuva cai do outro lado da porta mais além de Will e tamborila contra o telhado de metal. A camiseta ensopada dele está colada em seu peitoral. Ficamos olhando um para o outro, ao longo de três respirações demoradas, então Will dá um passo adiante e seus olhos descem para minha boca.

– Não – eu digo.

– O quê? – ele pergunta, com a voz rouca.

Inspiro fundo.

– Não me olha assim.

Não sei como lidar com esse Will, que inspeciona meu rosto como se fosse um mapa do tesouro.

– Assim como?

– Como se você se importasse comigo um pouco que fosse – digo, enfiando as unhas nas palmas das mãos.

Ele dá outro passo adiante.

– E se eu me importar um pouco que seja?

– Você não pode.

Recuo um passo.

– Por que não?

Procurei reprimir a dor a tarde toda, mas ela vem à tona como uma boia.

– Porque você me deixou esperando há nove anos.

– Eu não queria – ele diz, em um tom baixo.

– Então por que você fez aquilo? Você sabia que eu iria estar aqui. Sabia como eu me sentia a seu respeito – lanço, e minha voz sai estrangulada.

Ele engole em seco.

– Sim, eu sabia.

Sinto meu lábio inferior tremer e o mordo. Com força. Tenho que ir embora. Passo por Will, mas ele segura meu braço e me vira para si. Então inclina o rosto, e seus olhos procuram os meus.

– Fiquei preocupado de estar muito diferente da pessoa de quem você se lembrava e acabar te decepcionando.

– Você acabou me decepcionando – sussurro. – Me fez pensar que tinha sido tudo coisa da minha cabeça.

– Não foi – Will garante. – Acredite em mim, o problema não era a sua cabeça.

Quero pedir que se explique melhor, mas ele pega uma lágrima na minha bochecha e prende meu cabelo atrás das orelhas antes de me puxar em sua direção.

Agarro a bainha da camiseta dele e o puxo para mais perto. Quero correr os dedos por seus ombros, levar a língua à sua cicatriz e fazer todas as coisas que queria fazer quando não odiava Will Baxter.

Ele se inclina para mim e segura meu rosto nas mãos. Seu nariz roça o meu. Enfio as mãos por baixo da camiseta molhada de Will e as passo por sua barriga. Ele fecha os olhos. Sua pele está quente, sua carne é dura. Jogo o corpo contra o dele.

Will percorre com o dedo do topo do meu nariz até a sua ponta.

– Perfeito.

Enquanto leva os lábios aos meus, ele sussurra meu nome, e isso me tira da névoa nostálgica em que me perdi.

– Desculpa – digo, recuando. – Eu não devia ter feito isso. Não podemos.

– Tá.

Sua respiração está tão pesada quanto a minha.

– Estou sobrecarregada – prossigo, com a voz falhando. – Preciso da sua ajuda. Preciso que a gente fique bem, que consiga trabalhar junto.

Will me encara.

– Eu nunca faria nada que colocasse o seu negócio em risco, não importa o que aconteça entre a gente – ele garante. – Quero que você saiba disso. Pode confiar em mim.

Balanço a cabeça. Confiar em Will seria como confiar em uma miragem.

– Não consigo. Não sei quem você é. E você não me conhece.

Saio da cobertura do depósito para a chuva.

A batida vem bem depois das duas da manhã. É suave, não o *tap-tap-tap* de Peter ou as batidas frenéticas de um hóspede que viu um par de olhos amarelos na mata.

Já estou acordada. Desisti de dormir alguns minutos atrás.

Não tem ninguém à porta quando desço, mas encontro um pacote quadrado e fino no capacho, embrulhado com papel listrado e colorido. Tem um envelope em cima com meu nome. Reconheço a caligrafia de Will na mesma hora. Ela não mudou.

Levo o pacote à mesa da cozinha e tiro o cartão do envelope. Tem um desenho de uma mulher empunhando um remo como uma espada e duas frases breves.

Você me conhece sim. E eu te conheço também.

Rasgo o embrulho e encontro a capa do disco, sorrindo no escuro.

12

14 DE JUNHO, DEZ ANOS ANTES

Will me levou à Sonic Boom. Era uma das maiores lojas de discos da cidade, e eu já a havia visitado várias vezes, mas não ia comentar nada. Ele estava certo – era exatamente o que eu precisava depois do meu leve colapso na galeria. Eu já estava com saudade de casa, mas os quadros tinham tocado um anseio mais profundo.

Passar pelos vinis e mostrar a Will aqueles que eu compraria se tivesse dinheiro me fez melhor. Não que eu tivesse uma vitrola – não tinha nem lugar para uma no meu apartamento.

– Se você pudesse comprar um hoje, qual escolheria? – ele perguntou.

– Só um?

Will confirmou com a cabeça.

Fiquei olhando para o teto enquanto pensava, então o levei a outra seção para procurar o que queria. Puxei o LP *Horses*, da Patti Smith, e o exibi entre as duas mãos.

– Para comemorar.

– Tenho uma ideia – Will disse.

E só.

Passamos o restante da tarde passeando pelo Kensington Market, um bairro pequeno com brechós, lojas de bugigangas e restaurantes que se mantinham decadentes apesar do afluxo de açougues gourmet e butiques. Garimpamos todas as lojinhas. Eu ia direto para a seção de óculos escuros, procurando por armações baratas que combinassem com meu corte de cabelo novo, enquanto Will fazia sua própria busca, embora não me dissesse pelo quê.

– E este aqui? – gritei para ele em nossa última parada.

Will estava vendo alguma coisa perto do caixa. Eu estava com óculos de plásticos bem grandes com lentes de um marrom-amarelado. Custavam 7,99.

– Você parece uma estrela de cinema dos anos sessenta.

Voltei a me olhar no espelho.

– Me convenceu.

Quando a noite caiu, o ar ficou mais úmido e uma camada densa de nuvens cinza cobriu o céu. Concordamos que precisávamos beber alguma coisa.

– Este gim-tônica é o máximo – eu disse depois que nos sentamos em uma mesinha de metal no pequeno pátio que tinha na frente do bar. Era o que minha mãe sempre tomava no primeiro dia quente do ano.

– Eu não sabia que a qualidade de um gim-tônica podia variar.

– Ah, mas pode. Já tomei alguns bem horríveis por aqui. Só tônica. Com limão seco. Gin vagabundo.

Will deu risada.

– Acho interessante a gente ter chegado à parte do dia em que o seu lado esnobe resolveu dar as caras.

– Prova. Está muito bom.

Empurrei o copo pela mesa.

Will tomou um gole. Então outro, mais demorado.

– Refrescante – ele comentou. – Mas é estranho.

– O que é estranho?

– Por algum motivo, de repente estou com vontade de jogar squash e aprender a velejar.

– Engraçadinho.

Ele sorriu.

– Mas está bom mesmo. Muito melhor que a minha bebida. – Will tinha pedido uma cerveja artesanal. – Já volto.

Eu o vi indo para o bar e peguei meu celular. Tinha recebido uma mensagem de Whitney.

Obrigada por me hospedar! Cam e eu vamos levar
você e o Jamie pra comemorar assim que você chegar.
A CONTAGEM REGRESSIVA COMEÇOU!!!

Jamie também tinha me mandado uma mensagem, contando que ia fazer uma fogueira perto do alojamento dos funcionários aquela noite.

Pega leve, respondi. Tinha certeza de que ele ia pegar pesado.

Ia ter cerveja demais e baseado demais. Batatinhas sem marca e salsichas no palito – mais delas perdidas para o fogo do que cumprindo seu papel de alimentar as bocas vorazes. Alguém sem dúvida apareceria com um violão, o que em geral era minha deixa para ir embora, mas quando Jamie tocava eu esperava. Seu repertório consistia em três músicas (todas do Neil Young). Quando ele não estava chapado, tinha uma voz bonita. Na primeira vez que o beijei, diante de uma dúzia de funcionários do resort perto da fogueira, ele havia cantado "Heart of Gold". Quando entrelaçou os dedos nos meus, estavam grudentos do marshmallow. Ainda assim, segurei firme sua mão pelo resto da noite.

Will voltou com dois copos de gim-tônica e se curvou para sentar na cadeira.

– Já que eu bebi metade do seu...

– Muito obrigada. – Tentei apoiar o pé na armação da mesa, mas acabei roçando no dele. – Desculpa. Meus pés são gigantes.

Ele ergueu as sobrancelhas.

– Sério?

– Sério. Sou baixinha e tenho pés completamente desproporcionais.

– Não é possível.

– É, sim. – Levantei meu All Star de cano alto tamanho trinta e oito. – Viu?

– Não sei. Parece normal. – Ele inclinou a cabeça. – Levanta pra eu ver tudo junto.

Pulei da cadeira e levei as mãos à cintura.

Will me olhou de alto a baixo e começou a rir.

Você tem razão. Seus pés são gigantes. Me surpreende que você não tropece mais.

– Obrigada – eu disse. – Tenho certeza de que os seus pés são absolutamente normais em tamanho.

Olhei para as botas dele, que eram monstruosas. Quando tirei os olhos delas, Will estava sorrindo.

Afundei na cadeira, com o rosto vermelho.

– O que você estava dizendo? – ele perguntou.

Atirei o limão da bebida no peito dele.

– Parabéns por ser enorme...

Meus olhos se arregalaram junto com os de Will, e caímos na risada. Eu tinha acabado de recuperar o fôlego quando ele me chutou por baixo da mesa e voltamos a rir.

Quando terminamos a segunda rodada, já estava ficando escuro. Passei o dedo pela borda do copo. Não queria me despedir, mas quase dava para ver os créditos do nosso dia rolando.

– Foi divertido.

Eu não sabia o que mais dizer.

– Também achei – Will disse. – O que me lembra... – Ele enfiou a mão no bolso do jeans e colocou dois saquinhos em cima da mesa. Cada um deles tinha um broche com um bonde vermelho estampado. – Um pra você e um pra mim. Em comemoração.

Prendi o meu no canto da sacola enquanto Will prendia o seu na mochila. Olhei em seus olhos quando ele terminou.

– Amei. Obrigada.

Enquanto terminávamos nossas bebidas, cheguei à terrível conclusão de que Will talvez fosse a melhor pessoa que eu já havia conhecido. Ele era mais do que parecia a princípio, mais que um rostinho bonito.

Uma vez, Peter fez um bolo de chocolate sem farinha. Parecia perfeito: escuro e brilhante, polvilhado de açúcar cristal. Quando experimentei, no entanto, percebi que não era açúcar, e sim flor de sal, e que Peter havia acrescentado pimenta à massa. Era a coisa mais incrível que eu já havia provado, luxurioso e surpreendente na mesma medida. Como Will.

– Um amigo meu vai fazer um show esta noite – ele disse, e eu levantei os olhos da minha bebida. – No Sneaky Dee's. Nunca tomei o gim-tônica de lá, deve ser uma merda. Mas você quer ir?

– Já fui ao Sneaky Dee's – respondi, devagar. Era uma instituição de Toronto. Tinha um bar embaixo e um espaço pequeno para shows em cima, com todas as superfícies grafitadas, e vendia os nachos mais famosos da cidade.

Will girou o anel.

– Acho que não existe um universitário nessa cidade que não tenha ido.

– Então isso não seria parte do tour oficial?

Permaneci perfeitamente imóvel, embora sob a pele meu sangue fervilhasse.

– O tour acabou. Estou liberado agora. Eu não bebo em serviço.

– Claro que não. Eu não quis insultar seu profissionalismo.

– Eles tocam às nove. Podemos comer alguma coisa lá antes.

Descanso o queixo na minha mão e o observo por mais tempo do que deveria.

– Você vai embora amanhã, né?

– É. Vou, sim.

– E nunca mais vai voltar?

Ele inclinou a cabeça para o lado, sem saber aonde eu estava querendo chegar com aquilo.

– Volto, sim, mas talvez só para as festas de fim de ano.

Quando já faria bastante tempo que eu teria partido.

– Então você está me dizendo que é uma oportunidade única?

Os lábios de Will se curvaram.

– Exatamente. É pegar ou largar.

– Estou me sentindo meio sujinha – comentei quando estávamos quase chegando ao bar. Tínhamos passado o dia perambulando pela cidade, e eu estava coberta por uma camada distinta de fuligem urbana. Precisava de um chuveiro. – Moro aqui perto. Pensei em ir tomar um banho, me trocar e te encontrar lá depois.

Daria tempo de ir ao meu apartamento e voltar antes que a banda entrasse.

– Quê? Ah, vai. Achei que a gente fosse comer nachos. Fora que, quando estiver em casa, tenho certeza de que você não vai querer sair de novo.

– Estou cheirando a água velha de bong.

Will se inclinou para mim até que seu rosto chegasse a uns dois centímetros do meu pescoço, e inspirou fundo.

– Você está com um cheiro maravilhoso – ele falou no meu ouvido.

Virei a cabeça para Will como se um fio a puxasse, e nossos narizes quase se bateram.

– Desculpa, isso foi meio esquisito. – Ele se afastou, com uma risada nervosa.

– Foi. – Pigarreei. – Mas, falando sério, não estou vestida pra sair.

Eu estava prestes a sugerir que Will me acompanhasse, mas a ideia de tomar banho com ele no cômodo ao lado parecia péssima.

– Você está ótima. Não precisa se trocar. É o Sneaky Dee's. Ninguém vai estar bem-vestido.

– Você só está com medo medo de eu sumir e acabar tendo que ouvir uma banda cover bizarra do Nirvana sozinho.

Will só tinha mencionado que a banda fazia covers em versão ska um quarteirão antes.

– Com certeza – ele diz. – Não me faz ir sozinho, por favor.

Já dava para ver os crânios icônicos da placa do Sneaky Dee's mais à frente.

– Tá. Mas você fica me devendo uma.

Assim que chegamos, Will pegou uma mesa para nós enquanto eu dava uma passada rápida no banheiro do porão. Revirei a sacola torcendo para que um rímel ou um pente aparecessem magicamente, mas tudo o que consegui foi chiclete e um gloss. Eu não era o tipo de garota que carregava uma nécessaire de maquiagem. Não tinha nem me dado ao trabalho de me maquiar de manhã. Passei uma toalha de papel com sabão nas axilas, joguei uma água no rosto e apliquei o gloss brilhante nos lábios. Teria dado um beijo no chão em troca de um desodorante.

Quando voltei, tinha um cara sentado ao lado de Will. Do outro lado do salão já dava para ver que ele era do tipo que se cuidava. Tinha pele morena e barba escura perfeitamente aparada e delineada, como uma planta ornamental.

– Fern, este é o Eli – Will disse.

– Prazer – Eli disse e se levantou, pegando minha mão com as suas. Ele usava uma calça de brim vermelha, gravata preta fina e uma camisa branca que eu tinha certeza de que havia sido passada um pouco mais cedo. E aposto que o restante dele estava na academia antes disso.

– O prazer é meu – respondo, me sentando no banco em frente a eles. – De onde vocês dois se conhecem?

– Estudamos juntos no ensino fundamental e no médio – Eli disse. – Mas já faz um tempo. Nem consigo acreditar que consegui convencer esse cara a vir num show.

Olhei para Will, que preferiu não olhar para mim. Eu achava que ele já tinha visto a banda e que não teríamos uma noite de covers *horrorosos* do Nirvana em versão ska pela frente.

– A gente estava por aqui e Fern é fã de música, então pensamos em dar uma passada – Will explicou.

– Legal. Acho que o nosso show é bom – Eli disse, e chamou alguém para que pudéssemos fazer nossos pedidos, depois se virou para mim. – Você mora em Toronto, Fern? Ou também é de Vancouver?

– Ah, não. Sou daqui. Moro só a algumas ruas de distância.

Eli inclinou a cabeça para Will.

– E o relacionamento a distância está funcionando? Moro em Liberty Village, se não estiver.

Ele me deu uma piscadela.

– Ah, não. – Apontei para Will e para mim. – Não somos um casal. Nem um pouco.

Will riu.

– Será que eu fico ofendido? A ideia pareceu meio repulsiva pra você.

– Eu ficaria – Eli brincou. – Ela está com cara de quem comeu marisco estragado.

A jarra de cerveja e os três copos que pedimos chegaram. Servi a todos e tomei um belo gole do meu.

Enquanto Eli e Will conversavam, me dei conta de que estávamos em território desconhecido. Nosso dia juntos tinha sido espontâneo e incomum, mas havíamos nos dado sem querer um roteiro, um livro de regras e um ponto-final. Agora, não apenas tínhamos nos desviado do curso como exibíamos nossa estranha parceria a olhos alheios.

Alguém me chutou por baixo da mesa, e eu tirei os olhos da bebida.

Tudo bem?, Will fez com a boca, sem produzir som, enquanto Eli voltava a encher os copos.

Fiz que sim com a cabeça.

Um prato chegou e foi colocado no meio da mesa. Com uma pilha enorme, magnífica e absurda de nachos. Devia ter um quilo de cobertura além do queijo e do molho – carne moída, feijão, legumes, guacamole, sour cream... Gememos em aprovação.

– E aí, como esse cara era quando era criança? – perguntei a Eli enquanto pegava um nacho.

135

– Wild Bill? Mais ou menos igual – foi a resposta.

Wild Bill?, fiz com a boca para Will, sem produzir som, e ele revirou os olhos. Seu pescoço pareceu até um pouco vermelho.

– Magro. Sempre desenhando. Meio emo.

Ergui as sobrancelhas.

– Sério?

Ele olhou para Will, que balançou a cabeça muito de leve. Eli voltou a se virar para mim.

– Uma negação no esporte.

– Eu não era uma negação – Will se defendeu. – Até jogava bola no recreio.

– Que esporte era aquele que você jogava? – Eli perguntou, com outra piscadela para mim.

Will coçou a testa.

– Badminton?

– Badminton – Eli repetiu. – Um esporte popular nos pátios de escola.

Quando estávamos quase terminando os nachos, Eli tirou uma nota de vinte da carteira.

– É melhor eu ir. O baterista fica irritado se a gente não se reúne pelo menos quinze minutos antes de tocar.

– Qual é o nome da banda? – perguntei.

Os olhos de Will se arregalaram à minha frente. Ele chutou meu pé por baixo da mesa.

– The Mighty Mighty Kurt Tones[4] – ele respondeu, sério.

Enfiei um nacho murcho na boca. Precisava mudar de assunto, ou ia acabar rindo.

– Querem saber como deixar esses nachos ainda melhores?

– Sim – os dois respondemos, em uníssono.

Expliquei minha teoria, que envolvia separar as coberturas e assar os nachos em camadas para que ficassem mais crocantes. Will e Eli ficaram só me olhando, sem expressão.

– Vocês duvidam?

Enfiei um nacho mole na boca. Ainda estava ótimo.

Eli falou primeiro.

4 Referência à banda norte-americana de ska The Mighty Bosstones. [N. E.]

– Fern? – Ele levou uma mão ao peito. – Eu sei que a gente acabou de se conhecer, mas acho que você é minha alma gêmea. Quer casar comigo?

Dei risada.

– Ou só sair uma vez?

Balancei a cabeça.

– Olha só. A gente mora do mesmo lado da cidade. Você é muito linda, e eu sou razoavelmente talentoso na cama. – Ele apontou para Will. – Tenho um trabalho legal, moro sozinho e toco sax superbem. A gente tem um amigo em comum, que pode confirmar tudo isso. Você não tem por que recusar.

– Não é você, de verdade – eu disse. Olhei para Will em busca de apoio, mas ele estava virado para Eli.

– O que você quer? Eu posso reservar uma mesa em um lugar legal.

Balancei a cabeça outra vez. Minhas mãos estavam suando. Eu sabia aonde aquilo ia dar.

– Fern, não faz isso comigo. E um café?

Engoli em seco.

– Desculpa – falei, com a voz baixa. – Tenho namorado.

Assim que as palavras saíram da minha boca, a cabeça de Will se virou para mim.

– Eu sinto que você está inventando – Eli disse, então se virou para Will. – Ela está mesmo fora do mercado?

Will manteve os olhos fixos nos meus, e eu senti um puxão no estômago.

– Estou sim – confirmei, ainda olhando para Will. – O nome dele é Jamie. A gente está junto faz quatro anos.

14 de junho de 1990

Peter está me ajudando com a jardinagem. Meu pai disse que eu posso plantar samambaias e begônias ao longo do caminho que passa pelos chalés se cuidar delas. Pegamos um carrinho de golfe hoje e eu mostrei a Peter o que estou querendo. Contei que Eric e eu concordamos em não sair com mais ninguém, e Peter quase bateu em uma árvore. Ele acha que Eric é arrogante, superficial e não tem nada de interessante para dizer. Também acha que Eric não é bom o bastante para mim. Mas, considerando que ele sempre fala alguma coisa parecida sobre todos os meus namorados desde os dezessete anos, não chega a surpreender. Antes eu achava que era porque Peter é cinco anos mais velho e me vê como uma irmã mais nova. Agora não tenho mais certeza.

Quando Peter foi passar o fim de semana comigo em Ottawa, rolou um clima. Foi na noite do meu aniversário de 22 anos. Depois que todo mundo foi embora, Peter começou a recolher os copos de plástico vazios e disse que eu podia ir dormir enquanto ele terminava de limpar. Dei um abraço nele, e quando me afastei Peter não me soltou. Juro que ele quase me beijou. Pra ser sincera, fiquei decepcionada quando nada aconteceu. Concluí que estava imaginando coisas, mas agora não sei.

13

AGORA

Will e eu estamos trabalhando nos fundos da casa, com as batidas ocas de um pica-pau reverberando entre as árvores. Ele está com as pernas esticadas e um trecho de pele à mostra abaixo da barra da calça. Não sei por que seus tornozelos me atraem tanto. Sou como um visconde da era vitoriana, torcendo para vislumbrar alguma coisa.

Já passa das seis quando alguém liga no celular dele – é o toque dos sinos, e Will se levanta para atender.

Uma semana se passou desde nosso passeio de canoa pelo lago Smoke. Desde que quase nos beijamos. Nenhum de nós mencionou o que aconteceu, mas quando agradeci pelo disco da Patti Smith senti a tensão no ar. Fora isso, é como se eu tivesse sonhado. Embora, às vezes, quando o pego olhando para mim, a maneira como Will disse "perfeito" me venha à mente e eu precise de um bom tempo para conseguir voltar a me concentrar.

Estou falando por mensagem com Jamie sobre o baile de agosto e o show de talentos. É uma tradição desde antes de meus avós comprarem o resort: a despedida do verão com jantar e música ao vivo. O sr. e a sra. Rose cantam "The Surrey with the Fringe on Top", do musical *Oklahoma!*, todo ano desde que minha mãe colocou a cobertura listrada dos carrinhos de golfe. Os funcionários formavam uma fileira e levantavam as pernas sincronizados, mas minha mãe acabou com isso nos anos noventa. O evento é uma superprodução, e acho que não vamos dar conta de promovê-lo este ano. Já faz quinze minutos que estamos discutindo a respeito. Quando Will entra com o celular e fecha a porta de correr, decido ligar para Jamie.

– Você odeia falar ao telefone – ele diz, em vez de "alô", depois baixa a voz. – Por acaso fumou um?

– Engraçadinho. Achei que seria mais fácil te convencer numa ligação.

Will tem acesso total à nossa contabilidade, e ele tem quase tantas perguntas para Jamie quanto para mim. Eu sei que Jamie está desconfiado. Já me pediu detalhes de como nos conhecemos, mas só respondi que faz muito tempo. Mas ele não se opôs à ideia de um consultor metendo o bedelho em tudo. A única coisa com que está teimando é o baile.

– Você não vai me convencer do contrário – ele afirma.

– Fazer um evento desse tamanho, com tudo o que está acontecendo... não acho uma boa ideia.

É difícil imaginar o baile sem minha mãe. Não sei se estou pronta para isso. *Vai ter que ficar para o ano que vem*, penso, mas me seguro antes de dizer isso.

– Fern. – Jamie pronuncia meu nome como se suspirasse, e eu sei que o que quer que venha a seguir é sério. Acho que ele só me chamou de Fern (em vez de Fern*ie*) umas três vezes na vida.
– Todos nós amávamos Maggie, mas parece que o resort ainda está de luto. Não estou dizendo que é hora de seguir em frente, mas precisamos animar o pessoal. Tanto os funcionários quanto os hóspedes.

Fecho os olhos. Ao fundo, ouço Will elevar a voz do outro lado da porta de vidro. Ele não está gritando, mas parece irritado.

– Você deve ter razão – digo a Jamie.

– Tenho. Fora que já contratei a banda.

Meio que fungo, meio que dou risada.

– Eu cuido de tudo – Jamie fala. – Pode deixar.

Quando Will volta, dez minutos depois, tem duas latas de Perrier com limão, que comprei para ele. As mangas da camisa branca estão dobradas até os cotovelos. Não sei por que seus cotovelos me atraem tanto também.

Levanto os olhos do notebook. O chef executivo do restaurante me mandou um e-mail muito arrogante explicando os muitos motivos pelos quais é melhor eu não me meter com o planejamento do cardápio.

– Desculpa – Will pede, me passando uma água.

– Por quê?

– Você deve ter ouvido.

– Era uma conversa particular. Não tenho nada a ver com isso.

Volto para o computador e tento encontrar uma maneira profissional de mandar o chef se ferrar.

Will fica em silêncio por alguns minutos.

– Tudo bem por você se eu ficasse duas semanas a mais? – Levanto os olhos para ele. – A outra corretora só vai vir na semana que vem, e eu preciso disso pra delinear os dois cenários com você: vender ou manter o resort.

Will deveria ir embora no domingo, algo que eu vinha temendo.

– Fique o quanto quiser – digo, em tom neutro. – Vou deixar o chalé 20 reservado pra você.

Mando um e-mail para a gerente de reservas. Se Will vai ficar mais duas semanas, estará aqui no dia do baile. Talvez não seja tão ruim, com a companhia dele. Olho para a tela, mas minha mente retorna a nós dois, quentes, suados e colados em uma pista de dança diferente.

– Depois de ver tudo, você vai me dizer o que faria no meu lugar? – pergunto, tentando me controlar.

Will ainda não disse se acha que eu deveria vender o resort ou não. Fico agradecida por isso, mas também estou curiosíssima para saber sua opinião. Contei sobre meu sonho de ter um café e a lojinha de esquina em que entrei tantas vezes que os donos devem achar que eu cometo furtos lá dentro.

– Vou apresentar todos os dados, mas a decisão é sua. Mesmo que você preferisse que fosse assim – Will diz, percebendo que estou prestes a discordar –, não tenho como saber o que é melhor pra você. Só você tem.

Estreito os olhos.

– Will Baxter, você pode ser alto, mas é um covarde.

Ele dá uma gargalhada estrondosa e ensolarada. Faz dez anos que não ouço essa risada. A chama da vitória se acende em meu peito.

Will se inclina para a frente, com os cotovelos apoiados nas coxas.

– Janta comigo.

– Um jantar? – Tomamos uma cerveja algumas vezes depois do trabalho, mas jantar significaria cruzar a linha do profissionalismo que delimitamos. – Com comida?

Will sorri, e rugas se formam nos cantos de seus olhos.

– Em geral um jantar envolve comida.

Pisco para ele.

– Hoje – Will insiste. – Na minha casa.

A risada arfada que sai da minha boca é claramente de nervoso.

– Tecnicamente, a sua casa é minha. Não sei se você sabe, mas sou dona deste lugar.

– Talvez eu tenha ouvido algo a respeito. – Ele olha nos meus olhos. – Isso é um sim?

– Acho que você não está me dando opção.

Eu deveria parecer atrevida, mas só pareço um ratinho negociando com um leão.

Will sorri, e a ansiedade me deixa tensa.

– Fern, você gostaria de jantar comigo hoje?

– Sim – eu digo. Porque gostaria muito.

Will me pediu meia hora para se organizar. Nesse tempo, eu:

☐ Fiquei diante do espelho do quarto, tentando decidir se devia usar algo melhor que short e regata ou se daria a impressão de que estou tentando impressioná-lo. (Porque estou mesmo. Talvez.)

☐ Experimentei um vestido de seda azul que comprei na semana passada.

☐ Fiquei pensando se o vestido azul não estava longe demais da minha zona de conforto, que inclui apenas roupas pretas, brancas e cinza.

☐ Pensei em trocar a calçola que estou usando.

☐ Depilei as pernas a seco.

☐ Coloquei uma calcinha mínima.

☐ Tirei a calcinha sexy e voltei a colocar a calçola. (Somos só amigos. Só amigos. Nem amigos! Somos colegas.)

☐ Decidi que sou neurótica e na verdade meio porca por ter voltado a vestir uma calçola suja, então troquei por uma calçola limpa.

☐ Suei no vestido e voltei à combinação de short e regata, com a intenção de guardar aquela informação de que seda colorida era um problema.

☐ Fiquei em dúvida entre levar vinho tinto ou branco.

☐ Virei uma taça de branco, por isso decidi levar o tinto.

☐ Voltei a me olhar no espelho e coloquei um vestido preto de malha, simples como quem diz "O quê, essa coisa velha?", mas justo como quem diz "Está vendo estas curvas?".

Quando bato na porta de tela do chalé 20, estou tão agitada que volto minha irritação tanto para mim mesma, pelo nervosismo, quanto para Will, por ser a causa dele.

No entanto, esqueço tudo assim que ele aparece na varanda, com o cabelo bagunçado como se não parasse de passar as mãos nele. Will Baxter está de avental. Um avental preto com listras verticais brancas. Eu não sabia que aventais podiam ser sexy, mas esse avental é como o irmão Hemsworth perdido dos aventais.

– Você está de avental – eu digo, em vez de cumprimentá-lo.

– Estou de avental – ele responde. – Não gosto de sujar a roupa.

– Suas roupas são bonitas mesmo – comento, ainda à porta.

Will baixa os olhos para o que está usando – uma camiseta preta e uma bermuda jeans desfiada que vai até os joelhos.

– Em geral – eu me corrijo. – Não que essas não sejam bonitas. Você está bonito.

Posso ter esquecido o nervosismo, mas o nervosismo claramente não me esqueceu.

O chalé de Will é igual ao dos Rose, tirando o barzinho. Tem uma varanda nos fundos, com tela, e um deque com vista para o lago na frente. A lareira de ferro fundido é antiga, mas cheia de charme, e o piso de madeira é antigo. As paredes também eram de madeira antigamente, mas minha mãe as revestiu com drywall para que os chalés pudessem ser usados o ano todo.

Sigo Will até a cozinha e deixo o vinho na bancada. Tem vegetais numa tábua, dois hambúrgueres que parecem caseiros e um pacotinho de alumínio com algo pronto para ir para a churrasqueira.

– Você fez hambúrguer? – pergunto, impressionada.

– É uma receita muito complexa. Carne, sal e pimenta.

– Posso ajudar com alguma coisa?

– Acho que tenho tudo sob controle. Hambúrguer, salada e batata. Parece bom?

– Parece perfeito – digo, pegando o saca-rolhas da gaveta. Todos os chalés têm os utensílios básicos. – Vou fazer minha parte.

Pego taças do armário de cima e sirvo o vinho enquanto Will termina de cortar o pepino e os pimentões para a salada. Fico olhando, com o quadril apoiado na bancada. Ele é excelente com a faca. Minha mãe teria gostado disso. Quando Will pega uma cebola-roxa, eu assinto.

– Você é uma daquelas pessoas que são boas em tudo, né? – pergunto, enquanto ele corta a cebola em rodelas finas e idênticas. Metade vai para a salada e a outra metade vai para o prato com o recheio dos hambúrgueres.

– Nem um pouco. Sou péssimo em...

Ele olha para o teto, com os lábios retorcidos e um olho fechado, então faz "hum...".

– Ser humilde? – sugiro.

– Não. Sou humilde como ninguém.

Gosto do Will assim. Solto e meio bobo. Fora o dia do quase beijo, ele está sempre tenso. Me pergunto o que mudou.

Levamos tudo para a varanda da frente, onde o sol começa a se pôr sobre o lago, banhando tudo com seu brilho açafrão. Libélulas rodopiam no céu, caçando o lanchinho da noite. Monto a mesa, colocando os talheres e guardanapos de papel dobrados do mesmo lado, para que nenhum de nós fique de costas para a vista.

– É gostoso aqui – digo, olhando para a água enquanto nos sentamos para comer. Will continua de avental, mas não digo nada. Torço para que ele se esqueça de tirá-lo pelo restante da noite. Ver Will Baxter de avental é meu novo hobby.

– Você parece surpresa.

É a primeira vez que me sento à varanda para jantar como um hóspede faria. Tem cedros entre os chalés, para garantir a privacidade, mas é possível vislumbrar casas vizinhas, com seus toldos verdes e alegres. O barulho das outras pessoas jantando se espalha pela costa. É reconfortante.

– E acho que estou. Eu sabia que era lindo aqui. Passei muito tempo limpando os chalés quando era mais nova, então deu para conferir. Só achava que talvez ficasse meio... exposto. – Aponto para a fileira de chalés. – Mas não. Não me importo com os vizinhos. É até meio... aconchegante.

– Acho que é por isso que muita gente vem pra esse tipo de lugar. Dá pra ficar cercado de natureza sem se isolar. E tem uma sensação de comunidade no ar.

Dou uma mordida no hambúrguer. Está ótimo, talvez seja o melhor que já comi. Não sei como, considerando a simplicidade: só tem alface, tomate, cebola, cheddar e carne. Até a salada parece mais gostosa que o normal, com o molho caseiro.

– Onde você aprendeu a cozinhar assim? – pergunto, na última mordida.

– Não sei se churrasco conta como cozinhar.

– Não seja modesto. Não combina com você – eu digo, limpando as mãos. – Além disso, te vi manejando a faca. Você sabe o que está fazendo.

– Aprendi a cozinhar sozinho, mas fiz uma aula de técnicas de corte uns anos atrás.

– É chato estereotipar – prossigo, tirando os olhos da água com gás e os voltando para ele –, mas caras como você geralmente não cozinham. Geralmente eles vão a restaurantes ou pedem comida em casa.

– É mesmo? Me conta mais sobre caras como eu.

– Eu quis dizer caras que têm trabalhos importantes. Tenho certeza de que o seu deve envolver uma jornada longa e jantares com clientes.

– Importantes?

– Eu vi as fotos na internet. As festas e os eventos beneficentes. A ex maravilhosa.

– Ah.

Will tira as pernas de sob a mesa e se levanta em um movimento gracioso para pegar nossos pratos. Cheguei ao limite da baixa tolerância de Will para informações pessoais.

Eu me levanto, mas ele faz sinal para que continue onde estou.

– Pode deixar – Will diz, colocando a tigela de salada sobre os pratos e levando tudo para dentro.

Quando ele volta, não está mais de avental. Will se senta à minha frente, apoia os braços na mesa e se inclina. Seus olhos se mantêm fixos nos meus.

– Eu não tenho uma jornada de trabalho longa – ele esclarece, com o mesmo tom que usa nas ligações de negócios, como se fosse uma informação importante. É verdade que Will costuma ficar livre entre cinco e seis da tarde, mas também é verdade que ele costuma ficar acordado até de madrugada. Imagino que trabalhando.

– Tá.

Ele me avalia, sério, quase severo. Um músculo pulsa em seu maxilar.

– E cozinho na maior parte das noites.

Sinto que dei com uma parede de tijolos que nem tinha visto. Eu sei que Will e Jessica terminaram, mas não pensei em perguntar se ele estava saindo com alguém.

– Não só para você.

Tento não deixar a decepção aparente na minha voz, mas é como se ela usasse um colete laranja neon de operário de construção.

– Não.

Vou ficar brava comigo mesma depois por dar na cara desse jeito, mas não consigo ficar sentada de frente para ele por mais um segundo que seja. Eu me levanto do banco. Mas Will é rápido e segura minhas mãos nas suas.

– Fica.

Olho para ele do outro lado da mesa e balanço a cabeça. Não quero falar. Não quero que nenhum de nós ouça minha voz falhar.

– Por favor – Will diz. – Você perguntou minha história no dia em que nós andamos de canoa.

O dia em que quase nos beijamos. As palavras não são ditas, mas estão aqui conosco, gritando para nós. As mãos de Will se encaixam nas minhas, seu polegar acaricia a parte interna do meu pulso.

– Eu quero te contar, se estiver disposta a ouvir.

Tenho certeza de que a história de Will vai me magoar, mas volto a me sentar, sentindo o coração bater nos ouvidos. Ele mantém as mãos sobre as minhas e não as tira quando começa a falar.

– Eu não fui totalmente sincero com você – Will diz, e minha pulsação se torna um rugido. – Mas não é o que você está pensando. Na noite em que eu apareci pra te ajudar com o Owen, você me perguntou se eu tinha filhos. Eu disse que não, e era verdade, mas não é só isso. Eu moro com a minha irmã e a filha dela.

Apesar do meu silêncio, deve ficar óbvio que não vou mais fugir, porque Will recolhe as mãos.

– Annabel era muito nova quando a minha sobrinha nasceu. Aprendi a cozinhar mais ou menos nessa época. Os jantares em família são importantes na nossa casa. – Ele faz uma pausa. – Minha ex odiava que eu falasse "nossa casa". A casa é minha no papel, mas elas sempre moraram lá comigo.

– Então é por isso que você sabe se virar com bebês – concluo.

Ele confirma com a cabeça.

– E é por isso que eu tenho um trabalho "importante".

– Não sei se entendi.

– Lembra que eu estudei em Vancouver?

– Emily Carr – digo depressa, como que por reflexo.

Ele sorri.

– Emily Carr. Voltei quando Annabel engravidou. A situação com o nosso pai se complicou. Ele ia se casar de novo com uma mulher chamada Linda, que queria que Annabel e o bebê morassem com eles, mas na minha opinião isso não ia acabar bem para ninguém. Meu pai e Annabel mal estavam se falando. Tiveram a maior briga quando ele descobriu que ela estava grávida e ia ter o bebê.

– Então você não aguentou ficar longe.

– Isso.

– E o pai da criança?

– David. Não é um cara ruim, mas também era novo e os dois só estavam saindo fazia uns meses, não estavam nem um pouco prontos pra se comprometer. A nossa avó estava começando a precisar de cuidados, e eu pensei que no mínimo podia ajudar Annabel com um lugar para morar.

Encho nossas taças e Will toma um gole.

– Meu amigo Matty estava trabalhando na empresa de consultoria do pai dele em Toronto. Ele me arranjou um emprego de designer com um bom salário. Me ajudou com o depósito do contrato de aluguel. Eu tinha essa ideia de que a minha irmã e eu seríamos como colegas de quarto, de que eu poderia ajudar a cuidar da minha sobrinha quando ela nascesse. – Ele brinca com a haste da taça. – Não tinha ideia de onde estava me metendo.

– Quantos anos tem a sua sobrinha?

Will me olha de perto.

– Nove.

– Nove – repito. Will não era apenas um tio orgulhoso, não ficava só de babá. – Você ajudou a criar essa menina.

– É.

Will conta que o pai de Matty se ofereceu para bancar um MBA, que ele fez à noite. Conta que tinham morado em um apartamento até que ele conseguisse economizar o bastante para dar uma entrada. Fico ali ouvindo, e quase consigo sentir minha mente se abrindo para acomodar as informações recentes.

– Os primeiros anos foram difíceis. – Will coça o pescoço como se estivesse se decidindo se vai contar mais. – Passei de um cara que fazia o que queria a um cara que trabalhava das nove às cinco e tinha um bebê em casa. Isso meio que mexeu comigo.

– Como assim?

Will pressiona o dedo contra um nó no tampo da mesa, como se tentasse fazer algo penetrar a madeira. Não olha para mim quando fala.

– A privação de sono era tanta que eu quase não conseguia funcionar direito.

Acho que essa não é a história toda, mas se eu insistir ele vai se fechar.

– E a arte?

– Não é mais uma coisa a que eu me dedique. Não tenho tempo.

– Mas você adorava – digo, e os olhos dele encontram os meus. – E era tão bom.

Algo muda em sua expressão.

– É, mas eu tive sorte de encontrar um trabalho que me permitiu ajudar minha família. – Ele hesita. – É esquisito? Eu chamar as duas de "minha família"?

– Por que seria esquisito? Sua irmã e sua sobrinha são *literalmente* sua família.

Os ombros dele relaxam.

– É assim que eu me sinto também. Mas sempre foi um problema... com as mulheres.

Não reajo à menção a outras mulheres, não externamente. Mas meu estômago revira. Então Will ergue um pouco as sobrancelhas, como se quisesse saber se isso seria um problema para *esta* mulher, e minha boca fica seca.

Ele passa uma mão pelo cabelo quando fico quieta, bagunçando-o ainda mais.

– Mas na verdade – Will prossegue – eu gosto do meu trabalho. Meu sócio, Matty, é o cérebro. Meu trabalho envolve mais agradar os clientes.

– Por isso as festas chiques – comento, embora não acredite nisso nem um segundo. Já vi Will em ação. Procurei o cara no Google. Ele sempre foi mais que um rosto bonito. Mas também me lembro de como ele costumava falar sobre arte. É difícil acreditar que seu trabalho atual o deixe igualmente satisfeito.

– Por isso as festas chiques – Will concorda. – Não era o que eu me imaginava fazendo quando tinha 22 anos, mas quem é que sabe de alguma coisa com vinte e poucos?

– Você sabia de algumas coisas – digo. – Me ajudou a entender que eu não precisava ficar aqui.

Will me observa.

– Mas talvez isso tenha mudado pra você – ele rebate, depois de alguns segundos. – Talvez no fim das contas o seu lugar seja aqui.

Também tenho pensado o mesmo. Se não tomei o caminho mais longo de volta pra casa. Olho para a água.

– Talvez.

Estamos perto da pia da cozinha quando a mensagem chega. Will não me deixou lavar a louça depois do jantar, mas peguei um pano de prato e ele está me passando os pratos para secar, ainda que com certa relutância. Will está de luvas de borracha amarelas, que o deixam quase tão gato quanto o avental.

A tela do meu celular acende na bancada. É uma mensagem de Philippe, com uma só palavra.

Destino

Franzo a testa para a tela, sem entender muito bem do que se trata.

– Está tudo bem? – Will pergunta, então recebo outra mensagem de Philippe.

É uma foto da fachada de um prédio, tirada à noite. Está ligeiramente desfocada, por isso tenho um pouco de dificuldade para reconhecer a construção de tijolinhos na esquina e ver a placa na janela. Aproximo a imagem para ler.

– Ai meu Deus.

– Fern? O que foi?

Mostro o celular para Will, que tira as luvas de borracha.

– Está à venda.

Ele olha para a tela.

– É o seu café?

– É. – Ficamos lado a lado, olhando juntos para a foto. – É ele. Não acredito que está à venda.

Eu achava que os proprietários haviam tomado o elixir da vida e ficariam para sempre naquele lugar.

Outra mensagem de Philippe surge na tela.

A hora é agora, BB. Volta pra casa.

Will pisca duas vezes e pigarreia.

– BB?

– Abreviação de Brookbanks.

Volto a olhar para a foto. Philippe tem razão. É o destino mesmo. Esse é o momento de tornar meu sonho realidade. Posso conseguir o dinheiro. Passei anos planejando. Tenho uma pilha de livros de receitas no meu apartamento e um depósito cheio de móveis antigos. Eu poderia pôr a poltrona laranja de veludo no canto, perto da janela. Poderia abrir o Fern's.

– Antes eu queria tanto isso – murmuro, surpreendendo a mim mesma. Quando foi que mudou?

– Você ainda fala com o seu ex?

– Hum? – Olho para Will, distraída. Seus olhos parecem mais escuros que o normal. – Não muito. A gente troca mensagem de vez em quando.

Will franze a testa.

– Ele te disse pra voltar pra casa.

– Está falando de Toronto. Philippe sabe o quanto eu quero isso.

– Você ainda quer? – Will pergunta.

– Não sei. Não sei mais o que eu quero. – Olho para a foto, a cabeça começando a latejar. – É melhor eu ir.

Agradeço a Will pelo jantar, e ele me acompanha até em casa. Diz alguma coisa quando passamos pela trilha que leva ao deque particular, mas não presto atenção, porque por dentro a confusão me dominou. Não tenho mais certeza de nada – Will, o resort, meu café.

Ignoro a maneira como ele me olha quando nos despedimos. Fecho a porta da frente e segundos depois ouço uma batida.

É Will, com as mãos apoiadas uma de cada lado do batente.

– Acho que é tudo mentira – ele fala.

Fico furiosa. Ele nunca falou assim comigo.

– Oi?

– Acho que você sabe exatamente o que quer. Acho que quer ficar aqui e tocar este lugar, mas está com medo.

– Você não sabe nada sobre mim – retruco, e parece que a cabeça de Will é puxada para trás. É um movimento sutil, mas fico satisfeita. Quero que ele se sinta como eu me senti há nove anos.

– Não fala isso – Will diz. – Eu sei que você tem medo de...

Eu o corto.

– Você acha que só de aparecer aqui, depois de todo esse tempo, e passar algumas semanas comigo, já me conhece? Você não sabe absolutamente nada sobre quem sou ou qual é a sensação de estar de volta a este lugar.

Os dedos dele ficam brancos no batente. Ótimo.

– Não é verdade, e você sabe – Will afirma, com os olhos fixos nos meus. – Quer ficar brava comigo? Beleza. Quer gritar comigo? Grita. Eu mereço. – Ele se inclina mais para perto. Mas não vem me dizer que eu não te conheço.

Abro a boca, mas nada sai.

Os lábios de Will se contraem e ele prossegue.

– Eu sei que você ama isto aqui. Fica bem claro pela sua expressão, pelo jeito como ficou olhando para o lago esta noite. E fica bem claro pelo tanto que está se esforçando. Você não quer saber de vender para uma incorporadora, e não acho que queira outra pessoa tocando este lugar também. – Ele para por um momento. – Sei que não quer ser como sua mãe. – Will baixa os olhos para onde minhas unhas estão arranhando meu pulso. – Eu sei que você se coça quando está estressada. Que morde a bochecha por dentro quando vai tomar uma decisão. Que brinca com o cabelo quando está nervosa. Você cantarola Talking Heads quando está concentrada. Ama os seus amigos. E ama isto aqui.

Cada palavra que ele fala é uma flecha acertando bem no alvo.

– Vai se foder – eu solto, com o peito subindo e descendo como se eu tivesse acabado de correr. – Quem é você pra me dizer alguma coisa sobre a minha vida? Não é porque você desistiu do seu sonho que eu preciso desistir do meu.

Eu me arrependo da última parte assim que sai de meus lábios, mas estou brava demais para voltar atrás.

Ficamos nos encarando. Cerro as mãos em punho para me segurar – embora não saiba se minha vontade é de empurrá-lo ou puxá-lo para mim.

– Eu não acho que você deva desistir de nada, Fern – Will diz. – Só acho que você não admite o que você quer manter.

Então ele se vira e vai embora.

14

14 DE JUNHO, DEZ ANOS ANTES

Achei que Will tivesse me abandonado. Ele foi ao banheiro assim que Eli subiu para se preparar para o show. Estava demorando tanto para voltar que me inclinei sobre a mesa para ver se havia levado a mochila consigo. Mas ali estava ela, no banco à minha frente.

Pedi duas doses de Jägermeister enquanto esperava, então passei mais gloss, com a mão trêmula, e limpei o excesso na coxa.

Eu tinha passado o dia mentindo em relação a Jamie. Agora, tanto eu quanto Will sabíamos disso.

Segurei o ar quando Will voltou. Seu cabelo estava úmido e afastado da testa, como se ele tivesse lavado o rosto na pia. Ele se sentou sem me encarar, preferindo se concentrar nos dois copinhos sobre a mesa, apertando os lábios. Pensei em pedir desculpas, mas não sabia ao certo pelo quê. Não deveria ser um problema eu ter namorado. Eu não havia revelado isso de cara, mas não estava enganando Will. Ele também tinha namorada.

– Olha – comecei a falar, embora não tivesse ideia do que se seguiria.

Will ergueu o copinho mais próximo dele e o aproximou da boca. Seus olhos encontraram os meus e se mantiveram fixos neles até que eu também levantasse minha bebida.

– Saúde – ele disse, e nós viramos a bebida escura garganta abaixo.

Will bateu o copo na mesa e se levantou. Eu tinha certeza de que ele ia se despedir, mas ele veio até o meu lado da mesa e estendeu a mão.

– Vamos dançar, Fern.

Eu nem imaginava que uma banda que fazia covers ska do Nirvana poderia ter tantos fãs, mas os Mighty Mighty Kurt Tones haviam lotado o lugar. O espaço lá em cima era comprido e estreito, com um bar ao longo de uma parede nos fundos e um palco pequeno na frente. Eu nunca o tinha visto tão lotado.

Sem falar nada, Will me levou até uma pilha de cadeiras num canto. Tirou a latinha de balas de limão da mochila e colocou nossas coisas debaixo das cadeiras. Colocou uma bala na minha mão e outra na própria boca antes de entrelaçar seus dedos nos meus e me guiar pela multidão. Ele me disse meras quatro palavras desde que voltou do banheiro, e eu não sabia dizer se estava bravo comigo, consigo mesmo ou alguma combinação dos dois, o que me deixava puta.

Olhei para a banda enquanto nos aproximávamos do palco. Todos os integrantes eram tão arrumadinhos quanto Eli. Estavam todos apertados no palco, usando calça, chapéu e suspensório xadrez. Parte do público estava vestida de maneira parecida. Paletó. Meia arrastão. Luvas sem dedos. Passei por uma mulher de saia xadrez e miniblusa, então disse a Will que voltava em um minuto e abri caminho até nossas coisas. Tudo bem ele não querer que eu fosse para casa me trocar, mas não ia ficar me sentindo uma desleixada ali. Tirei a camisa e a enfiei na sacola, ficando só de regata.

Will não disse nada quando o encontrei, mas senti seus olhos indo do meu pescoço para os braços e o peito. A regata era justa e branca, meio transparente. Eu estava de sutiã preto. Uma das alças tinha escorregado do ombro, e não me dei ao trabalho de puxá-la. Com meu cabelo curto, eu não tinha como me esconder. Mas havia tomado quatro drinques e uma dose de Jägermeister, e pela primeira vez em anos não estava a fim de me esconder mesmo.

A cantora se aproximou do microfone, parecendo uma pinup, com o cabelo ondulado e um vestido de bolinhas com saia rodada bem acinturado. Enquanto ela apresentava a banda, fiquei na ponta dos dedos para falar no ouvido de Will.

– Você devia ter me avisado do nome antes que eu conhecesse o Eli.

Mantive os olhos fixos no perfil dele.

– Por que você precisaria de aviso? – Will perguntou, sem tirar os olhos do palco.

Não respondi. Ele sabia que eu quase não havia conseguido me controlar quando as palavras "Mighty Mighty Kurt Tones" saíram dos lábios de Eli.

– E você nunca nem ouviu a banda – comentei.

Eu me inclinei para mais perto e levei uma mão ao braço dele para me apoiar. Agora que Will sabia de Jamie, era como se uma rede de segurança tivesse sido estendida sob aquela espécie de apresentação de equilibristas que estávamos fazendo.

– Eu trouxe uma esnobe musical de carteirinha para ver o que pode muito bem ser o pior show do mundo. Quanta ousadia, Will Baxter.

Ele virou o pescoço e aproximou o rosto, seu nariz ficando a centímetros do meu, então baixou os olhos para a minha boca e os deixou um tempo ali. Era o fim da rede de segurança. Will olhou nos meus olhos e abriu a boca para falar alguma coisa quando o baixo começou a tocar os primeiros acordes de "Smells Like Teen Spirit".

Sua boca se fechou e nós ficamos olhando um para o outro enquanto a bateria entrava. De repente houve uma explosão de trompetes, saxofones e trombones. Olhamos para o palco, depois de novo um para o outro, e um frenesi de cotovelos, braços e joelhos se movimentando tomou conta.

– Pior que eles são bons – eu gritei.

O sorriso de Will pareceu fluorescente. Ele pegou minha mão e a levantou acima da minha cabeça para me girar.

– Eu não danço – avisei, tentando puxar meu braço de volta. Era verdade. Meus amigos às vezes me levavam para sair quando queriam esquecer um encontro ruim ou uma nota decepcionante, mas sempre sob coação.

– Dança, sim – Will gritou. Ele colocou a outra mão na minha cintura. – Estamos dançando.

Will dançava superbem. Mesmo com meus quadris duros e as várias vezes em que pisei em seus dedos, provavelmente parecíamos saber o que estávamos fazendo. Não que alguém estivesse prestando atenção. Estávamos apertados na pista, e a cada música o lugar ficava mais quente, mais úmido. O cabelo de Will caía no rosto suado, e minha regata estava ensopada.

Não demorou muito para que nossos corpos se aproximassem. Um empurrão de alguém me mandou direto para cima de Will. Levantei os olhos para pedir desculpas, mas ele só pegou meus punhos e me fez enlaçar seu pescoço. Senti seu corpo duro e quente contra o meu.

– Só para constar, não sei dançar nadinha – informei quando pisei no pé dele pela quinta vez.

Will passou as mãos pelas minhas costas e pelas laterais do meu corpo e as parou na minha cintura.

– Você está perfeita.

Dançamos assim, juntinhos, olhando nos olhos um do outro, eu sentindo os dedos dele em mim, até que a Kurt Tones fez uma pausa para consertar o pedal da bateria.

Paramos de nos mexer e ficamos nos encarando. Will engoliu em seco. Seus olhos voltaram a se fixar na minha boca, e eu soube que, se ele e eu fôssemos solteiros, seus lábios teriam se fixado lá também.

– Vamos beber? – sugeri.

– Tá.

Abrimos caminho até o bar e ele pediu dois gim-tônica. Enquanto as bebidas eram preparadas, tentei não reparar na maneira como a camisa de Will estava colada em seu peitoral. Ele colocou os dois copos na bancada, à nossa frente, com uma fatia de limão seco na borda, e sorrimos um para o outro. Tirei o canudinho do meu e virei como se fosse água. Era metade gelo, tão fraco que dava no mesmo.

– Vamos ficar mais pro fundo – propus quando a música voltou a tocar. Estava começando a me sentir meio tonta, lutando contra o calor, o barulho e a dor nos arcos dos pés. – Está quente demais aqui.

Ficamos no limite da multidão. Os olhos de Will se alternavam entre mim e a banda.

– Você está bem?

Sequei o pescoço e assenti. Mas meus pensamentos giravam como um tornado, pensamentos envolvendo Will e Jamie. E o corpo de Will se movendo contra o meu. O braço dele roçou no meu, e eu automaticamente fui pegar sua mão, mas a recolhi quando meus dedos tocaram seu pulso. O que eu estava fazendo? Não aguentava mais beber tanto. Fazia anos que não me permitia ficar nada além de alegrinha. Eu precisava de ar. Olhei em volta, avaliando a distância até a saída. Quando Will tocou minha lombar, dei um pulo.

– Tem certeza de que está bem?

– Preciso sair daqui.

Ele assentiu.

– Me espera na porta. Vou pegar nossas coisas.

Will desapareceu na multidão. Fui até a parede e encostei a testa na superfície grudenta. Fiquei ali, de olhos fechados, respirando fundo, até que alguém tocou meu ombro.

– Pronto – Will disse. – Bebe isso. Aí a gente vai embora.

Abri os olhos e deparei com ele segurando um copo de água. Will se inclinou para mim, impedindo a visão do restante do espaço. Tomei uns bons goles e devolvi o copo a ele, que terminou com a água.

– Vamos. – Will pegou meu braço e me ajudou a descer.

Assim que chegamos ao pátio da frente, paramos. Estava chovendo forte. A água jorrava dos cantos do toldo e se acumulava nas calhas. A calçada molhada refletia a luz, e o ar parecia pesado e metálico. A rua estava quase vazia, a não ser por algumas pessoas amontoados sob a cobertura do ponto de bonde. Não era uma chuva qualquer. Era uma tempestade de verão. E eu entrei debaixo dela.

Ouvi Will chamando meu nome, mas o ignorei, porque as gotas frias contra minha pele já estavam me fazendo sentir melhor. Levantei os braços, fechei os olhos e ergui o queixo. Um minuto depois, um carro passou correndo por uma poça, ensopando minhas canelas. Pulei para trás, com um grito.

Will estava ao meu lado, com água escorrendo pelo rosto.

– Tá bom – falei, puxando o braço dele. – Vamos.

– Pra onde?

Embora ele já soubesse a resposta, eu disse:

– Pra minha casa.

5 de julho de 1990

Peter anda muito mal-humorado. Achei que sairmos de casal no Dia do Canadá, para ver os fogos, pudesse animá-lo. Ele sempre foi legal com Liz. Pensei que Peter mudaria de ideia em relação a Eric e tudo ficaria bem se os dois passassem um tempo juntos. Nós nos sentamos na colina em frente à sede e esperamos escurecer. Liz e eu estávamos falando sobre a viagem, e do nada Peter começou a interrogar Eric. Queria saber sobre os planos dele para o futuro e todo o seu histórico de namoro. Tive que gritar para ele parar.

Na manhã seguinte, Peter já estava irritado quando cheguei à cozinha para dar uma bronca nele. Me chamou de superficial por gostar de Eric. Peter nunca falou assim comigo, como se não me suportasse. Mandei que ele pedisse desculpas, mas ele só aumentou o volume da música e me ignorou. "Nem odeio The Cure tanto assim", gritei. Peter só me olhou feio e aumentou ainda mais o volume. Faz dois dias, e ainda não estamos nos falando.

15

AGORA

Não sei por que me dei ao trabalho de vestir o pijama. Ou de me deitar, na verdade. Não vou pegar no sono. Faz horas que Will foi embora, mas continuo agitada, batendo o pé direito contra o esquerdo como se tivesse tomado seis cafezinhos. A lua deve estar clara no céu – já passa das duas –, mas tudo o que consigo ver pela janela é uma rede de galhos.

O que eu disse a Will ontem à noite foi horrível. Eu queria magoá-lo. Senti nos dentes a vontade de morder, de deixar marca. Não achava que ainda era capaz de explodir assim. Minha fúria era uma coisa tangível, algo que eu podia transformar em uma bola para jogar nele. Ela me levou de volta aos dezessete anos, quando eu gritava com minha mãe.

Ainda não terminei de ler o diário que me fez perder o controle, não por culpa da minha mãe. Fui incapaz de lidar com a verdade, mesmo que soubesse o tempo todo qual era.

Mas não quero ficar brava. Não quero me descontrolar como fiz ontem. Estou envergonhada da maneira como falei com Will. Ele acabou de começar a se abrir comigo, e eu usei o que sabia para feri-lo.

Saio de debaixo das cobertas e vou até a janela, embora nem precise de confirmação. A luz dele está sempre acesa.

Não me dou tempo de mudar de ideia. Saio depressa do quarto, desço a escada e vou para fora, sentindo a pele arrepiar enquanto percorro correndo descalça o trajeto curto e subo os degraus da entrada do chalé 20.

Eu me pego batendo a mão aberta contra a porta de tela antes que possa questionar a lógica de correr até aqui com o cabelo bagunçado do travesseiro e a camiseta larga que uso para dormir. A camiseta faz um trocadilho engraçadinho relacionando café e maconha – nela está escrito "POT HEAD"[5] com a imagem de uma

---

5   *Coffee pot*, em inglês, significa jarra de café, enquanto *pot head* é uma gíria para "pessoa que fuma maconha habitualmente". [N.E.]

cafeteira; quando a vi na loja a odiei, mas depois decidi que não conseguiria viver sem ela.

Will aparece de cueca, vestindo uma camiseta. Noto de relance pele e redemoinhos pretos, mas fica difícil distinguir muita coisa com a luz brilhando atrás dele.

– Fern? O que foi?

Ele chega à varanda em três passadas, mas não lhe dou a chance de abrir a porta antes de começar a falar.

– Eu fui uma cretina – eu digo, do outro lado da tela. – Tenho muita sorte de você estar aqui, ajudando o resort. Eu devia ter dito isso antes. E acho incrível você ter um trabalho de que gosta e uma família que ama, e que saiba cozinhar. Seu hambúrguer é uma delícia, Will, e vou querer a receita do molho da salada. – Solto o ar para dar um fim às divagações. – Eu não estava falando sério quando disse que você desistiu do seu sonho. Desculpa.

O rosto dele está no escuro, e não consigo ver sua expressão.

– Tá bom – Will fala baixo. – Foi por isso que você veio aqui?

– Sim? Não.

Will abre a porta de tela para que eu entre, mas não consigo mover os pés.

– Eu vim para pedir desculpas, mas também porque queria te falar que você estava certo. Eu sei o que eu quero.

Will me tira da porta e me puxa para a varanda. Ele leva as mãos aos meus ombros e se inclina. Sem nem pensar que essa ideia é péssima, eu o beijo.

É tudo rápido e desajeitado, menos um beijo e mais um salto na direção dos lábios de Will, com minha boca aterrissando perto do canto da dele. Eu me afasto quase imediatamente depois de fazer contato, porque Will não me beija de volta. Seus braços não envolvem minha cintura.

Merda. Não era isso que eu queria fazer. O que eu queria era dizer a ele que vou ficar com o resort. Agora Will pisca para mim, com os olhos arregalados. Estou vendo que insultar as escolhas que a pessoa fez na vida e depois atacá-la no meio da noite não é uma boa estratégia de sedução.

– Desculpa – balbucio. – É melhor eu ir.

Eu me viro, mas Will segura meu braço.

– Me diz o que você quer, Fern – ele fala para as minhas costas.

Balanço a cabeça, e Will me vira para encará-lo.

– Por que não?

– Porque você já sabe – digo, em um volume quase inaudível. Ele sabia antes e sabe agora. Não precisa que eu diga em voz alta.

– Quero ter certeza. – A voz de Will é um estrondo baixo. – O que você quer, Fern?

Respiro fundo e sussurro:

– Você.

Assim que a palavra sai da minha boca, acontece tudo junto. Os braços dele me envolvem, me tirando do chão. Minhas pernas enlaçam sua cintura, meus braços, seu pescoço. Nossas bocas se unem tão rapidamente que nossos dentes batem, e eu começo a rir, mas minha risada morre com o encontro urgente de nossos lábios.

Will me conduz para dentro, com a boca na minha, quente e com gostinho cítrico, então fecha a porta atrás de nós. Não tenho tempo de registrar nada além do brilho fraco do abajur da sala, porque em seguida Will me prensa contra a porta. Pego seu rosto nas mãos, levando os lábios a sua cicatriz antes de reencontrar sua boca. Ele se esfrega em mim e eu me esfrego nele, apertando as coxas ao máximo, movimentando os quadris, mas não é o bastante. Um rosnado desconhecido vibra na minha garganta.

– Faz tanto tempo que eu penso em você – Will fala enquanto beija meu pescoço, e eu puxo sua camiseta, tentando tirá-la apesar das minhas pernas. Levo um segundo para perceber que ele está sussurrando contra minha pele, dizendo no ponto embaixo da minha orelha o quanto quer isso, dizendo à parte de baixo da minha mandíbula que sou linda.

Em delírio e frenesi, coloco a mão entre nós, mas seus dedos envolvem meu pulso e o levantam acima da minha cabeça. Will faz o mesmo com a outra mão, me deixando com os dois braços no alto.

– Não mexa os braços, tá? – ele pede, olhando nos meus olhos.

Eu assinto, e ele fica parado ali.

– Tá – digo então.

Will desenrosca minhas pernas da sua cintura e me coloca no chão. Fico recostada na porta enquanto ele desce e sobe as mãos pelas laterais dos meus quadris.

– Tenho uma lista longa de coisas que eu quero fazer com você, que eu quero que a gente faça junto – ele diz, com a voz rouca.

– Talvez a gente deva fazer um plano – sussurro.

Um sorrisinho surge em seus lábios.

– Pode ser. – Ele pega o lóbulo da minha orelha entre os dentes enquanto uma mão segura meus pulsos no lugar. – Posso ir descendo. – Will passa o nariz pelo meu pescoço. – Você quer assim?

Ele passa a língua pelo lado de dentro do meu braço até chegar ao cotovelo, empurrando os quadris contra os meus para me segurar enquanto eu me contorço.

– Sim – digo. – Vá em frente.

Will se inclina para mim e minha testa toca seu peitoral. O contraste do tecido macio e dos músculos duros, o cheiro adocicado dele, tudo junto é demais para mim. Então, sinto o calor úmido de sua língua e percebo que Will levou meu dedinho à sua boca.

– Ai – murmuro, e sinto um sorriso se abrir em volta do meu dedo, seus dentes roçarem a junta. A língua de Will passa para o meu anelar e ele faz o mesmo ali, chupando. Projeto os quadris para a frente, me esfregando em sua coxa nua, mas Will se afasta e sai do meu alcance. Uma pessoa mais controlada talvez se constrangesse com o gemido que solto. Mas não sou essa pessoa. Sinto que verbalizo a cada movimento da boca de Will, a cada dedo que ela envolve.

Quando seus lábios tocam o outro pulso, beijando-o, já estou tremendo. Depois sua língua desce pelo meu braço, e ele vai chupando e mordendo até encontrar meu pescoço e estar de volta ao ponto onde começou. Will levanta minha camiseta, expondo minhas pernas, minha calcinha e minha barriga.

– Vou precisar que você tire isso – ele afirma, parando de puxar.

– Tá – respondo, e em um movimento rápido a camiseta já era. Eu o ouço xingar baixo, então há uma pausa de um longo segundo até que Will prende meu cabelo atrás das orelhas com as duas mãos antes de pressionar a boca contra a minha, passar a língua pelo meu lábio inferior e retornar ao meu pescoço.

– É melhor seguir o nosso plano – ele diz na minha clavícula, pegando meu seio e descendo a boca pelo meu peito enquanto acaricia o mamilo com os dedos, a princípio de leve, depois um pouco mais forte. Cruzo os tornozelos e aperto as coxas. O movimento é tão descarado que Will para e olha entre nós.

– Ou talvez você queira uma segunda opção. – Ele sorri para mim. – Posso começar por baixo e ir subindo, pra ver o que você prefere.

Ele sobe uma mão do meu joelho para o meu quadril, enfiando os dedos por baixo do algodão da calcinha.

– Boa ideia – sussurro. – Prefiro a segunda opção.

Noto um lampejo de malícia nos olhos de Will.

– Tem certeza?

Ele torce o tecido e o deixa bem fino entre minhas pernas.

Solto um "arram", e Will se ajoelha, com as mãos na minha cintura. Minhas pernas tremem em antecipação, e eu me seguro em seus ombros para me manter de pé. Atrás dele, vejo de relance papéis espalhados no chão e um conjunto de lápis na mesa de centro. Então Will agarra meu tornozelo esquerdo e leva meu pé descalço à boca, com os olhos fixos no meu. Tento soltá-lo. Will passa o indicador ao longo da sola, e eu solto um gritinho, me contorcendo e tentando me manter de pé ao mesmo tempo.

– Primeira opção – grito.

– Tarde demais – Will informa, mas apoia meu pé no chão. – A segunda opção já está em andamento.

Ele segura firme meus quadris. Mesmo ajoelhado, chega quase ao meu peito, e precisa abaixar a cabeça para passar a língua pela parte interna da minha coxa. Enfio os dedos em seu cabelo e o tiro da testa, para vê-lo melhor.

– Que macio – murmuro, e Will mordisca o lado de dentro da minha coxa em resposta. Ele passa o dedão pela minha calcinha, onde todas as sensações se acumulam dentro de mim, e eu solto um ruído que começa como risada e termina como gemido. Will escorrega o dedo para dentro do tecido, movendo-o em pequenos círculos, então leva os lábios à minha outra coxa, mordendo de leve. Meu corpo não consegue acompanhar as rápidas transições entre prazer e negação, entre lábios e dentes. – O que você está fazendo comigo?

Will me olha por baixo de seus cílios pretos, com a luz dourada do abajur beijando suas maçãs do rosto. Seu dedão continua trabalhando, agora mais rápido, até que ele reposiciona a mão para poder levar um dedo ao ponto em que estou mais molhada. Fecho os olhos, porque Will me observa com tanta sede que não vou conseguir manter o mínimo de controle que seja. Sinto que ele enfia um dedo devagar em mim, e depois de alguns segundos outro, estabelecendo um ritmo que me leva ao limite, então, quando estou prestes a cair, diminui a velocidade.

– Não, não, não. Não para. Não para.

Abro os olhos e vejo que os de Will estão fixos em mim.

– Quero fazer você querer isso tanto quanto eu – ele diz. – Quero que você fique tão desesperada quanto eu fiquei esse tempo todo.

Seguro seu cabelo com mais força e puxo, frustrada, fazendo Will fechar os olhos. Abro um compartimento no meu cérebro e o nomeio de COISAS DE QUE WILL GOSTA. Puxo um pouco mais e o vejo enfiar a mão dentro da cueca, e movimentá-la para a frente e para trás alguma vezes. Quero fazer isso, penso, e começo a me abaixar, mas Will me impede, segurando meus quadris.

– Estou totalmente dedicado a terminar o meu trabalho, Fern – ele avisa, então abaixa minha calcinha e me ajuda a tirá-la de vez. Will abre minhas pernas e pega minha bunda com as duas mãos, então leva a boca ao ponto onde o dedão estava.

Minhas pernas ficam fracas, e eu puxo seu cabelo com força.

Ele tira uma mão da minha bunda para me segurar pela cintura.

Sinto as vibrações que Will causa ao falar:

– Confia em mim.

Will apoia uma perna em seu ombro, e quando estou quase lá, peço que ele não pare, não pare, não pare, e desta vez sou ouvida.

Quando fico imóvel, Will abranda a pegada e eu fraquejo. Ele se levanta e pega meu rosto com as mãos, com os dedos enfiados no meu cabelo, os olhos nos meus. Conferindo.

Quero dizer a ele como foi bom, mas pareço ter perdido a habilidade de transformar vogais e consoantes em palavras, e mais ainda de juntá-las em frases. Então fico na ponta dos pés e encurto a distância entre nossos lábios, beijando-o com voracidade. Enfio uma mão entre nós e a passo pela extensão dura dele. Quero mais, mais, mais.

– Quero mais de você – digo. Não sei se isso faz sentido, mas Will assente.

– Pode ficar com tudo.

É como se alguém tivesse me entregado as chaves do parque temático mais incrível do mundo e me mandado brincar à vontade. Quero ficar embaixo dele, em cima dele. Quero cair de joelhos. Quero levá-lo para o sofá. Me sinto frenética. Minhas mãos tremem. Começo com o básico. Pego a bainha da camiseta e a subo. Will me ajuda a tirá-la, então, com toda a reverência, solto:

– Caramba.

O cara está coberto de tatuagens. Não que não tenha um centímetro de pele sem nada, mas ele deve ter pelo menos meia dúzia de tatuagens cobrindo as planícies de seu peitoral, os cumes de seu abdome. O contraste entre a pele clara e os desenhos, todos em preto ou cinza, é impressionante.

– Você sempre teve elas?

Traço com o dedo o lápis que fica acima do osso do quadril direito. Dedos compridos o seguram. Uma linha sinuosa sai da ponta afiada e desaparece dentro do elástico da cueca boxer de Will.

– Desde que nasci – ele responde, sem expressão, inspirando fundo quando passo o dedo por sua caixa torácica.

– Eu quis dizer se já tinha naquela época.

Se eu soubesse que Will escondia tudo isso debaixo da roupa dez anos atrás, talvez não tivesse conseguido me segurar.

– Algumas.

O nome "Sofia" está escrito no alto do lado direito do torso, quase debaixo do braço. Eu o odeio imediatamente. Não pergunto quem é. Tem um limão em suas costelas que eu adoro e uma tirinha de um lado da barriga. Reconheço a letra nos balões na mesma hora.

– Você desenhou todas elas, não foi? – pergunto, olhando para ele, que murmura em confirmação.

– Fern, podemos deixar o tour guiado para depois? – ele pergunta, com a voz contida.

– Acho que não. – Eu me inclino e levo a boca ao limão. – Sua vez já foi, agora é a minha. – Enfio a mão na cueca dele e o envolvo com os dedos. – Quero fazer o melhor tour do mundo por Will Baxter.

Ele inclina a cabeça para trás, e eu deslizo a língua ao longo do cume da pélvis. Will inspira fundo e agarra meu pulso.

– Quarto.

Discordo. Tenho minhas próprias ideias, que envolvem Will perdendo o controle na minha mão agora mesmo, por isso sigo em frente. Ele leva as mãos à cabeça, e assim que seus músculos abdominais se contraem de uma maneira que sugere que estou prestes a conseguir o que quero, Will me tira do chão e não tenho escolha a não ser me agarrar a seu pescoço.

– Mas você estava tão perto – protesto.

Ele chupa a pele sob minha orelha e diz:

– Você não tem ideia do autocontrole que eu posso ter quando o assunto é você.

Mordo o ombro de Will enquanto ele nos leva para o quarto.

– Eu estava totalmente dedicada a terminar o meu trabalho.

Caímos de lado na cama, e eu levo a mão ao elástico da sua cueca, mas antes de baixá-lo um pouco que seja, ele põe a mão na minha bochecha e diz meu nome. Meus olhos encontram os dele.

– Devagar, tá? Esperei muito por isso.

Eu assinto, mas suas palavras e seus olhos – o modo como ele me encara, de maneira aberta e firme – me fazem sentir algo que eu não estava sentindo no momento anterior. Estou deitada numa cama com Will Baxter, nua. Não sei onde pôr as mãos. Não sei para onde olhar.

Will ergue meu queixo para que eu o encare.

– Você está bem?

Digo a verdade a ele:

– Acho que estou nervosa.

Will sorri.

– Eu também. Quer parar?

Balanço a cabeça.

– De jeito nenhum.

Will afasta meu cabelo e seus lábios tocam meu pescoço. Ficamos nos beijando por um longo tempo, e ele mantém suas mãos nos meus ombros, na minha cintura e nos meus quadris, até que eu não esteja mais nervosa, só impaciente. Meu corpo encontra o dele e levo sua mão ao meu seio. Abaixo sua cueca de vez, e ele não me impede.

– Quero você dentro de mim – digo.

Will começa a se afastar, e eu enrosco uma perna na dele para mantê-lo próximo.

– Agora.

– Camisinha – ele diz, e eu pisco. Claro. Ele traz um pacote do banheiro, e eu observo enquanto coloca uma, depois o puxo para a cama.

– Prefiro assim. – Viro de costas para ele, de modo que ficamos de conchinha.

Will me abraça, e eu jogo o corpo em sua direção, mas ele não parece achar que se trata do convite que de fato é. Will belisca meu mamilo e beija meu ombro, então fala:

– Vou fazer o que você quiser. – Então ele monta em cima de mim. – Mas eu preferiria ficar olhando pra você da primeira vez. Pode ser?

Engulo em seco, com a garganta fechada, depois sussurro:

– Pode.

Will mantém os olhos em mim enquanto me penetra, sem pressa, até nos encaixarmos plenamente. Ficamos nos olhando, sem piscar. Parece que meu coração vai explodir com uma emoção que não consigo nomear. Não me dou conta de que tem uma lágrima escorrendo do canto do meu olho até Will a beijar.

Eu me desculpo.

– Isso nunca aconteceu comigo. Vou ficar bem.

– Tem certeza?

Assinto.

– Estou bem.

Will pressiona os lábios contra os meus, de um jeito doce, então começa a se mover em um ritmo lento.

A gente pode se sair melhor do que "bem".

O sol ainda não se levantou quando sou despertada pelo lamento de um mergulhão. Não há nada além da luz suave que precede a alvorada e do belo e estranho canto da ave. Meus olhos levam alguns segundos para se ajustar o bastante para que eu veja onde estou e me lembre de que não é em casa. A noite de ontem me volta em um lampejo de pele suada e tatuagens. Meu rosto pressionado contra o travesseiro e Will curvado sobre mim, sussurrando no meu ouvido. Na segunda vez.

Eu me lembro de tentar reunir coragem para pedir que ele me abraçasse para dormir, querendo o conforto de seu corpo contra o meu. Não é algo que eu costume pedir, que se encaixem em mim, e eu não tinha certeza de que podia fazer isso com Will. No fim, nem precisei. Ele se encaixou nas minhas costas e me segurou junto a si. Adormeci com os lábios de Will em meu ombro.

Agora, eu me viro e encontro Will deitado de costas, com as cobertas emboladas na cintura, o cabelo uma bagunça escura.

Decido aproveitar a oportunidade para avaliar suas tatuagens mais de perto antes de ir embora. Não quero que nenhum hóspede me veja voltando para casa de pijama. Mais do que isso, não sei como me portar com Will à luz do dia.

– Acabamos não fazendo o tour ontem à noite – Will comenta, me assustando em meio a meu estudo do nome "Sofia" no alto de suas costelas.

– Decidi ser minha própria guia.

Ele coloca uma mão atrás da cabeça e me puxa para que eu deite entre seu peito e seu braço. Sou pega com a guarda baixa, e fico toda rígida. Sexo casual e ficar abraçadinho de manhã não costumam combinar, e o que aconteceu foi a definição do dicionário de uma noitada de última hora.

Will me aperta.

– Ei, pra onde você foi?

– Desculpa. Só estava pensando.

– Pensando em quê?

Seus dedos enrolam uma mecha do meu cabelo.

– Pensando que... – digo, passando a mão em sua barriga – você tem muitas tatuagens.

Will bagunça meu cabelo, e tudo dentro de mim relaxa um pouco.

– Você é sempre observadora assim de manhã?

– Não funciono direito até tomar café. – Pigarreio – Acho melhor eu voltar pra casa antes de ser pega no flagra por algum hóspede. Acho que não é o tipo de vida selvagem que eles esperam ver por aqui.

Will desce uma mão pelas minhas costas nuas e a para na curvatura do quadril.

– Mas eu tinha uns planos bacanas pra hoje de manhã.

Inspiro fundo quando seus dedos descem um pouco mais.

– Tentador, mas...

– Fern – ele diz, com a voz baixa. – Não vá embora ainda. Eu passo na sua casa e pego uma troca de roupa, pode ser?

– Tá.

Viro a cabeça e enterro meu sorriso em seu peito. Sei que isso não vai a lugar nenhum. Will tem sua vida em Toronto e eu... bom, acho que vou ter uma aqui. Mas por enquanto posso ficar um pouco mais.

– Então... qual é a das tatuagens?

Passo um dedo por uma árvore em seu braço.

– As mulheres adoram.

– Mulheres como Sofia?

Ele dá risada e passa uma mão pelo meu cabelo.

– Ah, sim, a Sofia com certeza gosta. – Viro o pescoço e noto que Will está sorrindo para mim. – É a minha sobrinha.

Ele deve ver meu alívio tão claramente quanto o sinto, porque seu sorriso se alarga.

– Ah – digo. – Acho que você ainda não tinha dito o nome dela.

Will volta a me puxar para si e a enfiar os dedos em meu cabelo.

– Não? Não foi de propósito, mas agora fico feliz por não ter feito isso. Você fica linda com ciúme.

Solto um *pfff*.

– Você é impossível. – Passo a mão pelo nome. – Está com saudade dela?

Will solta o ar audivelmente.

– Nunca passei tanto tempo longe dela – ele comenta, devagar, como se estivesse escolhendo suas palavras em um cardápio de quarenta páginas. – Mas a minha irmã insistiu que a folga seria boa para todos nós.

– E está sendo? Uma folga boa?

Ele inclina a cabeça para ver meu rosto.

– Está brincando comigo?

Balanço a cabeça.

– Tenho trabalhado, mas parece que estou de férias. Faz um século que não passo tanto tempo sozinho. Tem sido incrível. Um descanso total da realidade.

Um descanso da realidade. As palavras batem contra os ossos do meu crânio.

Aponto para a tira com quatro quadrinhos em sua barriga. O primeiro mostra um cara todo desalinhado cercado por caixas de mudança.

– É a sua HQ?

– É. É a primeira tira de *Colegas de quarto*.

– Você às vezes pensa em tentar de novo?

– Em voltar com a tira? Não.

– E ilustrar? Mesmo que só por diversão?

Ele fica em silêncio por um longo tempo.

– Tenho desenhado um pouco desde que cheguei.

Penso no desenho no cartão que Will me deu e nos lápis que vi espalhados na sala ontem à noite.

– Você está com mais tempo livre.

– É. Mas também... sei lá. Acho que fui lembrado desse meu lado.

Olho para ele e fico assustada com o peso em sua expressão.

– Fico feliz – murmuro, então passo uma mão pela tatuagem em sua clavícula. Duas palavrinhas. "Apenas pensamentos."

– O que significa?

Will fica totalmente imóvel.

– É um lembrete – ele afirma.

– Do quê?

Ele pisca duas vezes.

– Nada de importante.

– As pessoas geralmente não tatuam coisas que não são importantes.

– Acho que você tem razão – ele diz, e mais nada.

Olho para Will, franzindo a testa, e ele passa um dedão pelas rugas entre minhas sobrancelhas, tentando alisá-las.

– Vamos falar de outra coisa – Will pede. Sua outra mão vai para a minha bunda. – Ou melhor ainda. Vamos fazer outra coisa.

Pela segunda vez hoje, acordo na cama de Will, mas ele não está mais comigo. Ouço o som do café sendo feito e quase tiro uma de suas camisas brancas imaculadas do cabide, mas acabo optando por uma camiseta azul-marinho confortável que tem na cômoda. Tem um logo no peito, um coração vermelho e pequeno com olhinhos, e eu sei que isso significa que é cara, mas gosto das camisetas dele. Me lembram do Will de 22 anos. Quando a visto, a barra chega aos meus joelhos.

Passo pela sala, que não tem mais nenhum sinal dos papéis e lápis que vi ontem à noite. Encontro Will olhando pela janela da cozinha, com as palmas apoiadas na bancada. Ele está de cueca, e só. Paro antes que ouça meus passos, me reservando um momento para apreciar a topografia de ossos, músculos e pele lisa que são as costas de Will Baxter.

– Bom dia – digo então. – De novo.

Will se vira, e seus olhos descem para onde a bainha da camiseta roça nas minhas pernas.

– Gostei... – ele ergue as sobrancelhas e acena com a cabeça na minha direção – ... disso.

– Disso?

Inclino a cabeça.

– É. De você aqui. Usando as minhas roupas.

Ele está com a barba levemente por fazer, como não o vejo desde sua primeira manhã aqui, e minha vontade é passar a mão por ela. Em vez disso, pego duas canecas do armário enquanto meu coração bate bem forte. Geralmente eu não fico para o café da manhã seguinte.

– E eu gosto de... café.

– Espero não ter te acordado quando saí da cama. Não queria te tirar de cima de mim. – Seus olhos cintilam quando ele diz isso. – Mas eu tenho uma reunião às dez.

– Tudo bem. Eu devia ter ido mais cedo.

Encho as canecas e passo uma para Will.

Ele tira o leite semidesnatado da geladeira e coloca um pouco na sua caneca, com três colheres cheias de açúcar. Tomo um gole do meu café preto. Está tão bom que solto um suspiro.

– Espera aí. – Penso por um momento. – Onde você conseguiu essa cafeteira?

Will faz uma careta.

– Comprei na cidade, no meu terceiro dia aqui. Aquelas máquinas de sachês são péssimas.

– E eu não sei? – Preciso substituí-las. – Isso me lembra: eu queria falar com você sobre um monte de coisa do resort. Como está o seu dia?

A última coisa que quero fazer é arriscar nossa relação profissional. Se eu decidir ficar, vou precisar mais do que nunca da ajuda de Will. Mas não posso entrar nesse assunto antes da reunião dele.

– Tenho outra reunião às duas, e deve se arrastar um pouco.

Sinto uma pontada de culpa por ter vindo tão tarde ontem.

– Com quem?

Will franze a testa. Ele apoia a caneca na bancada e dá um passo adiante.

– Quer mesmo falar sobre meu trabalho agora? – pergunta, prendendo uma mecha de cabelo atrás da minha orelha. – Porque eu prefiro falar sobre ontem.

– Ah – digo. – Ontem foi...

Will leva as mãos aos meus quadris, me puxa para si e beija meu pescoço, logo abaixo do maxilar, então diz contra minha pele:

– Ontem foi o quê, Fern?

Ele mordisca o lóbulo da minha orelha.

– Ontem foi... bom.

A descrição de Will espreita na minha mente: *um descanso da realidade*.

– Não foi só bom. – Ele pega meu rosto nas mãos. – Foi incrível. E hoje de manhã foi bem incrível também.

Eu deveria dizer que, por mais incrível que tenha sido, não podemos nos encontrar assim outra vez. Uma coisa é ter uma quedinha por alguém, mas dormir pelado na casa um do outro só pode levar a problemas. Não acho que meu coração suportaria ser o descanso da realidade de Will no restante de sua estadia aqui.

Então ele volta a beijar meu pescoço, e sua barba por fazer faz cócegas na minha pele.

– Acho que a gente devia tentar de novo, não acha?

Eu assinto.

– Venha assim que terminar.

16
14 DE JUNHO, DEZ ANOS ANTES

Era quase meia-noite quando Will e eu chegamos à construção vitoriana com mansarda em que eu morava. Devia ter sido uma propriedade grandiosa em sua época, mas o interior fora transformado em um labirinto de apartamentos. O cheiro de cebola frita nos acompanhava pelo corredor estreito e sombrio que levava aos fundos. Eu torcia para Will não prestar atenção na tinta amarelada nas paredes e no carpete laranja manchado.

Ele se recostou à parede, com o cabelo grudado nas bochechas, enquanto eu brigava com a fechadura.

– Minhas mãos estão escorregadias – murmurei.

Estávamos ensopados. Chovia tão forte que não adiantaria nada correr. Tínhamos caminhado depressa enquanto raios caíam a noroeste e as árvores antigas que ladeavam minha rua balançavam ao vento, com os galhos atingindo os cabos elétricos.

Will me seguiu porta adentro, e juntos passamos os olhos pelo cômodo apertado que continha toda a minha vida em Toronto. Havia uma cama de casal encostada na parede oposta à "cozinha". Dava para ficar entre as duas e tocar a bancada com uma mão e a ponta da cama com a outra. O restante do espaço era ocupado por um par de cadeiras de vinil e uma mesinha de madeira.

– Pequeno é pouco, como você está vendo.

Eu não era uma pessoa organizada por natureza, mas tinha aprendido a deixar o lugar num estado decente. Arrumava a cama toda manhã e lavava a louça depois de comer. Não havia muito o que decorar, mas eu havia pintado as paredes de verde-claro e pendurado algumas gravuras que havia encontrado em um brechó: uma floresta sob o céu noturno e uma propaganda de donut que parecia antiga, mas com certeza não era.

Will tirou a mochila das costas, passando os olhos pelo pôster de um show do Grizzly Bear pendurado sobre a cama.

– Tem bastante personalidade – ele comentou. – E é a sua cara. Essa janela é incrível.

Era mesmo. Dava para o quintal e tinha um peitoril profundo e um painel em chumbo em cima. Era do que eu mais gostava no apartamento: o corredor era sinistro, mas lá dentro o piso de madeira e os rodapés altos permaneciam intactos.

– Tem até banheira – eu disse. – Mas a pressão da água é péssima.

Por que eu estava falando sobre a pressão da água? Levar Will para meu apartamento não tinha sido algo premeditado. Dançar era uma coisa – provavelmente um passo além do limite. Tudo o que eu sabia quando o convidara para vir comigo era que não queria me despedir dele. Mas e agora?

Coço o pulso.

– Bom, vou me trocar. Eu te emprestaria alguma coisa, mas nem minha camiseta mais larga deve servir em você.

– Acho que ficaria *um tantinho* pequena. – Will abriu um sorriso torto. – Mas tudo bem. Tenho o macacão na mochila.

Tirei roupas limpas da cômoda, joguei uma toalha para Will e me fechei no banheiro, levando o dobro de tempo do que levaria para me trocar normalmente. Escovei os dentes, passei desodorante e fiquei me virando na frente do espelho. Vesti uma calça de moletom cinza e larga e outra regata branca, agora com um sutiã branco. Não ia brincar com o perigo. Esperei até o barulho da movimentação de Will do outro lado da porta cessar.

Deparei com ele perto da mesa, de pé, segurando um porta-retratos enquanto a chuva batia na janela. Seu cabelo estava caótico e as mangas do macacão cobriam até os pulsos, escondendo sua tatuagem outra vez. As paredes pareciam ter encolhido à sua volta. Meu apartamento não era grande o bastante para acomodar Will.

– É sua mãe? – ele perguntou.

As luzes piscaram.

Fui para o lado dele, olhando para a foto.

– É, e esse com a gente é Peter.

A foto era da noite da minha formatura na escola. Estou entre os dois, no deque da sede, o lago um borrão azul ao fundo. Peter não queria ter saído na foto. Lembro que minha mãe sussurrou algo no ouvido dele e tive a estranha sensação de estar testemunhando uma coisa que deveria ser mantida em particular. O rosto de Peter permaneceu plácido, mas ele assentiu, ficou ao meu lado e passou um braço por cima dos meus ombros.

– Você é igualzinha a ela.

– Eu sei. Antes isso me incomodava.

Minha mãe usava o cabelo curto desde que eu me lembrava. Depois que cortei o meu, a semelhança ficou impressionante. Eu já não me importava mais com ela. Não tinha certeza de quando aquilo havia mudado.

– Ela é linda – Will disse. Meus olhos dispararam para a lateral do rosto dele, mas Will continuou concentrado na foto. – Seu cabelo era bem comprido.

– É, esse corte é recente.

Torci uma mecha perto da testa.

Will deixou o porta-retratos de lado.

– Sempre foram só vocês duas?

– Não tenho pai, se é isso que está perguntando.

Dei um passo para a direita para encher dois copos com água. A cozinha só tinha alguns centímetros de bancada, uma mesa, um fogão a gás bem velho e uma geladeira pequena. Passei um copo para Will e me sentei na beirada da cama, chutando uma cadeira para ele se sentar.

– Meus avós moravam no resort até meus doze anos, mas Peter estava sempre por perto. Ele é o chef confeiteiro do lugar. Peter começa a trabalhar bem cedo, então quando eu chegava da escola já estava liberado. Quando eu era pequena, nós sempre tomávamos o chá da tarde juntos. Ele fazia sanduíches de pepino em pão de forma sem casca, e nós ficávamos ouvindo Talking Heads e Ramones. – Sorri. – Uma das minhas lembranças mais antigas de Toronto é de tomar chá da tarde com ele no hotel Royal York.

Na época, Peter estava tentando convencer minha mãe a fazer um chá da tarde refinado no resort – o que não conseguiu.

Will voltou a inspecionar meu quarto, e seus olhos pousaram no guarda-roupa. Era pouco mais que um armarinho de uma porta, e estava tão cheio que nem fechava direito.

– Imagino que você não tenha podido começar a fazer as malas com sua amiga aqui.

Me joguei de costas na cama. A visita de Whitney havia me dado a desculpa perfeita para nem pensar naquilo.

– Não consigo acreditar que vou ter que morar com a minha mãe de novo.

– Por que você *tem* que morar? – ouvi Will perguntar.

Pisquei para a rachadura que cortava o teto. Eu poderia desenhá-la de olhos fechados.

– Bom, a menos que eu queira um beliche no alojamento dos funcionários, o que eu definitivamente não quero, não tenho outra opção. O resort é meio isolado, e não tenho carro.

– Tá – Will falou –, mas o que eu quis dizer é por que você precisa voltar pra casa.

O estrondo de um trovão me salvou de ter que responder. Eu me levantei na mesma hora, sentindo uma pressão esmagadora na cabeça.

– A gente precisa de música.

Abri o notebook na mesa, perto de Will, e o site do Brookbanks surgiu à nossa frente. Minha mãe tinha ligado quando Whitney estava saindo aquela manhã. Queria nossa opinião sobre o novo sistema de reservas.

– Esse é o resort? – Will se inclinou para a frente. A pessoa que tirou as fotos havia pegado um barco para conseguir uma imagem da sede no topo da colina verde, com a praia embaixo. Parecia um chalé de esqui gigantesco, um château de três andares construído em pedra e madeira, com telhado de duas águas.

– É esse.

Saí da página, entrei no iTunes e passei pelos meus álbuns.

– E eles? – Will perguntou. Quando me virei para entender a que se referia, seu rosto estava tão perto do meu que consegui ver as sardas quase invisíveis que salpicavam suas bochechas. Segui seu olhar até o pôster na parede.

– Grizzly Bear? Claro. – Cliquei no álbum mais recente. – Vi o show deles no Massey Hall ano passado. Peter comprou o ingresso pra mim. É por isso que eu tenho o pôster.

Voltei a me sentar na cama quando a música começou.

– No mundo ideal, eu teria espaço e dinheiro para uma vitrola.

– E um LP do *Horses* novinho.

– Exatamente. Mas estou feliz com meu broche de bondinho.

Will tamborilava na mesa. Pela primeira vez, a conversa pareceu empacar.

– Se você pudesse pedir qualquer coisa no mundo agora, o que seria? – perguntei, para romper o silêncio.

Will piscou, surpreso, e uma vermelhidão começou a subir desde o colarinho do macacão.

– Provavelmente alguma coisa pra comer.

– Está com fome? Mesmo depois dos nachos?

– Estou quase sempre com fome.

– Entendi.

Se eu fosse alta como Will, talvez conseguisse abrir a geladeira com o pé, mas precisei me levantar para olhar para as prateleiras vazias lá dentro. Eu não havia tido a chance de fazer compras desde a visita de Whitney.

– Eu tenho picles. – Olhei por cima do ombro e notei um saco de papel na bancada. – Ah, na verdade eu tenho uma coisa muito, muito melhor.

Peter havia mandado por Whitney dois pães de fermentação natural, e ainda restava a maior parte de um.

– Não está superfresco, mas vai ficar ótimo torrado. – Eu o estendi a Will com uma mão e fiz um movimento circular com a outra, como se estivesse prestes a realizar um truque de mágica. – Você vai se surpreender.

– Acho que nunca vi ninguém tão empolgado com pão na vida.

Parei de me mexer.

– Não é só pão. É o pão de fermentação natural do Peter. E vai mudar a sua vida.

– É mesmo?

A luz piscou outra vez. Ambos olhamos para cima e depois um para o outro.

– Eu garanto. Você nunca mais vai ser o mesmo depois desta noite, Will Baxter.

Enquanto eu torrava o pão, o vento derrubou as lixeiras lá embaixo. A chuva começou a bater mais forte no vidro e a luz pareceu mais fraca, piscou uma vez e depois apagou.

– Merda.

– Será que é só no seu apartamento?

Fui até a janela verificar a rua, que também estava escura.

– Não.

– Você está meio que parecendo uma serial killer neste momento – Will disse, com a luz azulada da tela do notebook refletida no rosto. Eu continuava segurando a faca de pão.

– Ah, então você descobriu tudo – eu disse, erguendo a faca no ar. – Eu estava conseguindo te fazer acreditar que eu era uma mocinha inocente do interior. – Franzi a testa e deixei a faca de lado. – A torrada não vai funcionar. – Mordi a parte interna da bochecha enquanto pensava. – Vou usar a frigideira.

O fogão era mais velho do que eu, e o acendedor da boca direita do fundo estava quebrado. Como era a gás, no entanto, podia ser usado mesmo sem energia.

– Tem um isqueiro? – Will perguntou enquanto eu tostava o pão. – Posso acender as suas velas.

– Na mesa de cabeceira. – Eu estava tão distraída pensando na equação iluminação romântica mais Will mais apartamento pequeno que foi só quando ele já estava abrindo a gaveta que me lembrei do que havia ali. – Não, espera. Não faz isso. Está na minha sacola. Na bolsinha do Ziggy Stardust.

Meu coração batia acelerado, e a cada tentativa de acender o isqueiro eu me sentia mais desconfortável. Will acendeu as cinco velas que eu tinha, cada uma delas segura dentro de um pote de vidro, e deixou uma no banheiro e outra ao meu lado na bancada. Uma terceira foi para a mesa, a quarta para a cômoda e a última ficou ao lado da minha cama. Quando ele terminou, o apartamento estava tomado por uma luz dourada e trêmula.

– Seu notebook está com doze por cento de bateria. Quer que eu desligue para o caso de a luz demorar pra voltar? – Will perguntou, interrompendo meu trabalho cada vez mais atento ao fogão.

– Acho que é melhor.

Foi o fim da música.

Agora éramos só os dois. E um prato de pão torrado.

Eu o coloquei na mesa, ao lado do um ramequim pequeno com sal e manteiga, e me sentei ao lado de Will.

– Coloca um pouco de sal por cima – sugeri, demonstrando no meu pedaço. Esperei que Will fizesse o mesmo antes de morder, e observei seus olhos se arregalarem. O ruído que ele soltou, com a boca ainda cheia, foi meio que "Poooorraaa".

– Foi o Peter que fez?

– Foi. É o pão que nós servimos no restaurante do resort.

– Agora eu tenho mais um motivo pra ir lá. Quero apertar a mão do cara e comer sete pães desses. – Will deu outra mordida e disse, mastigando: – O lago parece legal também. Talvez eu dê uma volta de canoa quando for.

– Ah, é? Tenho certa dificuldade de imaginar você no mato. E Will Baxter numa canoa?

Balancei a cabeça, sorrindo.

Ele olhou feio para mim.

– Eu ficaria ótimo no mato. Sensacional numa canoa. Você só vai ter que me ensinar a usar o remo.

– Vamos combinar o seguinte? Eu te levo pra andar de canoa, te ensino o movimento certo da remada e te ajudo a não passar vergonha. Em troca, você me mostra seus desenhos.

Se íamos entrar no mundo do faz de conta, eu podia muito bem moldar aquela fantasia à minha maneira.

– Você quer ver o meu trabalho?

– Quero. – Lambi a manteiga dos dedos. – Então leva o seu portfólio quando for pra lá.

Will empurrou a bochecha por dentro com a língua enquanto me olhava.

– Eu posso te mostrar agora.

Parei na hora, com o indicador ainda na boca.

– Eu tenho um caderno comigo. Sempre carrego um. Tem principalmente ideias para *Colegas de quarto*. Uns retratos. – Will deu de ombros. – Se você quiser ver.

– Sério? Você não se importa?

Enquanto Will revirava a mochila, comecei a me preocupar. Eu era péssima fingindo.

– Aqui.

Ele me passou um Moleskine verde surrado, então ficou ali, com os cotovelos apoiados nos joelhos e o queixo apoiado em uma mão.

179

Comecei pelo começo e fui devagar, estudando as imagens nas folhas sem pauta. Os mesmos quatro personagens apareciam várias vezes, algumas delas finalizados em caneta preta fina, em linhas nítidas e confiantes, outras vezes esboçados a lápis.

– Você é bom – comentei, olhando para Will, mas ele não respondeu, só ficou me vendo virar as páginas.

Um dos personagens tinha olhos sonolentos, ombros caídos e sempre carregava um sanduíche na mão. Outro usava um coque. O que claramente representava Will era um varapau com o nariz exagerado. Havia uma página cheia de anotações. Ele escrevia tudo em letras de forma bem certinhas.

– São ideias de tirinhas – Will explicou quando cheguei a ela.

Ao longo do caderno havia esboços realistas de árvores, pontes e objetos cotidianos – uma tigela com limões, a mochila de Will largada em um canto. Havia alguns retratos. Meu preferido era o de uma menina nadando com um sorriso cheio de dentes, as mãos jogando água.

– Que incrível – eu disse a Will.

– Valeu. - Ele pigarreou. – Essa é a minha irmã. Nem sempre é fácil encontrar quem pose para mim, por isso geralmente eu uso fotos. Essa foi tirada quando nós éramos crianças e viajamos para a Ilha do Príncipe Eduardo.

– Pode me desenhar, se quiser. – Fechei os olhos. – Tipo, se você quisesse, eu deixaria.

Will não disse nada, então abri uma pálpebra.

– Seria esquisito? Só achei que você quisesse treinar.

Peguei outra fatia de pão e fiquei examinando seus alvéolos com uma fascinação renovada.

– Na verdade seria ótimo.

Tirei os olhos do pão.

– Sério? Como a gente faz? Quer que eu coloque uma cadeira ali?

Apontei para o outro lado do apartamento, perto da porta.

Will pegou o pão das minhas mãos e o colocou no prato. Então seus olhos passaram pelo cômodo até pararem na cama.

– Não. Fica ali.

Começou comigo na cabeceira da cama e Will em uma cadeira aos pés dela. Ele ficou olhando para uma folha em branco por um minuto inteiro, depois olhou para mim, o rosto primeiro, depois o restante. Sua mão se movia pela página em traços rápidos e curtos. Ele ficava se inclinando para a frente, apertando os olhos para me enxergar no escuro.

– Quer que eu chegue mais perto? – perguntei, depois da terceira vez que ele se inclinou e apertou os olhos.

Will levantou o rosto, fazendo uma pausa.

– É, acho melhor.

Eu me aproximei um pouco.

– A gente pode conversar? Ou atrapalha todo o processo?

– A gente pode conversar.

– Quanto tempo você costuma ficar quando volta a Toronto? – perguntei, torcendo para não estar dando muito na cara.

Will me abriu um sorriso rápido antes de voltar a desenhar.

– Depende. Dessa vez eu fiquei um pouco mais de uma semana. Geralmente eu fico só alguns dias.

Não muito então. Não o bastante para me visitar mais ao norte.

– Ah. E por que você ficou mais tempo agora?

– Meu pai vai se casar. A festa de noivado foi no fim de semana passado, e eu nunca nem tinha visto a noiva dele, então teve um monte de atividades pra gente se conhecer melhor.

– Foi tudo bem?

Eu nunca tinha precisado me envolver com os meandros da vida amorosa dos pais. Se fosse mais inocente, poderia acreditar que minha mãe engravidou sozinha.

– Acho que sim. Ela parece gostar de verdade do meu pai. Eu até queria dar um toque, tipo: *Sério? Esse cara? Você sabe que ele lava salada pré-lavada, né?*

Dei risada, e Will pareceu pensar por um momento.

– Foi esquisito ver o meu pai com alguém que não era minha mãe. Annabel já tinha visto a mulher algumas vezes e gosta dela, e olha que ela costuma ser bem crítica. Só espero...

Ele baixou os olhos para o desenho.

– Tudo bem?

Will assentiu, depois olhou para mim.

– Isso me incomoda um pouco. Eu ter ido embora, como a minha mãe fez. Meu pai é muito duro com Annabel, mas talvez com Linda morando lá as coisas melhorem. – Ele esfregou um olho. – Bom, eu falei um monte pra ele ontem à noite, não que vá fazer muita diferença. Foi bom ter uma distração hoje em vez de precisar voltar pra casa e lidar com ele.

Will voltou a desenhar.

– Pode dormir aqui esta noite, se quiser – soltei.

O lápis parou.

– Se você quiser.

Will olhou para mim.

– Você pode.

Ficamos olhando um para o outro, até que ele voltou a desenhar. Nenhum de nós falou por vários minutos, até que Will perguntou:

– Então, como ele é? Seu namorado?

– Jamie?

Olhei para Will, tentando intuir por que estava perguntando isso, mas tudo o que absorvi foi como seus cílios eram compridos.

– É. Jamie.

– Ele é ótimo – elogiei, devagar. Fazia muito tempo que não descrevia Jamie para outra pessoa, e não curtia a tarefa de fazer isso com Will. – Ele é bem tranquilo. Engraçado. O tipo de pessoa de quem todo mundo gosta. Um pudim humano.

– Não sei se estou conseguindo acompanhar – Will disse.

Olhei para o broche escrito "surrealista" em seu colarinho.

– É meio que uma piada interna, o tipo de sobremesa que cada um de nós seria. Jamie seria um pudim. Doce, fácil, agrada todo mundo.

Will olhou para mim. Eu poderia jurar que tinha um sorriso malicioso nos lábios.

– E você, Fern Brookbanks? Que tipo de sobremesa seria?

– Eu? – Engoli em seco. – Jamie acha que sou uma torta de limão.

Fiquei vendo o peito de Will subir e descer. Ele inclinou a cabeça para o caderno.

– E que tipo de sobremesa você acha que *eu* seria?

Eu podia até sentir o gosto da torta de chocolate com flor de sal do Peter, o toque de pimenta.

– Não sei... Um rocambole de chocolate?

– Rocambole de chocolate?

– É. Recheado com chantili.

Eu deveria ter pensado mais a respeito antes de abrir a boca.

– Sei – Will disse. – E o que mais?

Eu sabia que ele não estava falando do rocambole de chocolate. Respirei fundo.

– Faz um tempão que eu conheço Jamie, mas ele sempre foi só um garoto mais velho do lago.

Will olhou para mim.

– Mais velho quanto?

– Três anos. A família dele tem uma cabana perto do resort. Bom, as coisas andavam meio caóticas no fim do ensino médio, e Jamie e eu estávamos trabalhando juntos. Ele era a única pessoa que não me julgava. – Will tirou os olhos do desenho. – Foi quando tudo começou.

– Faz quatro anos?

– Isso. A gente trabalha junto no resort todo verão. Jamie prefere ficar no alojamento dos funcionários em vez de ficar na cabana da família, de tanto que gosta do lugar. – Comecei a cutucar o esmalte azul do dedo indicador. – Taí uma coisa que eu não entendo.

– Não foi a impressão que eu tive.

– Está falando sério?

Não acabei de explicar ao cara que não quero voltar para o resort?

– Estou. A julgar por hoje, na galeria... e pelo jeito como você fala do lugar. Sei lá. Tive a impressão de que você ama aquilo lá.

Pisquei para ele. De muitas maneiras, eu amava. Amava ver uma tempestade se deslocando pelo lago. Amava ficar na cozinha com Peter, jogar baralho com os Rose, fazer um passeio de caiaque em um dia tranquilo.

– Pode ser.

Olhei para minhas próprias mãos. As coisas tinham melhorado com minha mãe desde que eu me mudara, no começo do segundo ano de faculdade. Eu nunca tinha curtido muito o excesso de energia dela, mas, no dia em que minha mãe e Peter me ajudaram a desfazer as malas, ela começou a esfregar e organizar o apartamento como se estivesse em uma operação militar. Em uma tarde, o queijo queimado foi raspado do fogão, os rejuntes dos azulejos do banheiro se revelaram brancos, em vez de cinza, e cada um dos meus artigos de cozinha, incluindo panelas e frigideiras, foi lavado e guardado. Quando terminamos, eu me senti grata a eles, mas também acabada. Em vez de voltarem para o hotel, no entanto, minha mãe sugeriu que nós saíssemos para comemorar. Pegamos uma mesa do lado de fora de um restaurantezinho no fim da rua e comemos pizza e tomamos vinho tinto enquanto recordávamos o verão. Parecíamos uma família normal saindo para comer, e acho que éramos isso mesmo. Quando minha mãe me deixara no dormitório no ano anterior, eu queria me livrar dela o mais rápido possível. Aquela noite, no entanto, eu a abracei forte na despedida, desejando que ela pudesse ficar um pouco mais.

– Não ir pra casa... – Balancei a cabeça. – Não é uma opção.

– E o Jamie? Você falou com ele a respeito?

– Não. Acho que não teria como terminar bem. Peter provavelmente é a única pessoa com quem eu poderia conversar a respeito. – Pensei na playlist que Peter fez para mim. – Acho que ele está desconfiado. Me conhece melhor do que ninguém.

– Você ama ele?

Olhei para Will, surpresa.

– Peter? Claro. É o mais próximo de um pai que eu tive.

– Estou falando do Jamie.

Eu não queria demorar para responder, mas ele me pegou desprevenida.

– Claro. Não estaria com ele se não o amasse.

Will assentiu.

– E você, ama Fred?

– Não – ele respondeu, sem hesitar. Depois de um segundo, acrescentou: – Achei que talvez amasse. Mas percebi que não amo.

Eu queria saber como e quando ele percebeu isso, e por que os dois continuavam juntos nesse caso. Mas fazer esse tipo de pergunta parecia perigoso. Ficamos ambos em silêncio, enquanto eu observava a luz bruxuleante da vela refletida nas bochechas de Will, perdida nas linhas de seu rosto.

A chuva apertou e começou a atingir a janela de lado. Depois de um tempo, a mão de Will parou.

– Estou preocupado que você vá odiar – ele disse.

– Sinceramente, eu também.

Ele passou para a beirada da cama. Eu me ajeitei ao lado dele. Deixei alguns centímetros de distância entre nós, mas conseguia sentir o calor de seu corpo, o cheiro da chuva em seu cabelo, da tinta no macacão.

Eu me inclinei para a página e ali estava, capturada nos traços finos do lápis, luz e sombras. Era uma ilustração cuidadosa e detalhada, comigo claramente no foco, a cama e o apartamento um borrão à minha volta. Meu queixo descansando nos joelhos, meus braços envolvendo minhas canelas, meus pés descalços. Meus lábios ligeiramente torcidos para cima, meus olhos arregalados em uma espécie de prazer secreto.

– Você fica com uma cara diferente quando está empolgada com alguma coisa... Era o que eu estava tentando retratar. – Ele abaixou a cabeça para tentar ler minha expressão. – Seu nariz foi difícil também.

– Meu nariz?

Levei a mão a ele.

– Fui bem? Você odiou?

Balancei a cabeça.

– Não. Isso... – Eu queria explicar como me pareceu que ninguém nunca tinha me visto de verdade até aquele momento, mas tudo o que saiu foi: – Sou eu.

3 de agosto de 1990

Minha menstruação está atrasada. Nunca atrasa. Deveria ter vindo há seis dias.

Mas não posso estar grávida. Sou cuidadosa. Tomo pílula.

Eu tenho um plano. Estar no comando do resort com vinte e três. Me casar com vinte e seis. Ter dois filhos antes dos trinta.

Eu só deveria ter um bebê daqui a pelo menos cinco anos!

Europa. Trabalho. Casamento. Filhos. Essa deveria ser a ordem das coisas.

Não estou grávida. Não estou. Não posso estar.

Só que meus seios andam doloridos. Muito doloridos.

17
AGORA

Mergulho da ponta do deque particular e afundo até ser obrigada a retornar à superfície. Vesti a roupa de banho assim que voltei do chalé de Will e peguei o caiaque. Mas isso não abrandou o fato de que passei a noite com ele, ou a perspectiva de passar outra noite.

Muito antes de eu nascer, meus avós e minha mãe vinham aqui para passar o tempo à beira da água. Esta orla é reservada, fica escondida em uma baía pequena, de onde não dá para ver os chalés ou a praia do resort. Tem duas cadeiras de metal, com a tinta vermelha descascando, e um ancoradouro pequeno e igualmente desgastado. Um cedro retorcido cresce sobre a água, o tronco paralelo à superfície. Whitney e eu desfilávamos aqui, fingindo que era uma passarela. Quando tínhamos onze anos, ela me convenceu a vestirmos as roupas da minha mãe e trazermos um aparelho de som, mas ela caiu no lago usando um vestido de seda. Minha mãe nos obrigou a passar o resto do verão correndo atrás das bolinhas perdidas nas quadras de tênis.

Eu preferia nadar no deque particular, longe de todo mundo, mas Whitney gostava de ir à praia para ficar de olho nos Hóspedes Misteriosos quando éramos mais novas e em caras bonitos quando ficamos mais velhas. Este era o lugar preferido da minha mãe, aonde ela vinha tomar café e desfrutar de um pouco de solidão.

Meu cérebro é como um passarinho pega-rabuda com dificuldade de se decidir em qual objeto brilhante aterrissa.

O resort.

Will.

O resort.

Aquilo que Will faz com o dedão.

Não sou uma grande nadadora. Adoro cair na água, mas sou mais do tipo que fica boiando com um espaguete. Mas hoje vou de um lado para o outro, até silenciar minha mente.

Quando meus pulmões e meus braços desistem de mim, eu me enrolo em uma toalha e me sento na cadeira de sempre, a da esquerda. Observo as ondas provocadas por um barco baterem contra as pedras e subirem na costa, e por um segundo é como se minha mãe estivesse aqui ao meu lado, com uma caneca fumegante.

Este era o nosso lugar – o único que realmente parecia apenas meu e dela. A gente vinha logo cedo, e minha mãe deixava o BlackBerry em casa. No meio do verão, ela não podia se demorar, e assim que terminava o café se levantava e ia embora. Mas no outono trazíamos os muffins com farofinha por cima que Peter fazia e ficávamos até chegar a hora de eu precisar me arrumar para a escola. Na primavera, caminhávamos pela neve derretida e nos aconchegávamos debaixo de mantas.

Adoro isto aqui, ela dizia, com um suspiro. *Nós temos muita sorte.* Ainda consigo ouvir sua voz claramente.

O que mais desejo é poder ouvi-la outra vez. Os diários são o mais próximo disso que tenho. Desta vez tem sido mais difícil ler o último. Não achei que fosse possível. Minha mãe era nova quando engravidou. Eu sempre soube disso, mas ler o diário dela já adulta é muito diferente, porque agora ela me parece mesmo jovem.

Uma borboleta-monarca passa e aterrissa na pétala roxa de uma íris que cresce à beira da água. Mesmo em meio à minha rebelião adolescente, minha mãe me fazia vir aqui com ela. Eu me sentava de braço cruzado e ficava muda até ela terminar o café, depois voltava para casa pisando duro.

Não consigo me lembrar da última vez que viemos aqui. Acho que não viemos juntas ao lago nenhuma vez no último ano. Quanto mais responsabilidade eu assumia no Filtr, mais dificuldade tinha de voltar para casa, embora tenha ficado a semana inteira do feriado de Ação de Graças quando Philippe e eu terminamos. Na minha última manhã, contei a ela sobre a decisão que tomara de esquecer os homens. Disse que seria mais feliz sozinha, como ela.

Minha mãe se inclinou para pegar minha mão e me olhou com seus olhos cinza. *Eu sei que você não está pronta agora, mas acho que um dia vai descobrir que o seu coração é grande demais para ficar reservado para você.* Eu assenti, ainda que não acreditasse nela. Fazia um friozinho lá fora, o céu estava bem azul e as folhas estavam vermelhas e douradas. Minha mãe inclinou o queixo para o sol e ficou ali sentada de olhos fechados, com um sorriso nos lábios, até que eu lhe dissesse que horas eram – a hora em que ela precisava voltar para a sede. Minha mãe balançou a cabeça. *Vamos ficar mais um pouco.*

Olho para a cadeira vazia ao meu lado e sei que meu coração é grande demais só para mim.

As pessoas mudam. Os sonhos também.

Quando volto para casa, eu me sento na beirada da cama com a roupa de banho molhada e uma toalha enrolada na cintura. Pego o diário da mesa de cabeceira e passo os dedos sobre a caligrafia da minha mãe. Quero dizer a ela que vou ficar. Quero pedir seu conselho. Quero que ela me diga que está orgulhosa. Quero a minha mãe.

Depois que enxugo as lágrimas com o canto da toalha, meus olhos recaem sobre um nome na página, e eu pego o celular e faço uma ligação.

– Fern? – ouço Peter falar com sua voz profunda.

– Oi, Peter. Eu queria que você fosse o primeiro a saber. Tomei uma decisão sobre o resort.

– Não mudou nem um pouco – Jamie diz enquanto olha para a sala em volta. – Não venho aqui desde que a gente namorava.

Não fico surpresa. Por mais que a vida da minha mãe fosse o resort, ela mantinha seu relacionamento com os funcionários no âmbito profissional. Peter era a única exceção.

Sempre pensei que essa reserva fosse apenas uma questão de estabelecer limites entre chefe e funcionários. Agora que leio seu diário com um olhar maduro, tenho certeza de que isso não explica tudo.

Mas não sou minha mãe.

Depois que encerrei a ligação com Peter, pedi que Jamie viesse.

Ele está usando uma gravata verde-floresta com estampa de pinhas. Notei isso alguns dias atrás – Jamie sempre usa uma gravata com um toque do verde do Brookbanks. Eu me pergunto quanto tempo ele passa procurando gravatas verdes na internet. E me pergunto quando se transformou no Jamie que é agora, organizado e asseado.

Talvez tenha sido no período em que morou em Banff. Jamie passou alguns anos lá, subindo na carreira em um resort antes de se mudar para Ottawa e gerenciar um hotel perto do Parlamento. Foram os pais de Jamie que contaram à minha mãe como ele gostava dos verões em Brookbanks e sugeriram que ela ligasse para ele.

Ela me mandou uma mensagem do nada há alguns anos.

Nós ainda gostamos de Jamie Pringle, né?

Fazia anos que eu não ouvia aquele nome. Tínhamos perdido o contato depois do término.

Gostamos, escrevi de volta. Eu não havia contado muita coisa à minha mãe quando terminamos, e sabia que havia outra pergunta embutida ali.

Estou pensando em contratar o Jamie para o cargo de gerente.

Ele seria ótimo, escrevi.

Fora minha mãe, ninguém amava o Brookbanks tanto quanto Jamie.

– Sou muito grata por todo o apoio que você me deu nas últimas semanas – digo a Jamie quando estamos sentados à mesa da cozinha. Minha voz parece tensa. Não sei por que estou nervosa.

– Como assim, Fernie? Está me mandando embora?

– Quê? Não.

Jamie solta o ar e depois deixa a cabeça cair.

– Achei que estivesse – ele diz, com a voz abafada.

– Por que eu faria isso?

Ele me olha com um sorriso torto no rosto.

– Porque você ainda me ama e não suporta ficar no mesmo ambiente comigo sem arrancar minha roupa?

– Sou tão transparente assim?

– Foi a baba que te entregou. Você baba quando está com tesão.

Dou risada.

– Te chamei aqui porque queria que você soubesse que não vou vender o resort. Vou continuar sendo a proprietária.

Jamie dá um tapa na mesa.

– Excelente notícia!

– Mas vai ter algumas mudanças.

Jamie tem uma ideia do que Will faz como consultor, mas explico a ele no que estamos trabalhando.

– Você conhece o resort e os hóspedes – digo. – Eu adoraria ter a sua opinião.

– Claro, Fernie. Vai ser uma honra ajudar.

Uma honra. E ele está falando sério.

– Você achou mesmo que eu fosse te mandar embora só porque a gente namorou?

Jamie me encara.

– Fiquei preocupado. Nós temos uma história, e eu achei que você fosse querer começar do zero.

– Eu tenho uma história com bastante gente aqui. Pelo menos meia dúzia dos funcionários já trocou minha fralda. E alguns hóspedes também. Não tenho como começar do zero.

– Mas com quantas dessas pessoas você dormiu?

Eu pisco. Uma imagem de ontem à noite volta à minha mente. Will embaixo de mim, com os lábios inchados no meu mamilo, me olhando com seus olhos escuros.

– Espera aí. Com quem mais você dormiu, Fernie?

– Ninguém – digo, com as bochechas queimando. – Não podemos ficar falando sobre a nossa vida sexual se vamos trabalhar juntos.

– Tá. – Jamie abre um sorriso. – Mas vamos precisar, se voltarmos a dormir juntos.

Dou um chute nele por baixo da mesa.

Duas horas depois, estou encolhida no sofá enquanto Jamie canta uma versão impressionante de tão boa de "Ironic". Ele insistiu que comemorássemos, insistiu que fosse ao melhor estilo e insistiu que seria tudo por sua conta. Então ligou para a sede e pediu que mandassem "nosso melhor e mais barato espumante".

– Sua versão Alanis é inacreditável – grito, batendo palmas quando Jamie termina.

– Eu sei.

Ele se joga no sofá, deixando seus pés só de meias ao meu lado e dando um gole na cerveja. O espumante não durou muito.

Dou um suspiro.

– Não consigo acreditar que vão deixar a gente administrar este lugar.

Jamie dá um chutinho na minha perna.

– Fico feliz que você tenha voltado. Eu estava com saudade.

– Também estava – digo, porque é verdade. Perdi um amigo próximo quando perdi Jamie.

– Muito bem, Fernie, sua vez.

– *Minha vez*?

– O chão é seu.

– Não, desculpa. Você sabe que eu não canto.

Demonstrações em público de falta de afinação estão na lista de coisas constrangedoras que não faço. Assim como: usar blusas de lã temáticas nas festas de fim de ano, jogar jogos de despedida de solteira e passar sombra cintilante. Mas Jamie insiste até que eu acabo cedendo.

Estou quase terminando de cantar "Insensitive" (minha mãe era grande fã de Jann Arden) quando Jamie se vira para a porta. Onde Will se encontra. E no modo Will Baxter total: paletó, gravata, cabelo penteado para trás e expressão indecifrável.

– Eu estava torcendo pra você não me notar – ele diz. – Por favor, continue.

Balanço a cabeça, horrorizada.

– Como foi a reunião?

– Normal. Um pouco longa. – Will olha para Jamie e a garrafa vazia de espumante na mesa. – Vim o mais cedo que pude.

– Fernie e eu estávamos comemorando a boa notícia – Jamie comenta, se levantando.

Will faz uma careta ao ouvi-lo me chamar de "Fernie" e passa a mão pela gravata.

– Que boa notícia?

– Eu decidi ficar – conto a ele.

Will olha para Jamie e depois para mim.

– Parabéns – ele cumprimenta, um pouco rouco. – Desculpa ter interrompido.

– Você não interrompeu nada – digo.

– Interrompeu, sim – Jamie diz. – Mas eu já estava indo. Você me leva até a porta, Fernie?

Will aperta os olhos, e Jamie dá uma piscadela para ele.

– Esse cara? – Jamie sussurra quando estamos à porta.

– Não acredito que você está provocando Will desse jeito – sibilo.

– Ah, por favor. Não fiz nada demais. Quatro anos juntos me dão esse direito, não acha?

– Você ainda... – começo a falar, cerrando os olhos.

– Se eu ainda gosto de você? – Jamie puxa uma mecha do meu cabelo. – Sempre vou te amar, Fernie. Mas não se preocupa. Eu consigo ser profissional.

Sempre vou amar Jamie também.

– Não quero que as coisas fiquem esquisitas. Quero que a gente seja amigo.

– Eu também – Jamie diz. – E, como amigo, não acho que esse seja o cara certo pra você. Ele é tenso demais, sério demais, e tem um negócio estranho nele. Como se estivesse escondendo alguma coisa. O que você viu nesse cara? Ele toca algum instrumento?

– Tchau, Jamie.

Ele me dá um beijo na bochecha.

– Fora que é alto demais.

Quando volto para a sala, Will está no sofá, com a mão entre os joelhos, olhando para o chão.

– Você parece pensativo. – Eu me sento ao lado dele. – O que foi?

– Eu odiava esse cara, mesmo sem nem conhecê-lo.

– Sério? Bom, se nós estamos sendo sinceros, eu também não era grande fã da sua namorada.

Os lábios de Will se curvam.

– Eu sei. Você não é a pessoa mais sutil do mundo, Fern Brookbanks.

Faço uma carcta.

Will me puxa para que eu me sente em seu colo, com as coxas o envolvendo. Ele enfia uma mão debaixo da saia do meu vestido e vai subindo pela perna. Fecho os olhos e enfio os dedos em seu cabelo, gemendo. Por muito tempo, Will foi o cara do meu "e se?". E se ambos estivéssemos solteiros quando nos conhecemos?

Ele beija o ponto abaixo da minha orelha enquanto puxa minha calcinha para o lado.

– Eu achei que você era a garota mais legal que já tinha conhecido. Estava considerando terminar com a minha namorada. Por mensagem.

– Quê?

Arregalo os olhos, mas ele não para o que está fazendo.

– Então eu descobri sobre você e Jamie.

Will me observa com atenção, então faz aquele lance com o dedão.

– Ah, meu Deus.

– Ainda odeio esse cara – Will diz. – Odeio que você tenha contado a ele sobre o resort primeiro.

Os dedos de Will estão dificultando muito a minha fala. Depois de alguns segundos, consigo perguntar:

– Está com ciúme?

Ele morde o meu pescoço.

– Pra caralho.

Isso não deveria me dar tesão, mas dá. Eu me levanto só para tirar a calcinha, depois abro o botão da calça dele. Will tira uma camisinha do bolso, e quando me encaixo nele ficamos ambos imóveis.

Murmuro quando o sinto pulsar dentro de mim. Começo a fazer movimentos circulares com os quadris, atrás de fricção, mas ele me segura no lugar e leva os lábios ao meu ouvido.

– Quer saber mais uma coisa? – Will solta.

Eu assinto. As palavras me abandonaram.

– Eu não precisava de ajuda pra envernizar o mural – ele sussurra, e seu dedão volta a trabalhar entre nós. – Seria muito mais rápido se eu fizesse tudo sozinho. Eu poderia ter terminado na metade do tempo, mas queria ficar mais com você.

Murmuro outra vez, porque não resta nenhuma outra palavra no meu vocabulário.

– Também pensei muito sobre o que você guardava na sua mesa de cabeceira.

Estou focada demais na necessidade entre minhas pernas e na sede nos olhos de Will para me constranger um pouco que seja.

É rápido, quase febril. Will mantém os olhos fixos no meu rosto o tempo todo. Ele deve saber o quanto estou gostando das coisas que saem de sua boca, porque quando chego perto leva os lábios ao meu ouvido e me diz para gozar, e eu obedeço.

Eu apoio minha testa na dele e recupero o fôlego. Quero me deitar na cama e repassar meu dia com Will sabendo que ele tem ciúme de mim. Depois quero dormir.

Contar a Whitney que vou ficar talvez seja a experiência mais recompensadora da minha vida adulta. Ela implorou que eu levasse Will para jantar em sua casa em Huntsville. Acabou de colocar Owen no jumper preso entre a sala e a cozinha quando lhe dou a notícia. Whitney grita e irrompe em lágrimas, então me abraça.

Olho para Will por cima do ombro e faço com a boca: *Caramba*. Ele e Cam estão rindo, enquanto o jumper range a cada pulo de Owen.

– Estou tão feliz – Whitney diz.

É tudo barulhento e encantador, e eu penso: *É assim que uma boa vida deve ser*.

Cam faz espaguete à bolonhesa, e, quando Owen se cansa, Will passeia com ele pela casa, cantarolando em seu ouvido. Está de calça jeans e camisa branca, com as mangas dobradas até o antebraço. Whitney e Cam olham para ele como se fosse um presente dos deuses da criação. Em determinado momento, Whitney pergunta se Will não quer morar com eles.

Durante o jantar, Whitney começa a contar a história de como ficamos amigas. Cam comenta:

– Tenho a marca do soco da Fern até hoje.

Will aperta minha coxa por baixo da mesa e me abre um sorrisinho secreto. Já ouviu essa história antes.

Quando o bebê está no berço, Whitney me leva até a cozinha com a desculpa de que precisa de ajuda para servir a sobremesa. Ela quer saber o que está acontecendo entre mim e Will, e eu digo a verdade: não faço ideia. Só sei que ele decidiu ficar até o dia seguinte ao baile. Depois da nossa rapidinha no sofá ontem, pedimos comida do restaurante e passamos a noite na cama. Pensei em pedir que ele fosse embora antes de pegarmos no sono, mas não consegui. Queria que ele ficasse.

Afora o longo interrogatório de Whitney sobre os hábitos de saúde bucal de Will, a noite passa sem grandes constrangimentos.

Então os sinos soam no celular de Will.

Whitney está tentando nos convencer a beber mais alguma coisa e dormir no quarto de hóspedes em vez de dirigir vinte minutos até o resort, mas assim que o celular de Will toca ele pede licença e vai para a cozinha.

Passa tanto tempo lá que Cam e Whitney trocam olhares descarados.

– Vou ver se está tudo bem – digo.

Quando chego à cozinha, Will tira os olhos do celular. Seu pescoço está vermelho e ele parece prestes a ser bastante severo com a pessoa do outro lado da linha.

– Tenho que ir – ele diz ao telefone.

– Está tudo bem? – pergunto quando Will desliga.

Ele pisca duas vezes.

– Se importa se a gente for embora?

Digo que não me importo, mas meu estômago revira. Vamos nos despedir de Whitney e Cam. Will agradece pelo convite e pela comida, mas está tenso e distraído. Seu sorriso não chega aos olhos.

O que aconteceu?, Whitney faz com a boca quando Will não está olhando, e eu me limito a balançar a cabeça.

Fazemos o trajeto de volta ao resort em silêncio, a não ser pelo barulho do rádio tocando música country. Meus olhos ficam indo da estrada para Will, mas ele se concentra na janela, enquanto gira o anel no dedo.

– Aconteceu alguma coisa? – pergunto quando paro o Cadillac no estacionamento do resort.

Will franze ainda mais a testa.

– É coisa de família.

Uma peça do quebra-cabeça se encaixa. O toque é Annabel ligando.

– Era com a sua irmã que você estava falando?

Will não responde.

Considero deixar passar. Falar sobre sua vida em casa não é exatamente a fuga da realidade que Will está procurando. Mas estendo o braço e levo a mão a seu joelho.

– O que foi?

– Annabel começou a procurar uma casa pra ela. Pra ela e Sofia. Minha irmã quer se mudar – Will diz depois de um momento.

– Ah. – Hesito. – E isso é ruim?

– Isso... – Ele olha para a janela, depois para mim. – Não é preocupação pra você.

– Isso não me aborrece. Não me incomoda – digo.

– Eu me importo – ele insiste. – Vamos deixar as duas fora disso, tá?

Peço a Will para ir comigo para casa, mas ele responde que não pode. Tem que ligar para Annabel.

Fico revirando na cama até pegar no sono, então acordo de um sonho que não lembro. São duas e oito. Levo a cadeira da mesa de trabalho até a janela do quarto e fico olhando para o quadrado de luz dourada que vem do chalé de Will. É reconfortante saber que ele está ali.

Mas eu o quero aqui, na minha cama. Quero que converse comigo. Tenho medo de tudo o que quero quando se trata de Will.

18

15 DE JUNHO, DEZ ANOS ANTES

Eu estava debruçada sobre o caderno de Will, com o nariz a centímetros da página, olhando para o desenho. Devia ser bem mais de meia-noite. Will se encontrava ao meu lado, se alongando.

Fazia anos que eu escapava ao olhar dos outros. Sentava no fundo da sala de aula. Saía, mas não muito. Tinha poucos amigos próximos. Tinha esperado as aulas acabarem para fazer uma mudança drástica no cabelo. Namorava um cara que chamava tanta atenção que não sobrava nenhuma para mim.

Eu não queria que me notassem.

No fundo, eu desconfiava de que havia algo de errado comigo – que eu tinha entrado em contato com meu lado podre aos dezessete anos, e me preocupava que outras pessoas pudessem encontrar a mesma coisa se olhassem de perto. Encobria meus erros diligentemente com aulas de economia, o trabalho no café e os telefonemas aos domingos para minha mãe. Nunca me atrasava para nada disso. A não ser pelo baseado ocasional, eu era a responsabilidade em pessoa. E, quando sentia as frias gotas do meu futuro escorrendo pelo pescoço, colocava os fones e saía para caminhar. Desaparecia nas veias da cidade.

Mas, por algum motivo inimaginável, deixei que Will se sentasse à minha frente e me examinasse. Deixei que ele me visse.

E, sim, eu gostei da maneira como ele me retratou – a curva misteriosa da boca, o desenho do pescoço –, mas era mais do que aquilo. Não havia dúvida de que a pessoa que Will via era linda – ele não havia encontrado meu lado podre.

– Posso ficar com o desenho? – perguntei.

A primeira resposta foi o sorrisinho dele.

– É todo seu.

Fiquei vendo ele se alongar um pouco mais.

– O jeito como você se movimenta – comecei a dizer, sem saber ao certo como descrevê-lo. – É todo... gracioso. E a sua postura... Você tem uma postura muito boa.

Will abriu os olhos.

– Minha postura é excelente.

Ele sorriu e se sentou na cadeira, bagunçando distraído o cabelo úmido e apontando, de maneira fascinante, para todo tipo de direção.

– Minha avó tinha um lance com postura. – Ele sorriu. – E o jeito de se comportar à mesa, o jeito certo de lavar a mão, de ficar do lado da rua quando está acompanhando uma dama...

Dei risada.

– Ahá! Agora tudo faz sentido. Você ficava bastante com a sua avó quando era pequeno?

Ele assentiu e coçou o ponto no queixo onde a cicatriz ficava. Então pareceu hesitar antes de falar.

– A minha irmã e eu moramos com ela por alguns meses depois que a minha mãe foi embora.

– Estava difícil pro seu pai? – perguntei.

– Estava difícil pra todo mundo. – Ele passou os olhos pelo meu rosto. – Principalmente pra mim, acho.

Pisquei.

– Pra você?

Will parecia tão no controle.

– Isso.

Pensei no comentário que Eli fez no bar, sobre Will ter sido emo.

Então consegui ver claramente.

– Você ficou bravo com ela – eu disse. Sabia tudo sobre ficar bravo com a mãe da gente.

Will desviou o rosto por um momento.

– Fiquei puto.

Eu sentia o coração correndo, como se tentasse escapar pelas costelas e estender uma mão para o coração dele. *Entendo você*, cada batida dizia. *Você é como eu*. Eu queria pular da cama e enlaçar seu pescoço.

– O que você fez?

– Provoquei bastante briga. Idiotice, mas era a única coisa que fazia o meu cérebro desligar.

Olhei para a cicatriz no queixo dele.

– Foi assim que você conseguiu isso?

Will assentiu.

– Uns garotos mais velhos me surpreenderam na volta da escola, depois de eu ter passado dos limites verbalmente várias vezes. Foram só dois pontos, mas isso bastou para minha avó entrar em ação. Acho que o meu pai não sabia lidar com as coisas. Annabel e eu ficamos com ela até o fim do ano letivo e o verão. Recebi vários sermões sobre responsabilidade e a escolha do tipo de pessoa que eu queria ser.

– E funcionou?

As conversas com minha mãe nunca foram suficientes para me segurar quando eu era adolescente.

– Eu não sabia quem eu queria ser exatamente, mas sabia quem não queria.

– Quem?

Will girou o anel no dedo. Mal consegui ouvi-lo quando ele disse:

– Minha mãe.

– Sua mãe? – repeti, surpresa. – Em que sentido?

– Em todos os sentidos. Egoísta. Crítica...

Eu o cortei antes que ele continuasse.

– Você não é assim.

– Posso ser. Nós somos muito parecidos – ele disse. – Eu fui embora, como ela. E sou parecido fisicamente com ela. Eu raciocino como ela.

Pensei na maneira calma com que Will havia falado com a irmã mais cedo. Em como ele parecia saber quando fazer perguntas e quando ficar em silêncio. Em como deixou que eu extravasasse na galeria e depois tentou me animar.

– Não acho que você seja nada disso, se é que a minha opinião importa.

Ficamos olhando um para o outro. O ar pareceu denso.

– Importa muito – ele disse, em tom baixo.

Fui para a beirada da cama e me inclinei em sua direção, pressionando levemente a cicatriz com o indicador.

– O jeito como você me desenhou... é como se tivesse visto alguma coisa que eu não sabia bem se estava lá. Acho que uma pessoa egoísta não conseguiria retratar alguém assim... ou ver os outros como você vê.

Seus olhos desceram pelo meu rosto e Will estendeu a mão, tocando meu queixo com o dedo assim como eu fazia com ele. Will inclinou a cabeça.

– Que foi?

– Nada. – Ele ergueu as mãos. – Não é nada. Não é da minha conta.

– Como assim nada? Como assim não é da sua conta?

Perdi o controle. O que quer que fosse, queria que fosse da conta do Will.

– Só acho... – Ele baixou as mãos. – Você não quer ir pra casa e trabalhar no resort, então não vá. Você quer ficar aqui, então deveria ficar.

Passo as unhas pela parte interna do pulso.

– Todo mundo está esperando que eu volte. Minha mãe ia me matar. Às vezes ela diz coisas do tipo "Vou morrer de orgulho quando você virar gerente do resort". Não posso fazer isso com ela.

A mão de Will cobre a minha, me fazendo parar de me coçar. Baixo os olhos para seus dedos.

Ficamos encarando as linhas vermelhas na parte interna do meu pulso.

– Você não parece o tipo de pessoa que faz o que os outros querem.

Mordo a bochecha por dentro.

– Tem alguma coisa que eu não sei?

Eu assinto, devagar.

Ele se abaixa para me olhar nos olhos.

– Quer me contar?

Olho para Will e assinto de novo. Quero que ele me conheça. Quero contar tudo para ele.

13 de agosto de 1990

Eric foi embora. Deixou um bilhete no beliche. Dezesseis palavras. Eu contei. "Maggie, sinto muito, mas não posso ser pai. Desejo toda a felicidade do mundo pra vocês." Nem assinou. Eu sabia que a notícia da gravidez tinha sido um choque para ele. Sabia que minha decisão de ter o bebê tinha sido uma surpresa. Mas achei que ele fosse ficar do meu lado. Achei que ele me amasse. Como posso ser mãe se não sei nem escolher um namorado? Peter estava certo sobre ele. Já faz mais de um mês que não nos falamos, e estou com saudade. Preciso dele. Peter saberia exatamente o que dizer aos meus pais. Nunca achei que fôssemos ficar tanto tempo brigados.

19
AGORA

Will aparece com uma sacola de compras na manhã seguinte ao jantar na casa de Whitney e Cam. Seu cabelo está úmido, e ainda estou de pijama.

– Ainda não tive a chance de te fazer o café da manhã – ele diz quando o deixo entrar. – Minha omelete é excelente.

– Aposto que sim.

Ele coloca a sacola de compras na bancada e pergunta se tenho um avental. Encontro um da minha mãe, aquele com estampa de maçãs vermelhas. Tenho certeza de que Will não vai aceitar. Mas ele o amarra na cintura e me dá um beijo na bochecha, me deixando tão encantada que passo os braços em volta de sua cintura e o desamarro imediatamente.

Will abre um sorriso interrogativo, e eu tiro a camiseta, deixando minhas intenções tão claras quanto o fato de que estou só de calcinha.

Ele me leva até a mesa da cozinha e me coloca nela, abrindo meus joelhos e se posicionando entre ambos.

– Deita – Will diz, apoiando meu pescoço com cuidado enquanto o faço. Ele desce minha calcinha pelas pernas, depois leva os lábios ao meu umbigo e o desenha com a língua. Will deixa um rastro úmido no caminho para o osso do quadrll, e quando enfio os dedos em seu cabelo ele se ajoelha. Will só para quando me fala que sentiu saudade ontem à noite, e eu duro poucos segundos mais que isso.

Enquanto tomo banho, ele faz omelete com espinafre e cebolas caramelizadas. Passamos a maior parte do dia na cama, até a hora dos drinques nos Rose. Ficamos lá o tempo necessário para não sermos mal-educados, depois corremos de volta. Eu me viro para pegar o caminho de casa, mas Will me segura pelo braço e me leva para seu chalé.

– É mais perto – ele diz, mordendo o lóbulo da minha orelha.

É o melhor domingo da minha vida, e pego no sono com um sorriso nos lábios. No dia seguinte, entretanto, uma semana infernal tem início.

203

Depois do almoço de segunda-feira, reúno todo mundo no restaurante e anuncio minha decisão de ficar com o resort. Mantenho as mãos entrelaçadas às minhas costas, para que ninguém veja como tremem. Uma arrumadeira pergunta o que me qualifica para tocar o Brookbanks além do meu sobrenome. Olhos se arregalam diante da escolha corajosa de palavras, mas consigo ver pelo modo como as pessoas se inclinam para a frente nas cadeiras que estão se perguntando a mesma coisa. Falo sobre minha formação universitária, minha experiência com atendimento ao cliente e explico que ajudei a supervisionar a expansão do Filtr, mas nem consigo me ouvir com o sangue correndo nos meus ouvidos.

Então os aparelhos de ar-condicionado começam a pifar. A equipe de manutenção consegue consertar a maior parte, mas uma família decide ir embora mais cedo porque não vamos conseguir trocar o deles rápido o bastante. Uma crítica contundente de uma estrela aparece na internet, falando do problema com o ar-condicionado e descrevendo a gestão do resort como "pouco eficiente" e os chalés como "ultrapassados". "Nem que me pagassem eu ficaria outra noite", diz a crítica.

Na noite seguinte, Jamie me manda o link de um artigo de jornal com a manchete HOTEL DE BEIRA DE ESTRADA É REFORMADO EM TORONTO, sobre a revitalização de um dos hotéis abandonados de Muskoka. De acordo com o artigo, o Daisy vai ser um "espaço retrô para pessoas urbanas à procura de um interior mais descolado". Os quartos vão ter todas as comodidades modernas e decoração estilo anos setenta, assinada por um conhecido escritório de decoração de interiores. O hotel vai ter piscina de água salgada e sanduíches de lagosta levados por atendentes de patins, e vai dar ênfase a "vinhos pouco convencionais e difíceis de encontrar". Vai ser um forte concorrente e um point novo para os hipsters, o que deve tornar nossa luta para nos mantermos em pé ainda mais complicada.

Acho que as coisas estão melhorando quando, na quinta-feira, Will apresenta sua estratégia geral. Ele coloca quatro colegas da Baxter-Lee na linha e repassa comigo e com Jamie seu plano de três anos e uma campanha de marketing para uma reabertura grandiosa em maio. Os slides são chamativos e acompanhados de tabelas. No novo organograma, os gerentes não vão estar todos subordinados a mim.

Saio da reunião confiante e empolgada, mas logo sou puxada de lado pela gerente de reservas, que pede demissão. Ela vai ser a gerente do Daisy.

Não ajuda em nada o fato de que faz calor e de que o ar está tão parado que dá para ver claramente o fundo do lago. É o tipo de calor de agosto que leva as pessoas a se manterem nas áreas internas no começo da tarde, para não suarem por inteiro se cometerem a ousadia de sair. O tipo de calor em que uma a cada três frases que saem de sua boca é "Está quente demais".

Will e eu vamos nadar no deque particular no fim de tarde, para nos refrescarmos. O lago parece uma sopa e insetos mortos pontuam a superfície parada, mas faz tanto calor que não nos importaríamos de nos deitar em um túmulo coberto de água. Boiamos, com os braços e as pernas abertos, vendo um par de estrelas no céu líquido. De volta à terra seca, Will faz o jantar e eu finjo que não adoro estar brincando de casinha com ele. Também finjo não me importar com o fato de que ele sempre sai quando ouvimos o toque de sinos de seu celular. Penso no que Jamie disse – sobre Will estar escondendo alguma coisa – e finjo não acreditar que ele está certo.

– Você já comeu?

Tiro os olhos da pequena pilha de currículos na minha mesa e deparo com Peter à porta do escritório.

– Só tomei café – digo a ele.

Quando desci pela manhã, Will havia feito café. Tinha suco de toranja na mesa. Pão na torradeira. Tenho desfrutado de pequenos vislumbres de como imagino que ele seja em casa. Não que Will fale sobre sua vida em casa.

– Senta cinco minutinhos – ele sugeriu, deixando um prato com ovos mexidos, tomate, abacate e torrada à minha frente. Isso já faz sete horas.

– Preciso de alguém para provar – Peter anuncia, acenando com a cabeça para que eu me levante. Tudo o que Peter faz é mínimo. Ele fala pouco. Se move silenciosamente. Não fica bravo. Seus lábios raras vezes deixam de ser uma linha reta. Toda a sua extravagância vai para o trabalho. O bolo de limão com lavanda, o bolo de pistache e laranja com calda de cardamomo, a torta de noz-pecã com caramelo salgado.

Olho para os currículos para a vaga de gerente de reservas. Não chegaram muitos, e a maioria dos candidatos não tem a qualificação necessária. Um caminhoneiro querendo mudar de carreira. Uma professora de pilates/taróloga.

– Vamos. Vai estar tudo aí quando você voltar – ele diz. Então acrescenta, baixinho: – Igualzinha à Maggie.

– Eu ouvi isso – retruco, empurrando a cadeira para trás e olhando o mais feio que consigo para Peter, embora o comentário me deixe secretamente feliz.

Enquanto o sigo pelo corredor acarpetado, passando pelas portas vaivém e circulando pelas áreas reservadas a funcionários, uma sensação ruim de repente toma conta de mim. Seguro o braço de Peter e o obrigo a parar.

– Você não vai pedir demissão, vai?

– Claro que não.

Levo a mão ao peito e solto o ar, de olhos fechados. Quando os abro, acho que os cantos da boca de Peter se ergueram minimamente, mas é difícil dizer, com a barba.

– Eu falei para a sua mãe que ela teria que me arrastar para fora daqui se quisesse se livrar de mim. E estou te falando a mesma coisa agora.

Ele espera que eu absorva suas palavras, então volta a andar na direção da cozinha.

O cheiro do fermento nos encontra antes que entremos no santuário em aço inox de Peter. Não é do pão – conheço bem aquele cheiro, é quase um objeto físico cujos contornos sou capaz de seguir. Pães italianos redondos, baguetes, brioches e tranças besuntadas cobrem a bancada de trabalho. Já vi a cozinha assim antes, quando Peter estava renovando o cardápio de sobremesas ou em uma de suas fases experimentais – a criação de que mais gostei foi o creme inglês congelado. Mas era sempre com doces que ele brincava.

– Acho que está na hora de fazer uma mudança – Peter anuncia, arrancando um pedaço de um pãozinho simples grudado a outros três e o entregando a mim.

– Por quê?

Ele pega um pedaço para si e enfia na boca, mastigando antes de responder.

– Foi Maggie quem escolheu o pão de fermentação natural. Achei que você fosse querer alguma coisa sua. Alguma coisa que case com a sua visão.

Peter não diz "visão" como se estivesse entre aspas. Ele sabe que quero deixar o restaurante e a comida do resort menos formais. Sem toalhas de linho. Com menos itens no cardápio.

Sinto um nó na garganta.

– Eu amo o pão de fermentação natural.

– Eu também amava – ele afirma, com a voz baixa.

Peter aponta para o pedaço de pão que tenho na mão e eu o enfio na boca. Está quente e é fofinho e surpreendentemente amanteigado para algo de aparência tão ordinária.

– Nossa – digo, mas Peter não reage. Ele me passa uma fatia de pão de azeite. Mastigamos juntos em silêncio, sem música para aliviar o clima, um pedaço de pão depois do outro, evitando contato visual. A cada mordida, sinto que estou me despedindo. Enxugo uma lágrima com a base da mão. Peter age como se não tivesse notado.

– O primeiro pãozinho – digo quando terminamos.

– Também acho – Peter diz. – Com manteiga caseira.

Suspiro.

– Não dá pra acreditar que é o fim do pão de fermentação natural.

– Posso fazer sempre que você quiser. O levain é como um filho para mim. Não vou abrir mão dele. – A mão dele congela na metade do caminho para a boca. – Desculpa. Não quis dizer isso.

Preciso de um segundo para entender por que Peter está se desculpando.

Não se preocupa. Já fiz as pazes com isso há muito tempo. Depois de um momento, acrescento: – Estou lendo o diário da minha mãe. Eu sei que você conhecia o cara. Eric, digo.

Ele vai até a geladeira e pega um pedaço de cheddar e sobras de presunto cozido. Fatia ambos, passa manteiga em um pedaço de pão, coloca tudo em um prato e empurra na minha direção.

– Eu não o conhecia muito bem, mas não gostava do que estava vendo – Peter comenta. – Era um cara bonitão. Charmoso. Se achava o máximo. Talvez eu tivesse ciúme dele.

Paro de mastigar.

– Está pensando em ir atrás dele outra vez? – Peter pergunta, e eu balanço a cabeça.

– Isso é coisa do passado.

Ele assente, e depois de um momento fala:

– A sua mãe dizia que amava você o suficiente por dez pais.

– Parece uma coisa que ela diria mesmo. – Penso em todo o tempo que passei com Peter aqui, vendo-o trabalhar. – Mas eu tinha você também.

– Não é o mesmo que ter o seu pai.

– É melhor – respondo. – Muito melhor.

Nenhum de nós diz nada por um minuto. O silêncio na cozinha é mais alto que qualquer música que ele pudesse colocar.

– Você está bem? Eu sei que deve sentir saudade dela.

Peter me olha de soslaio.

– Maggie era minha melhor amiga. A saudade é muito grande.

– Vocês nunca... – Paro por um momento. – Eu ando me perguntando se vocês nunca... – Olho para ele, que se vira para me encarar. – Se vocês já foram mais do que amigos.

Tenho essa dúvida desde que comecei a reler o diário.

Peter não diz nada. Fico sem respirar.

– Maggie deveria estar aqui pra gente responder. – Ele olha para o teto. Então balança a cabeça e olha nos meus olhos. – Em alguns momentos nós fomos mais próximos que isso.

Fico olhando para Peter, que segura um pedaço de queijo.

– Eu me apaixonei pela Maggie no dia em que a conheci. – Seus olhos brilham. – Ela me mostrou o resort, falando o tempo todo, e eu pensei que nunca iria me sentir sozinho com ela por perto. E nunca senti mesmo.

– Minha mãe nunca me disse nada – sussurro.

– Maggie diria que era uma pessoa reservada. Eu diria que ela era cheia de segredos. Nem sempre foi assim. – Peter dá um sorrisinho. – Esperei muito tempo para ter uma chance com ela. Quando você nasceu, eu me abri com ela. Mas a sua mãe só aceitou sair comigo de verdade depois que você cresceu um pouco.

– Quando? – pergunto, arfando e com a cabeça girando.

– Quando você e Whitney ficaram amigas, começaram a dormir uma na casa da outra e a brincar juntas no resort. Acho que naquele momento a sua mãe sentiu que podia relaxar um pouco.

Isso faz muito tempo. Eu tinha dez anos.

– Eu queria me casar, e ela sabia. Achei que a sua mãe estivesse pronta, mas então você... – Peter faz uma pausa, enquanto escolhe as palavras. – Passou por uma fase difícil na adolescência, e ela se culpou. Disse que não poderia ser uma boa esposa se não dava conta nem de ser uma boa mãe. Eu sei que você acha que ela escolheu este lugar em vez de você muitas vezes, e talvez a sua mãe pudesse ter trabalhado um pouco menos, mas tocar o resort era a única coisa que ela sentia que fazia bem.

Fico olhando para o prato de comida, a culpa transformando o pão na minha boca em chumbo. Peter e minha mãe eram um casal? O pior de tudo é que posso até imaginar. Como deviam ser perfeitos juntos.

Começo a me desculpar, mas Peter balança a cabeça.

– Não teve a ver com você, Fern, de verdade. Foi mais complicado que isso. Nós discutimos bastante ao longo dos anos, mas sempre encontramos o caminho de volta um para o outro.

Uma lembrança. Jantar com minha mãe e Peter em Toronto. Cansada de carregar caixas e montar móveis da Ikea. O abraço de despedida na minha mãe. A dificuldade de me despedir daquela vez. Me afastar pela calçada e me virar para um último aceno. O braço de Peter em volta dela. Minha mãe olhando para ele e sorrindo.

– Lembra quando você e a minha mãe me ajudaram a mudar para o meu primeiro apartamento?

Um sorriso faz os lábios de Peter se entreabrirem.

– Nós três quase não cabíamos lá dentro ao mesmo tempo. Maggie me fez pendurar o seu espelho três vezes para que ele ficasse perfeitamente centralizado em relação à cômoda.

– Vocês passaram a noite em um hotel.

– E ficamos mais um pouco depois que você estava instalada. Só não contamos.

Não consigo acreditar que não desconfiei de nada.

– Então quando ela morreu vocês estavam juntos?

– Tão juntos quanto sempre estivemos. – Peter vê o choque no meu rosto e dá um tapinha no meu ombro. – O nosso relacionamento nunca foi tradicional. Nós éramos melhores amigos, e às vezes... companheiros. Eu sempre quis mais do que Maggie podia me dar, mas imagino que tenha sido uma sorte conseguir tudo o que consegui dela.

Talvez essa seja a coisa mais triste e doce que já ouvi.

Antes que eu vá embora, Peter enche dois sacos de papel com sobras de pão.

– Quando você acha que vai voltar a colocar música pra tocar? – pergunto.

Ele olha para o toca-fitas quebrado perto de sua estação de trabalho.

– Quando eu estiver pronto para o dia em que a sua mãe não entrar por aquela porta e me mandar abaixar o volume.

– Vou fazer uma playlist pra você – digo a ele. – Do tipo que a minha mãe iria odiar.

Quando volto pra casa mais tarde, sinto o coração pesado. Então vejo Will no fogão, usando uma camisa branca e o avental da minha mãe. Adoro ter Will na minha cozinha, usando o avental. Adoro o fato de ele nunca dizer nada sobre o quanto trabalho. Adoro que, quando me serviu o pão de Peter torrado esta manhã, deu um beijo no meu nariz e disse: *Não ficou tão bom como aquele que você fez*. Eu respondi que fica melhor com pão velho e feito na frigideira durante um blecaute.

Will sorri para mim por cima do ombro quando percebe que estou de olho nele.

– É só um mexido. Espero que você goste.

– Perfeito – elogio, me aproximando. Ele pega uma ervilha-torta da frigideira com a colher e oferece para mim.

– Prometo que vou cozinhar pra você um dia – digo enquanto mastigo.

– Ah, é? Tirando o jantar com Whitney e Cam, faz bastante tempo que ninguém cozinha pra mim. Annabel sabe ferver água, esquentar pizza congelada e usar o micro-ondas, mas só.

É raro que Will me forneça informações voluntariamente sobre a irmã. Eu sei que ela é maquiadora e trabalha em algumas das maiores produções rodadas em Toronto. Eu sei que não sabe cozinhar. Mas Will nos mantém em uma bolha, separando bem as férias da vida cotidiana.

– E quanto a Jessica? Ela não te recebia em casa?

Ainda não falamos sobre a ex de Will, e não tenho certeza de que podemos falar.

– Ela era ótima em pedir comida.

Fico em silêncio por um momento, então ele volta a falar.

– As coisas não terminaram bem – Will diz, olhando para a frigideira. – Ela deixou claro que eu fui um desperdício de tempo e que eu não queria saber de compromisso. Achava que eu era ligado demais à Sofia.

– E o que você acha?

– Ela não estava errada. Eu sabia desde o começo que não iria funcionar no longo prazo.

– Porque... – eu o incentivo a continuar, quando ele fica quieto.

Will solta o ar.

– Toda a situação a deixava desconfortável. A Jessica achava estranho que elas morassem comigo. Na verdade, minha sobrinha e minha irmã sempre foram um problema nos meus relacionamentos.

– Um problema pra quem? Pra você ou pras suas namoradas?

– Pra todo mundo, acho. Entre a minha família e o trabalho, nunca sobrou muito espaço pra outras pessoas.

Sinto que Will está acendendo um enorme alerta na minha cara.

– Esse é o seu jeito de dizer que não quer um relacionamento sério? – pergunto, tentando soar casual.

Esse é o meu jeito de dizer que não me saio bem em relacionamentos sérios. A Jessica não foi a primeira mulher que eu decepcionei. Não sou o melhor namorado do mundo. Ela queria mais do que eu podia oferecer.

– Mais de você? – brinco, com o coração martelando. – Quem ia querer uma coisa dessas?

Will fixa seus olhos escuros em mim.

– Você eu sei que não. Já que você está dando um tempo dos homens e tal.

Penso em contar a verdade a ele – que quero tudo o que ele puder oferecer –, mas então penso em Peter dizendo quase a mesmíssima coisa sobre minha mãe. Ele passou décadas com uma pessoa que não se entregava totalmente. Eu adorava ouvir minha mãe dizer que eu era igual a Peter, mas nesse sentido não quero ser.

– Desculpa por ter feito você esperar até tão tarde pra comer – é o que digo. São quase nove.

– Não tem problema pra mim. Costumo jantar cedo com as meninas. – Ele abre um sorriso rápido enquanto faz nossos pratos. – Estou me sentindo muito sofisticado.

– Você parece mesmo muito sofisticado.

Will baixa os olhos para o avental.

– Eu sei que você curte.

– É até esquisito o tanto que eu curto – digo.

Mas minha cabeça diz algo diferente. Minha cabeça diz: *É até esquisito o tanto que eu te amo*. E ela só pode estar equivocada.

20

15 DE JUNHO, DEZ ANOS ANTES

Will e eu nos sentamos ao pé da minha cama, de frente um para o outro. São quase três da manhã.

– Eu comentei que passei por uma fase rebelde no ensino médio – comecei, e Will assentiu. – Foi bem ruim. Começou quando eu achei uns diários velhos da minha mãe, incluindo o que ela estava escrevendo no verão em que ficou grávida de mim.

Inclinei a cabeça para o teto, sentindo o fundo do nariz formigar. Era ridículo que aquilo ainda me chateasse tanto.

– Eu achava que Peter era meu pai. – Fechei os olhos por um momento. – Tipo, eu sabia que não era, mas no fundo acho que torcia para que ele fosse. Até ler o diário, eu podia fingir. Eu queria muito isso. – Sentindo os olhos de Will em mim, enxuguei uma lágrima da bochecha. – Minha mãe não falava sobre ele, sobre meu pai biológico. Eu sabia que ele tinha trabalhado no resort durante o verão, mas só isso. – Olhei para Will, constrangida. – Eu tenho noção de que seria um absurdo eles esconderem uma coisa dessas de mim, mas não era racional, entende? Whitney e eu adorávamos *CSI*, e eu fantasiava que uma análise de DNA iria comprovar que Peter era meu pai de verdade. A gente é muito parecido, ele e eu.

Eu passava quase tanto tempo com Peter quanto com minha mãe e meus avós. Era ele que ia aos meus jogos de futebol quando minha mãe não podia. Era Peter quem estava por perto quando fiquei menstruada pela primeira vez, depois da escola. Foi Peter quem me ensinou a dirigir e a arte de montar a coletânea perfeita. Sempre que eu era sarcástica, minha mãe reclamava que eu estava passando tempo demais com ele.

– Mesmo depois que eu cresci – prossegui –, eu mantinha a esperança de que minha mãe e Peter um dia iam sentar comigo e me contar toda a verdade.

Senti a mão de Will se fechar sobre a minha. Eu estava me coçando outra vez.

213

– Bom, Peter não é meu pai. Meu pai é um cara chamado Eric que trabalhou como salva-vidas no resort. Estava tudo no diário. Ele e minha mãe começaram a sair e se apaixonaram, depois ele foi embora quando ela descobriu que estava grávida. Eu fiquei muito brava.

Soltei uma expiração trêmula, e Will apertou minha mão.

– Resumindo, eu fiz minha mãe entrar em contato com Eric. Ele tinha mulher e filhos e não queria saber de mim. Não queria nem me conhecer. Não quis falar comigo no telefone. Não aceitei isso bem. Comecei a beber muito. Eu bebia até apagar. Tomei algumas decisões ruins quando o assunto era homem – mencionei rapidamente. – Perdi aulas, fui expulsa do time de futebol e, hum, roubei um trator.

– Quê? – Will perguntou.

– Roubei um trator.

Contei a história toda a ele – a festa e o desafio que me levara a "dirigir" um trator pelada pela fazenda de Trevor Currie. Trevor havia dito que os pais dele levariam horas para chegar em casa. Ele deve ter dado a partida naquele negócio. De jeito nenhum que eu iria conseguir sozinha. Não lembro de muita coisa além de acordar em uma viatura da polícia, embrulhada em um casaco de flanela. Will ficou ouvindo, com os olhos fixos no meu perfil. Sua expressão não se alterou nem uma vez.

– Isso foi demais pra Whitney. A gente brigou feio. Ela me falou que não podia ser minha amiga se eu fosse ficar me colocando em risco. E eu respondi que tudo bem, porque ela vinha sendo uma amiga de merda desde que tinha começado a sair com Cam. Whitney parou de falar comigo, e eu continuei igual. Uma noite eu convidei um pessoal pra ir em casa enquanto minha mãe estava trabalhando. Tem um solário nos fundos, e a gente ficou bebendo lá. Acabei desmaiando no banheiro. Acham que eu bati a cabeça na pia, porque a fumaça não me acordou. Sofri uma concussão e acordei no hospital com um galo na testa.

– Que fumaça?

Olhei para a mão de Will na minha, depois para ele. Seus olhos estavam arregalados.

– Teve um incêndio, mas foi pequeno. Não sei se a bituca de cigarro que começou era minha ou de outra pessoa. Alguém ligou pra sede quando viu a fumaça. Minha mãe foi correndo pra casa me procurar, e Peter foi atrás. Eles arrombaram a porta do banheiro. – Fechei os olhos de novo. – O incêndio destruiu o solário, mas felizmente todo mundo saiu vivo.

Eu me lembrava de ter acordado no hospital com uma dor de cabeça muito forte e a garganta queimando. Minha mãe estava sentada ao lado da cama, com o braço direito enfaixado por causa de uma queimadura, o rosto inchado e vermelho. Parecia que ela havia nadado por horas no cloro de olhos abertos. Eu nunca a havia visto tão arrasada.

Soltei o ar devagar, e Will passou um braço por cima dos meus ombros e me puxou para si. Ficamos vários minutos assim, sem falar nada.

– Minha mãe salvou a minha vida. Eu devo tudo a ela – eu disse depois. – Foi por isso que eu não discuti quando ela sugeriu que eu estudasse administração para depois trabalhar no resort. – Will se afastou para olhar para mim. – Meio que implodi a minha vida, e a minha mãe me ajudou a juntar os cacos. E eu não tinha nenhuma ideia melhor. Você, por exemplo, é um artista, mas eu não tenho noção do que eu faria se não precisasse trabalhar no resort. Não tenho um plano para os próximos dez anos.

Will pegou meu rosto nas mãos e disse, bem devagar:

– Ter planos para os próximos dez anos é uma idiotice.

Dei risada. Depois de tudo o que falei, não era a reação que eu esperava.

– É sério – ele insistiu, soltando as mãos. – Ninguém sabe onde vai estar ou quem vai ser daqui a dez anos.

– Tá, mas eu queria ter algum tipo de plano. Eu invejo você. Você tem toda a sua vida planejada. Eu estou perdida.

Will pensou a respeito por um momento.

– Mas você sabe que não precisa voltar pra casa, né?

– É, eu sei – acabei concordando, com relutância.

– E sabe que não quer ser gerente do resort, né?

– Sei – eu disse, vendo a luz da vela refletida em seus olhos.

– A sua mãe pode ter salvado a sua vida, mas a vida ainda é sua, Fern.

Ficamos olhando um para o outro por um longo tempo.

– Então você sabe onde não se vê – Will disse depois de um tempo.

Ele pegou o caderno e o lápis e foi para uma página em branco perto do fim. Fiquei vendo enquanto Will escrevia PLANO DE UM ANO DA FERN em cima. E depois:

1. *NÃO VOU TRABALHAR NO RESORT.*

2. *NÃO VOU MORAR EM MUSKOKA*

– Plano de um ano? – perguntei.

– Um plano de um ano parece mais realista que um de dez, não acha? E você disse que queria um plano. – Ele apontou para a página. – Então nós vamos fazer um.

Voltei a olhar para o caderno. Will escrevia em letras de forma, tão diferentes que eram como uma fonte pessoal. Havia algo de radical em ver as palavras em preto na folha branca, como se só de escrevê-las um futuro alternativo se tornasse possível.

– Hum... Até que é uma boa ideia – eu disse. – Mas você tem que fazer um também. – Peguei o caderno. – O que teria nele? – perguntei, escrevendo PLANO DE UM ANO DO WILL na outra página.

– Fácil. – Ele inclinou o corpo para trás e se apoiou nas mãos. – Vou estar sem grana.

Dei risada.

– Seu plano é ficar sem grana?

– Mais ou menos. Eu levo a minha arte bem a sério. Não vou aceitar um trabalho maçante em escritório e usar gravata só pra ter um apartamento legal. Pra mim, arte não é um hobby. É tudo ou nada. Com os murais e talvez um trabalho de meio período, acho que consigo pagar o aluguel e passar o resto do tempo trabalhando em *Colegas de quarto*.

– Então...

Escrevi:

1. *NÃO VOU TRABALHAR EM ESCRITÓRIO (NEM USAR GRAVATA).*

2. *NÃO VOU TER GRANA.*

3. *NÃO VOU TRATAR A ARTE COMO UM HOBBY.*

Mostrei a página a Will.

– Isso – ele disse. – O ideal seria que *Colegas de quarto* fosse publicada em um jornal.

– Beleza.

Acrescentei aquilo à lista.

– Perfeito – Will falou. – E o que mais entraria na sua?

Olhei para a página.

– A única outra coisa de que eu tenho certeza é que quero continuar em Toronto. – Will pega o lápis e acrescenta isso à lista. – De resto, não sei.

– Tudo bem. – Ele segurou o lápis entre os dentes e falou: – Que tal: *Daqui a um ano, fazer os ajustes necessários no plano*?

– Beleza – concordei, depois deitei de barriga para cima na cama e fiquei olhando para a rachadura no teto. Assim que terminou de escrever, Will deixou o caderno na mesa.

– Nem imagino por que você está cansada – ele comentou, e apagou todas as velas menos aquela ao lado da cama, então deitou ao meu lado, também de barriga para cima.

– Tudo bem eu ficar aqui? – ele sussurrou.

– Claro. – Bocejei outra vez. – Tudo bem.

Minha garganta estava seca de tanto falar, mas havia uma coisa que eu queria saber.

– Quando eu te contei que tinha estudado administração, você falou que não era o que você imaginava. O que você imaginava?

– Não sei. Talvez letras. Achei que você era do tipo que escrevia poesia em um caderninho.

– Não sou tão interessante assim.

– Você é mais interessante ainda.

As palavras ficaram entre nós, doces e maduras.

Olhei para nossas mãos descansando uma ao lado da outra na cama, depois para Will. Estiquei um pouco os dedos até que tocassem os deles.

– Eu queria me importar com alguma coisa tanto quanto você se importa com arte – apontei, depois de um momento.

– Você vai se importar – ele respondeu, enlaçando meu dedinho no seu. – Só precisa de tempo pra descobrir o que é.

Cada terminação nervosa do meu corpo disparou um sinal para aquele dedinho. Eu tinha certeza de que Will conseguia ouvir meu coração martelando.

– Não quero que a minha mãe me odeie – sussurrei.

Ele apertou meu dedinho.

– Ela não vai odiar. Confia em mim.

– Tá. – Pisquei para o teto, tentando manter os olhos abertos. – Confio em você.

Ficamos assim até minhas pálpebras pesarem e a vela se apagar sozinha.

18 de agosto de 1990

Peter veio aqui ontem. Falei pra minha mãe que estou mal da barriga e fiquei de cama. Peter disse que eu não parecia doente. Ele já sabia que Eric tinha ido embora. Todo mundo já sabe, aliás. Peter perguntou se Eric me machucou, e eu disse que não da maneira que ele pensava, depois comecei a chorar. Peter se deitou ao meu lado e me abraçou forte. Ele falou que estava com saudade de mim, da minha falação e da fita com as músicas de maior sucesso de Anne Murray que eu colocava escondido no toca-fitas dele. Peter disse que talvez tivesse ficado com ciúme. Então levou minha mão aos lábios, beijou as juntas dos meus dedos, bem de leve, e falou que precisava me contar uma coisa. Meu coração parou. Porque eu sabia o que ele ia dizer, e não podia deixar. Não agora. Antes que Peter pudesse continuar, contei que estou grávida. Falei tudo em que andei pensando. Que vou ter que criar o bebê sozinha, cancelar a viagem e assumir a gerência do resort só mais para a frente. E que eu quero fazer isso. Ele ficou o tempo todo em silêncio. Depois que eu terminei, só disse: "Está bem, Maggie". Então beijou minha testa e acariciou minhas costas até eu dormir.

21

AGORA

Jamie e eu estamos diante do mesmo computador no escritório quando Will bate no batente.

Olho para ele e só então percebo que horas são.

– Merda. Desculpa.

Whitney e Cam devem ter chegado para jantar há uma hora.

É a última semana de Will aqui, e ando trabalhando doze horas por dia. Não tenho escolha. Prometo a mim mesma que é só uma fase, que se eu abrisse meu próprio café teria a mesma jornada de trabalho horrorosa, e que é melhor as coisas estarem movimentadas que paradas. Mas nossa sommelière, Zoe, pediu demissão hoje de manhã, porque vai ser responsável pela carta de vinhos do Daisy, o que tornou muito mais difícil manter o ânimo.

– Tudo bem – Will fala. – Os dois já estão tomando o segundo drinque, e a mãe da Whitney ligou dizendo que Owen está dormindo pesado. Eles estão no paraíso daqueles que acabaram de se tornar pais.

Will conseguiu o que eu nunca consegui: convenceu os dois a dormirem no resort e a passar sua primeira noite longe do bebê.

– Só vim ver se está tudo bem. Você não respondeu minhas mensagens.

Olho em volta. Não tenho ideia de onde coloquei o celular.

– A gente estava ocupado dando uns beijos – Jamie comenta, e eu dou um tapa no peito dele.

– Jamie está brincando – digo, olhando feio para ele. – Obviamente.

Will não parece achar engraçado.

– Vai lá – Jamie diz enquanto procuro o celular nas gavetas da mesa. – Acho que já fizemos tudo o que podemos por enquanto.

Estou tentando me atualizar quanto às reservas enquanto ele finaliza os últimos detalhes do baile.

– Tem certeza?

– Claro. – Jamie tira meu celular de debaixo de uma pilha de papéis. – Fora daqui.

Conto para Will sobre meu dia enquanto andamos, acenando para os Rose ao passar pelo chalé 15. Ele agora é presença constante nos happy hours. Quando aparecemos no domingo, Will levou a mão à minha lombar para me conduzir até a namoradeira. A sra. Rose bateu palmas e exclamou:

– Mas que bela notícia!

Estou feliz. Will e eu passamos todos os momentos possíveis juntos, o que parece fácil e certo. Mas o verão não vai durar para sempre.

Antes de virar a esquina do chalé 20, vejo serpentinas e bexigas coloridas penduradas nas árvores. Também tem um cartaz acima da porta em que está escrito BEM-VINDA AO LAR, BABY! Whitney e Cam estão na varanda, sorrindo como crianças que acabaram de atacar a reserva de doces.

– Seus monstros.

– Já avisamos Will que se ele usar o apelido vai ser por sua conta e risco – Whitney diz, e me puxa para um abraço. – Eu sei que já disse isso antes, mas a sua volta deve ser a melhor coisa que já me aconteceu, incluindo o nascimento do meu filho.

Dou risada, sentindo o estresse da semana começando a se esvair.

– Você precisa de mais amigos.

– Tenho vários – ela diz. – E que não me fizeram passar pelo que você fez. Mas não são tão bons quanto você.

Will me leva até a mesa da varanda, onde colocou uma toalha branca e castiçais que pegou emprestado da casa, além de um vaso de flores do campo enorme, uma mistura de crisântemos roxos, solidagos e margaridas-amarelas. Minhas preferidas.

Ele entra no chalé e volta com um gim-tônica em uma mão, para mim, e uma tábua com presunto e queijo na outra.

– Com o limão mais fresco de Muskoka – Will afirma, me passando a bebida.

– Você não vai acreditar na quantidade de perguntas que eu tive que responder na semana passada – Whitney diz durante o jantar. Will fez risoto de cogumelos. – Macarrão ou risoto? Cogumelo ou tomate? Queijos preferidos?

Olho para Will.

– Não é todo dia que você decide mudar a sua vida inteira – ele pondera, e parece admirado. Não sei se já me senti assim, adorada. Só me dou conta de que o estou encarando e que a conversa parou quando Cam pigarreia.

Saboreamos o bolo de chocolate amargo de Peter em silêncio. Will diz que pediu a receita, mas Peter se ofereceu para fazer ele mesmo – raras vezes o vi ser simpático com alguém tão rapidamente. Ontem ele me deu um bolo de limão com sementes de papoula para dividir com "meu amigo". Nós o convidamos para vir hoje, mas ele disse que precisava aperfeiçoar os pãezinhos para o baile.

Do nada, Whitney quebra o silêncio, perguntando:

– E então, Will, quando você vai embora?

Ele olha para mim e fala:

– No domingo.

Me esforço ao máximo para que não pareça que ouvir isso me faz querer arrancar minha pele. Will e eu não falamos sobre a partida dele ou o que vai representar para nós. Eu não achava que um "nós" fosse possível, mas, vendo Will com meus amigos esta noite, vendo o cuidado com que ele organizou o jantar, talvez seja. Talvez isso não seja apenas um descanso da realidade para ele. Talvez seja o tipo de relacionamento que vale o esforço. Talvez seja o começo de um "nós".

– No dia seguinte ao baile – Whitney diz. Estreito os olhos, me perguntando o que ela está tramando. Já tinha contado isso a ela.

– Sim. Estou animado para o baile – Will comenta.

– E depois?

Ele volta a olhar para mim.

– Whit – eu a aviso. Não quero ver Will sendo interrogado pela minha melhor amiga. Ele não foi consultado sobre isso.

– Que foi?

Balanço a cabeça para ela, em uma súplica para que interrompa o que quer que tenha colocado em andamento. Mas Whitney não quer saber.

– Qual é o plano? – Whitney pergunta. – Porque eu não gostei muito de como as coisas terminaram da última vez.

Olho para Cam na hora, mas ele só dá de ombros levemente.

Whitney aponta o garfo para Will.

– Você vai simplesmente sumir de novo? Porque eu não quero ter que recolher os caquinhos como eu fiz da outra vez.

– Whitney – digo, com o rosto queimando. Não consigo nem olhar para Will. – Chega.

Ela olha para mim, então Will diz:

– Acho que essa é uma conversa que deve ficar entre mim e Fern.

– Concordo – digo.

Whitney come um pedaço de bolo. Ela mastiga, olhando feio para Will, até terminar.

– Eu gosto de você – Whitney diz, depois de lamber o que restava de ganache no garfo. – Você é bonito demais e alto demais, tem o maior jeito com bebês e parece inteligente. E, sinceramente, esse foi o melhor risoto que eu já comi. Mas, se magoar minha amiga de novo, vou até Toronto e te mato.

Will olha para ela por um segundo, então assente.

– Me parece que nós temos um plano.

– Você está me evitando, não está? – Whitney me pergunta quando atendo o telefone na sexta-feira.

Estou, claro. Ela tem boas intenções, mas continuo irritada com o que aconteceu na outra noite.

– Eu sei que perdi o controle no jantar. Desculpa. Eu não bebia tanto desde antes da gravidez.

– Tudo bem, Whit – digo.

Ela sabe que ultrapassou o limite. Pedi desculpas a Will assim que ela e Cam foram embora. Ele disse que não se importava com o interrogatório – estava mais preocupado com a possibilidade de que as perguntas tivessem mexido comigo.

Agora, depois de dois segundos de silêncio, Whitney pergunta:

– Então por que você não está respondendo minhas mensagens?

– Porque estou tendo que lidar com essa confusão em que eu mesma me meti?

– É tão ruim assim?

– O baile é amanhã, então Jamie está ocupado resolvendo problemas de última hora enquanto eu entrevisto candidatos que me chamam de Fran e acham que atendimento ao cliente é um dos problemas subjacentes ao capitalismo.

Dou uma mordida no croissant de queijo que Peter me trouxe mais cedo e limpo as migalhas do peito. Ele não para de aparecer com comida. Acho que quer ter certeza de que estou bem depois do que me contou sobre minha mãe e ele. Na verdade, só estou triste porque os dois não tiveram um final feliz. E porque ela nunca me contou nada a respeito. Queria que tivéssemos podido passar mais tempo juntos, os três. Como uma família.

– O que você queria? – pergunto, porque uma distração seria bem-vinda.

– Estou com problemas muito maiores por aqui, isso eu garanto. Não tenho ideia do que vou usar amanhã. Meu corpo está todo esquisito depois do parto. As coisas não ficam mais onde ficavam antes. Pode dar uma olhada nas fotos que te mandei?

Faço isso.

– Você sabe que eu não sou boa nesse tipo de coisa. Talvez o macacão rosa – sugiro.

– É, pode ser. Com salto alto. E você? Achou alguma coisa na cidade?

– Queria ter ido, mas não consegui. Vou revirar o guarda-roupa da minha mãe hoje à noite. – Tenho certeza de que ela guardou todas as roupas de festa que usou na vida. – Deve ter uns vestidos dos anos noventa lá.

Whitney arfa.

– Lembra aquele roxo com um laço bem grande na frente?

Tinha babados no pescoço e uma faixa exagerada na cintura. O tecido era tão duro que se manteria de pé sozinho. Devíamos ter uns catorze anos no verão em que ela o usou no baile.

– Chamamos minha mãe de Shake[6] a noite toda – comento. – Cara, como a gente era babaca.

– Era mesmo – ela concorda. – Mas a sua mãe amava a gente mesmo assim.

Verdade.

– Então... – Whitney fala, depois de um momento de silêncio. – Mais duas noites com Will aqui.

6 Referência ao personagem Shake, do McDonald's. [N. E.]

– Arram.

– E depois?

– Depois ele vai voltar pra Toronto.

– Mas vocês vão continuar se vendo, claro.

Não sei se isso está claro. Não quero que domingo seja o fim, mas ainda não disse isso a ele.

– Vamos manter o contato.

Acho.

Whitney ri.

– Manter o contato? O cara gosta de você. E não tipo "Ei, vamos transar quando você estiver na cidade". É mais tipo "Fico imaginando que carinha os nossos filhos vão ter". Pode acreditar, ele está louco por você.

Mordo uma unha.

– Fico pensando se não é só porque ele está aqui, provando a liberdade pela primeira vez em um longo tempo. No modo férias. Se quando ele voltar à vida real vai se dar conta de que eu não me encaixo nela.

– Acho que não é isso que está acontecendo – Whitney diz. – Ele fez risoto.

Dou risada.

– E uma tábua de queijos. Mas não sei se consigo correr o risco de novo, principalmente agora.

Whitney fica em silêncio por um momento.

– Mesmo antes de dar um tempo dos homens, você estava fechada. E talvez isso tenha a ver com a sua mãe. Talvez tenha um pouco a ver com você-sabe-quem. – É assim que Whitney se refere a Eric. – E talvez o que aconteceu com Will lá atrás não tenha ajudado.

Suspiro.

Tenho tentado não pensar no que aconteceu há nove anos, no tanto que eu gostava dele e em como meus sentimentos foram destroçados. Tenho tentado não pensar no fato de esses sentimentos estarem ainda mais fortes agora.

– Vamos – Whitney fala. – Você consegue falar para o cara que gosta dele.

– É – murmuro. Se isso resolvesse tudo...

22
15 DE JUNHO, DEZ ANOS ANTES

Will já estava acordado quando abri os olhos. Ele estava sentado à mesa, escrevendo no caderno, uma mecha de cabelo escura caída sobre o olho. Vê-lo em meu apartamento era muito estranho. Mas parecia que ali era seu lugar, rabiscando ao lado da janela.

A cama rangeu conforme coloquei um braço sob a cabeça. Os olhos de Will se voltaram para mim. Ficamos olhando um para o outro em silêncio, enquanto o sol da manhã entrava pelo vidro, iluminando as partículas de poeira e formando quadrados no piso de madeira.

– Oi. – Minha voz falhou com a primeira palavra do dia. Dava para ouvir o zumbido constante da geladeira. A energia tinha voltado enquanto dormíamos. – O que você está fazendo aí?

– Só estava pensando.

– Não consigo nem soletrar meu nome sem café. – Me arrastei para fora da cama. – Vou fazer um pouco. Não vai ser tão bom quanto o do Two Sugars, mas é forte.

Tirei a caixa de filtros de papel do armário.

– Na verdade eu tenho que ir – Will disse, se levantando. – São quase dez. Marquei de tomar café com minha irmã e ainda preciso pegar minhas coisas antes de ir pro aeroporto.

– Ah. – Pigarreei, tentando não deixar minha decepção evidente demais. – Claro.

– Nós dormimos tão tarde que eu não quis te acordar.

– Ah, claro. Obrigada. – Senti um aperto no peito. – Então...

– Então... – Ele apontou para o papel na mesa. Tinha arrancado do caderno o desenho que fez de mim. – Isto é seu.

Engoli em seco.

– Obrigada.

– E eu tenho uma ideia – Will disse, girando o anel. – Vou voltar em junho, pro casamento do meu pai. Pensei que a gente podia se ver... pra conferir como nós estamos avançando nos planos.

Will pegou o caderno e o abriu nas listas. Havia escrito 14 DE JUNHO, RESORT BROOKBANKS, 15H, embaixo das duas páginas.

– Está falando sério? Você quer me visitar no Brookbanks? De verdade?

– No mínimo pra comer mais pão. – Ele abriu um sorriso hesitante. – Quero ver onde Fern Brookbanks cresceu. Você pode me ensinar a segurar um remo. Pra garantir que eu não passe vergonha na água.

– Nós dois sabemos que você vai passar vergonha de qualquer jeito.

O sorriso dele se alargou.

– Isso é um sim? Vai me encontrar lá daqui a um ano?

– Claro, eu posso fazer isso. – Meu coração estava disparado. – Talvez daqui a um ano...

A frase morreu no ar, porque não consegui terminá-la. Porque não sabia muito bem como.

Uma porta bateu no corredor. Will piscou, depois arrancou meu plano do caderno e o passou para mim.

Olhei para a folha.

– É um lugar bem grande – digo. – A gente devia ser mais específico.

– Onde você sugere?

– Por que a gente não se encontra no cais, perto da praia? Tenho que descobrir como Will Baxter fica em uma canoa o mais rápido possível.

– Eu fico sensacional, pode ter certeza. – Ele sorriu. – Então está marcado.

Will enfiou o caderno na mochila. Dei uma olhada no broche com um bondinho vermelho preso na aba e peguei meu celular.

– Me passa seu número. Assim a gente fica em contato – eu disse, enquanto ele amarrava as botas. – E, se você me der seu endereço, posso te mandar um CD. Com a temática Costa Oeste. Ou árvores? Não deve ter músicas suficientes pra isso, mas talvez de natureza em geral role...

Will se levantou, com cara de sofrimento.

– Acho melhor não.

Franzi a testa.

– Como assim?

Ele coçou a nuca.

– Acho melhor a gente não se falar por mensagem nem ficar amigo no Facebook. E você provavelmente não devia me mandar um CD. Como... – Ele olhou para a cama e as marcas que nossos corpos haviam deixado, depois para mim. – Por que não me contou sobre Jamie?

Minhas pernas fraquejaram.

Eu poderia ter mentido e dito que o assunto simplesmente não havia surgido. Pareceria menos complicado que a verdade. Mas não queria mentir para Will.

– No começo eu achei que eu ter namorado não importasse. Mas depois eu meio que quis fingir que o resto do mundo não existia por um dia, incluindo Jamie. Não que fosse fazer alguma coisa – acrescentei depressa. – Eu nunca o trairia.

Will assentiu, mas eu não fazia ideia do que estava pensando.

– Você me acha uma pessoa horrível? – perguntei, baixo.

– Não. Te acho uma pessoa foda, Fern Brookbanks. – Ele apertou minha mão uma vez e a soltou. – Mas acho que seria uma ideia ruim nós dois continuarmos com o que quer que isso seja.

– Por causa do Jamie?

Ele assentiu.

– Um ano é bastante tempo – eu disse, com os olhos nos cadarços rosa-choque dele.

Will se abaixou para olhar nos meus olhos.

– Não é nada. Você não vai nem sentir minha falta.

Pressionei os lábios um contra o outro, querendo que isso fosse verdade. Passei por Will para abrir a porta e a segurei aberta com o quadril. Não ia conseguir me controlar muito tempo mais. Tinha pensado que o que sentia por Will não passava de atração física, só que era mais que isso – era muito pior.

Ele colocou a mochila nos ombros e saiu para o corredor.

– Will? – chamei, e esperei que ele olhasse para mim. – Vou sentir sua falta, sim. E não só um tantinho.

Nos doze meses seguintes, eu me lembraria do sorriso que tomou conta do rosto de Will. Fecharia os olhos e visualizaria aquele momento. A curvatura de seus lábios, a surpresa em seus olhos, as rugas leves em seus cantos. Pura eletricidade.

– Você e eu, daqui a um ano, Fern Brookbanks – ele disse. – Não vai me decepcionar.

Então Will Baxter se virou e saiu da minha vida.

21 de agosto de 1990

Fui à cozinha ontem atrás de Peter, mas um funcionário me disse que ele tirou o dia de folga. Estava preocupada que o que contei o tivesse deixado chateado, mas então ele apareceu na recepção, me levou à biblioteca e fechou a porta. Depois ele tirou da mochila um monte de folhetos sobre pré-natal. Tinha marcado uma consulta para se informar mais sobre a possibilidade de grávidas viajarem. Peter falou sobre trimestres e ultrassons; nunca o ouvi falar tão rápido. E ele usou a palavra "útero" pelo menos duas vezes.

Ele deve ter se dado conta de que eu estava com dificuldade para acompanhar, porque respirou fundo e disse: "Não precisa cancelar a viagem". Eu respondi que uma viagem era a última preocupação que eu tinha no momento, e Peter balançou a cabeça. Ele falou que minha vida toda estava prestes a mudar, mas que eu não precisava desistir de ir à Europa. Me fez pegar os folhetos e falou que tinha pensado no que eu havia dito sobre ter que criar o bebê sozinha. Então falou que eu não estava sozinha, que ele estava ali, que meus pais estavam ali, que havia um resort inteiro cheio de gente disposta a ajudar.

Eu não sabia o quanto estava precisando ouvir aquilo. Fiquei ali, chorando com um monte de folhetos na mão. Peter perguntou se eu estava bem. Eu o abracei e disse que ele era o melhor amigo que alguém poderia ter.

23

AGORA

Jamie me obriga a ir para casa no fim da tarde.

– Você literalmente não manda em mim – solto, mas não adianta nada.

O vento fresco é a primeira coisa que noto quando saio, seguido pelo vago cheiro da chuva contra as pedras a distância. Finalmente, uma pausa no calor.

Enquanto caminho até em casa, de braço cruzado por causa do friozinho, penso no que Whitney disse quando nos falamos ao telefone mais cedo.

Penso na minha mãe e em Peter, e no que não foi dito. Posso ser corajosa. Posso dizer a Will como me sinto.

Ele ainda está trabalhando, por isso mando uma mensagem. Aviso que cheguei em casa cedo e ele pode vir quando quiser. Depois subo para o quarto de hóspedes, onde tem uma cama queen, um suporte de mala e uma garrafa de água em uma bandeja. O principal sentido do quarto, no entanto, fica do outro lado das portas articuladas do guarda-roupa.

Eu as abro e passo os dedos pelo arco-íris de saias, mangas e lembranças – todos os vestidos de festa e de fim de ano da minha mãe, e os meus também. O vestido roxo de tafetá e o preto de manga comprida. O azul-claro acinturado está pendurado ao lado do vestido branco de criança com laço de cetim do mesmo tom de azul. Muito de nossas vidas está retratado aqui.

O vestido verde com o bolero de paetê rosa: Peter e eu brincando de chá da tarde refinado, minha mãe chegando e deparando conosco comendo sanduíches de pão de forma sem casca e ouvindo Smashing Pumpkins.

Os vestidos xadrez combinando: a ceia de Natal em que meus avós anunciaram que iam se mudar para o Oeste.

O tomara que caia prata: eu dizendo à minha mãe que ela estava velha demais para usar uma coisa que deixava tanto à mostra, mesmo na véspera de Ano-Novo.

Tiro o vestido prata do armário. É longo e tem uma fenda. É bem sexy – sexy demais para o baile, e bem justo. Provo mais uma dúzia de opções, ficando cada vez mais quente e com mais coceira, mas são todos pequenos demais ou têm fru-fru demais. Não gosto de babados. Nem de estampa floral rosa. Nem de mangas com strass. Abro a janela e uma lufada de ar frio entra, fazendo a porta bater.

Suando, tiro uma braçada de roupas da frente para chegar aos fundos do armário. Entre um vestido de manga curta e saia rodada e um listrado de azul-marinho e branco, tem um vermelho-ala-ranjado com decote redondo e alças finas. Nunca tinha visto esse. Vermelho não é exatamente a minha cor, tampouco a da minha mãe, mas quando o visto noto que o tecido fica leve e esvoaçante. E o vestido fica acinturado, mas não apertado.

Vou para o espelho de corpo inteiro que tem no meu quarto. Ficou incrível. Meio anos noventa, mas não de um jeito forçado. E, de alguma forma, a cor combinou comigo. Sorrindo para meu reflexo, sei que é isso que quero estar usando quando contar a Will como me sinto, quando confessar que quero fazer parte da vida dele – a vida real –, mesmo sem saber como vai ser. Se estivermos na mesma página, vamos dar um jeito. Vamos pensar em um plano.

Então está resolvido. Vou contar para Will amanhã. Enquanto dançamos.

Penduro tudo de novo e passo as mãos pelo tecido uma última vez.

– Obrigada, mãe – sussurro e fecho as portas do guarda-roupa.

Ainda não li o último dia do diário – estava guardando para quando tivesse algum tempo sozinha. Eu o pego da mesa de cabeceira e o levo até os fundos. Aqui fico protegida do vento, mesmo assim estou com uma calça de moletom e uma blusa de frio.

– Oi.

A cabeça de Will aparece à porta enquanto me acomodo.

– Oi – eu digo, enquanto ele entra de vez. De camisa branca. Sem gravata. Um dia de trabalho casual. – Achei que não fosse te ver tão cedo.

– Parei de trabalhar mais cedo. – Ele vê o diário nas minhas mãos. – Estou interrompendo? Posso voltar mais tarde.

– Imagina. – Deixo o diário de lado, me levanto e abraço sua cintura. – Você tem um cheiro tão bom – digo para sua camisa. – Melhor que o dos outros homens.

– Vou fingir que você não sabe como os outros homens cheiram. – Ele se afasta e toca meu queixo, com um sorriso no rosto. Então me dá um beijo, um beijo lento, exuberante e doce como uma bala de limão. – Vou fingir que nunca existiu nada além de nós dois.

Dou risada.

– Nós dois sabemos que isso é bem impreciso.

– Mas não seria bom se fosse verdade? – Ele passa o nariz pelo meu maxilar.

– Não sei... talvez a gente não tivesse se aperfeiçoado sem toda a experiência.

– Ou talvez fosse ainda melhor – ele diz. – Se eu tivesse dez anos para descobrir exatamente do que você gosta.

– Acho que você está indo muito bem. Mas se quiser treinar mais um pouco...

Pego a mão dele e o guio até o sofá lá dentro, tiro a calça e o puxo para mim. Quero sentir todo o peso de seu corpo me pressionando contra as almofadas.

Depois, olhamos para as almofadas espalhadas e a camisa jogada em cima do abajur.

– Talvez eu precise tentar outra vez. – Will se senta e me coloca em seu colo. – Pra garantir que acertei.

– Boa ideia. Vou pedir comida do restaurante pra você poder concentrar toda a sua energia nos estudos. A prova final vai ser na semana...

As palavras "que vem" quase me escapam. O sorriso de Will se desfaz, e um peso se instala entre nós.

– Só por hoje, podemos fingir que você não vai embora no domingo? – peço. – Podemos fingir que é uma noite como qualquer outra?

Algo passa pelos olhos de Will, mas logo desaparece. Ele leva às mãos à minha lombar e me aperta contra o peito.

– Se você quer assim...

– Só por hoje.

Pedimos peixe, batatas e salada de repolho, e comemos no sofá, só com a roupa de baixo, vendo *Frasier*. Quando estamos terminando, um trovão sacode as janelas. Vou para os fundos buscar o diário da minha mãe e o devolvo à mesa de cabeceira. Nós nos vestimos e vamos nos sentar na varanda. Ficamos protegidos da tempestade, assistindo aos relâmpagos se espalharem pelo céu preto.

Depois, vamos para a cama. Estar com Will parece tão impossível e inevitável quanto sua partida. Mas não quero pensar nisso agora. Quando termina, eu me aninho nele, com braços e pernas agradavelmente relaxados, e traço o desenho da tatuagem de árvore com o dedo, depois escrevo Fern sobre seu coração quando Will pega no sono.

É a primeira noite desde que começamos a dividir a cama em que não consigo dormir. Acendo o abajur, e quando Will não se move pego o diário e vou para o último dia.

8 de setembro de 1990

Só faltam duas noites para a Europa!

Eu vou. Alguns dias depois de contar a novidade aos meus pais, Peter apareceu com mais folhetos para me ajudar a convencê-los de que eu podia viajar. Agora acho que eles finalmente sossegaram, ou pelo menos estão disfarçando melhor a preocupação. Estou quase entrando no segundo trimestre, e com sorte vou parar de vomitar.

Estou empolgada com a viagem. Vou adorar ser uma garota de 22 anos sem responsabilidades por mais um tempinho. Vou passar seis semanas fora. Visitando Itália, França e Inglaterra.

Peter se ofereceu para me levar para o aeroporto. Ele não disse o que queria me dizer no dia em que anunciei a gravidez. E não sei se vai dizer um dia. Mas comecei a torcer pra ele fazer isso. Não consigo imaginar a vida sem Peter. Acho que isso significa alguma coisa. Uma coisa para a qual nos dirigimos desde o dia em que apresentei o resort para ele, há cinco anos.

Liz ficou chocada quando contei a novidade e um pouco chateada com a mudança de planos, mas decidiu passar o resto do ano viajando sozinha.

Reconheço que fiquei com inveja, mas sempre que estou pra baixo ponho a mão na barriga e converso com minha filha. Tenho certeza de que é menina. Eu a chamo de ervilhinha. Sempre digo que a amo muito. E que vou amar o bastante por dez pais. Conto histórias sobre todas as pessoas que vão fazer parte da família dela, uma família grande e maravilhosa, aqui. Seus avós. Os Rose. E Peter. Garanto a ela que nunca vai se sentir sozinha quando estiver em casa. Digo que não vejo a hora de conhecê-la, mas que não preciso conhecê-la pra saber que nunca vou amar outra pessoa tanto quanto amo minha filha.

Deixo o diário ao meu lado na cama. Faço o que posso para chorar em silêncio, mas quando solto um soluço trêmulo Will se vira.

– Ei – ele murmura. – O que foi?

Mas é impossível falar chorando assim.

– Shh. Está tudo bem – ele murmura, ainda meio dormindo.

Balanço a cabeça.

– Foi só um sonho.

– Não – solto. – Era real. Minha mãe.

É tudo o que eu preciso dizer. Will beija minhas bochechas e enxuga as lágrimas, então me vira para que minhas costas se encaixem na frente de seu corpo. Ele põe uma perna em cima da minha e me puxa para mais perto. Agarro o braço que envolve meu peito.

– Ela me amava. Muito.

– Claro que sim – Will sussurra no meu pescoço, plantando um beijo ali. – Ela era sua mãe.

– Mas ela não sabia – eu digo, tremendo com mais lágrimas.

Ele me abraça até que eu pare.

– Não sabia o quê, Fern?

Respiro fundo.

– Não sabia que eu a amava também.

Will me abraça forte.

– Ela sabia, sim – ele diz, então beija meu ombro.

Assinto, mas não consigo evitar a sensação de que, se eu tivesse sido uma filha melhor, ela teria me contado sobre Peter. Se soubesse o quanto eu a amava, teria me contado sobre as dificuldades que o resort enfrentava.

– Fern, posso te falar uma coisa? – Will pergunta, com os lábios roçando minha pele.

Eu me viro para encará-lo.

– Eu contei para a sua mãe que conhecia você.

– Quê?

– Eu contei que a gente se conhecia. Falei que você amava muito este lugar e que eu tinha sentido que precisava vê-lo com meus próprios olhos.

– Sério?

– Sério. A gente se falou por telefone um pouco antes do acidente. – Ele afasta meu cabelo da testa. – Ela disse que eu não fazia ideia de como isso a deixava feliz.

Suas palavras me envolvem como um edredom felpudo, fofo e macio. Te amo, quase digo. Então me lembro do vestido vermelho e do baile com Will. Temos amanhã. Podemos ter mais que este verão. É a última coisa em que penso antes de pegar no sono.

Quando acordo, Will foi embora.

24

14 DE JUNHO, NOVE ANOS ANTES

Cheguei cedo ao cais. Havia dito à minha mãe que ia encontrar uma pessoa, mas tinha sido deliberadamente vaga em todos os outros detalhes. Era a primeira vez que eu voltava desde o Natal, e ela estava desconfiada. Fazia um ano que eu terminara a faculdade, e meu círculo de amigos era reduzido – mais um triângulo, na verdade. Whitney e Cam moravam ao norte e Ayla continuava sendo a única pessoa de quem eu era próxima na cidade. Além dos meus colegas de trabalho, eu não me relacionava com mais ninguém.

Fazia doze meses que eu não via Will. Depois que ele foi embora do meu apartamento, eu passei a manhã na cama, olhando para o lugar onde ele havia dormido, com suas palavras se repetindo na minha cabeça.

A vida ainda é sua.

Aquilo não chegava a ser novidade, mas fazia eu me enxergar sob uma luz diferente. A luz de Will. Sua convicção de que eu precisava ser sincera com minha mãe e sua paixão pela arte tinham lançado mil watts sobre quão passiva eu vinha sendo em relação ao meu futuro. Como eu estava simplesmente deixando a vida acontecer comigo.

Eu havia repetido as palavras para mim mesma no espelho do banheiro aquela tarde. Era domingo, e quando chegara a hora de ligar para minha mãe eu pegara a lista que Will havia escrito e olhara para os quatro itens do plano. Então tinha explicado para minha mãe que precisávamos conversar, que eu não sabia muito bem como dizer, mas não queria trabalhar no resort naquele verão. Nem em qualquer outro. Nem nunca.

– Não estou entendendo – ela respondeu. – Você vai voltar pra casa daqui a uma semana. Os Rose vão dar uma festa. Estou contando com você na recepção para o mês de julho inteiro. Eu ia te ensinar a fazer a programação. Encomendei um uniforme novo. – Minha mãe falava rápido, sem uma pausa para respirar. – Comprei café de boa qualidade e um moedor requintado que nem sei usar ainda. Você sempre diz que o meu café é fraco demais. – Eu a ouvi respirar fundo. Quando ela voltou a falar, sua voz saiu trêmula. – Eu estava ansiosa pelas nossas manhãs no lago. Achei que íamos ficar só nós duas.

Fechei os olhos. Pedi desculpas e disse que era grata por tudo o que ela havia feito por mim. Mas que não queria viver a vida dela. Queria ter uma vida própria, qualquer que fosse.

Minha mãe ficou em silêncio por um momento, depois disse, sem emoção na voz:

– Está bem, Fern. Pode tentar se encontrar, mas não vou sustentar você enquanto isso.

Comecei a dizer que não tinha dinheiro, mas ela já tinha desligado.

Tremendo, deixei o telefone de lado. Odiava magoar minha mãe. Mas também estava tomada pela adrenalina. Tinha conseguido. Não ia voltar para casa na semana seguinte. Não ia trabalhar no Brookbanks.

Eu mal conseguia acreditar. Tinha que ligar para o trabalho e implorar para me darem mais turnos. Tinha que contar para Jamie e Whitney. Mas a pessoa com quem eu mais queria falar era Will. E não podia.

Não entrei em contato com ele nem uma vez, embora a primeira vez que fumei um depois que ele foi embora, sozinha no apartamento, tenha procurado "Will Baxter" no Google. Encontrei um artigo no *Vancouver Sun* sobre uma exposição do trabalho de estudantes de arte com uma foto de Will exatamente como eu me lembrava dele. Procurei seu perfil no Facebook – a foto na verdade era um autorretrato desenhado –, mas não fiquei amiga dele. Procurei por *Colegas de quarto*, torcendo para que sua tirinha me levasse até ele, mas não deu em nada.

Passei doze meses desesperada por sua companhia, por seu sorriso largo, sua risada explosiva. Sua certeza. Fantasiei com a noite se desenrolando de maneira muito diferente. Me imaginei tocando sua cicatriz com os lábios.

Passei doze meses pensando em como seria vê-lo de novo. Eu o levaria para passear de canoa. Nós remaríamos pelo lago até uma faixa de areia tranquila, sentaríamos com os dedos dos pés na água e conversaríamos. Conversaríamos por horas.

237

Era tanta coisa que eu queria contar a Will. Sobre como tinha ficado no meu apartamento em Toronto, sobre como não tinha dinheiro, mas estava muito mais feliz do que quando nos conhecemos. Queria contar a ele que estava trabalhando em tempo integral no Two Sugars e que os clientes amavam o mural dele. Eu sorria sempre que via a pequena samambaia no avião. Queria contar a ele sobre a ideia que havia tido, de abrir meu próprio café um dia. Queria contar a ele que havia ido ao High Park, ver as cerejeiras na primavera. E queria contar a ele que estava solteira.

Havia decidido não ir para Banff com Jamie. Me convenci de que era porque não tinha dinheiro para a passagem e não queria abrir mão do meu apartamento. Era uma terça-feira do começo de julho quando ele terminou comigo. Eu tinha acabado de chegar de um turno duplo quando a campainha tocou. Eu sabia por que ele tinha vindo assim que o vi. Nós sentamos nos degraus da entrada do prédio e Jamie falou que me amar era como tentar segurar a água.

– Estou me esforçando demais, Fernie – ele falou. – Acho que nós dois estamos precisando encarar a próxima aventura sozinhos.

Eu sabia que ele estava fazendo o que eu já deveria ter feito, mas passei semanas magoada.

Whitney disse que entendia eu não querer voltar para casa, mas me perguntou por que eu não mencionei nada durante a visita dela. Dava para ver que eu a tinha chateado também.

Ayla, minha melhor amiga em Toronto, estava estagiando em Calgary até setembro, e eu não era próxima o bastante do pessoal do Two Sugars para nada além de sair para beber depois do trabalho de vez em quando. Me sentia sozinha.

Inúmeras vezes, fiquei olhando para a rachadura no teto e me perguntando se não havia cometido um erro enorme não voltando para casa. Houve ainda mais vezes em que quase mandei uma solicitação de amizade para Will no Facebook. Estava louca para falar com ele. Sentia alguma coisa por ele, claro, mas acima de tudo precisava da amizade dele.

O 14 de julho foi uma daquelas manhãs gloriosas em que o lago e o céu formam um parêntese azul entre as margens verdes. A praia do resort estava lotada de famílias, canoas, caiaques e pedalinhos pontuavam a água. Não fazia tanto calor quanto o dia que eu e Will passamos juntos, mas havia a mesma sensação no ar – a empolgação latejante do verão apenas começando.

A dupla de adolescentes trabalhando na garagem dos barcos claramente ainda não havia conhecido a ira de Margaret Brookbanks, porque o cais estava coberto de folhas de pinheiro. Entrei lá, dei um oi rápido e peguei uma vassoura para me manter ocupada.

Fiquei surpresa com o atraso de Will. Ele me pareceu ser do tipo responsável – o jeito como ligava para a irmã, a ideia do plano de um ano, até mesmo sua insistência para que não ficássemos em contato. Eu tinha certeza de que ele já teria chegado àquela altura. Apertei os olhos para a sede, e quando não vi nenhum sinal dele me sentei na ponta do cais. Estava vestida para levá-lo para passear de canoa – short de algodão e um maiô verde que havia comprado porque a cor me lembrava das árvores dos quadros de Emily Carr. Tinha uma sacola de palha com suprimentos – sanduíches, duas garrafas de San Pellegrino de limão que havia trazido de Toronto, protetor solar e um chapéu para Will.

Esperei até começar a ficar preocupada com a possibilidade de queimar o nariz e coloquei o chapéu.

Esperei até o sol estar baixo no céu.

Passei horas esperando Will Baxter.

Então, finalmente, senti que estava sendo observada. Olhei por cima do ombro e notei um par de olhos cinza idênticos aos meus. A decepção me atingiu em um golpe rápido.

Minha mãe atravessou o cais.

– Quer me contar sobre ele? – ela perguntou enquanto tirava as sandálias douradas e se sentava ao meu lado. Seu perfume fazia cócegas no meu nariz. Ela estava vestida para a noite, com um vestido turquesa e bijuteria dourada.

Fiquei quieta.

Não havia como negar que um desconforto tinha se instalado entre nós depois que eu dissera que não ia voltar para casa.

Minha mãe e Peter tinham ido ver minha colação de grau e me levado para jantar depois, mas a noite acabara com nós duas brigando. Só a visitei no resort no fim do verão. Acordei atrasada na minha primeira manhã em casa e fiquei confusa. Minha mãe não havia me chamado para ir ao lago tomar café com ela – já estava na sede. Ela tampouco me acordou no dia seguinte.

O Natal foi um pequeno desastre. Ela falou bastante sobre coisas sem importância, mas não olhou nos meus olhos. Às vezes eu a pegava me avaliando como se eu fosse uma desconhecida, como se ela precisasse reformular suas antigas noções de quem eu era.

Minha mãe foi ríspida com Peter e trabalhou no dia de Natal, que sempre fora sagrado para ela. Eu e ele cozinhamos juntos. Colocamos o álbum novo do Haim para tocar enquanto eu descascava batatas furiosamente, fumegando porque minha mãe não havia me perguntado sobre o café nem uma vez. Peter me disse que eu tinha que ser paciente – que ela precisava de mais tempo para se adaptar à minha decisão.

– Minha mãe só se importa com este lugar – resmunguei. Parecia que a hipótese que eu sustentara a vida toda havia sido provada. Agora que eu não ia trabalhar no Brookbanks, minha mãe não tinha um minuto que fosse para mim, não que tivesse muito antes.

Peter me passou outra batata.

– Quando a sua mãe tinha a sua idade, o sonho dela era assumir o resort. Ela deu tudo de si para tornar este lugar um sucesso e provar que podia se virar sozinha. Mas, nos últimos quatro anos, o sonho dela era trabalhar com você.

Fiquei olhando para a batata na minha mão, perplexa. Prometi a Peter que ia dar uma folga à minha mãe, mas quando ela chegou atrasada para o peru encurtei a viagem e só voltei agora.

Minha mãe e eu nos sentamos uma ao lado da outra no cais, olhando para dois pré-adolescentes tentando dirigir um pedalinho. Ela tirou meu chapéu.

– Você pode começar pelo nome dele – minha mãe insistiu.

Pensei em negar que a pessoa que eu estava esperando era um cara, em dizer à minha mãe que o nome era Beth ou Jane, mas uma lágrima rolou pela minha bochecha. Eu a enxuguei com a base da mão.

– O nome dele é Will.

Ela absorveu isso, então falou:

– Ele ia vir até aqui te encontrar? Em casa?

Sua voz soou cética.

– Supostamente.

– A coisa entre vocês é séria?

– Achei que pudesse ser. – Esfreguei a bochecha de novo. – Gravei um CD pra ele.

Eu tinha dedicado horas àquilo. Queria que fosse apropriado para o verão e significativo, mas não de um jeito que dissesse "estou totalmente apaixonada por você". Eu não sabia se ele continuava com Fred, se estava com outra pessoa ou se sentia o mesmo que eu. Incluí algumas músicas que havíamos ouvido no café, algumas que me lembravam do dia que passamos juntos e algumas que me lembravam dele. O tema, na verdade, era Will.

A música podia ser a forma como eu e Peter nos comunicávamos, mas minha mãe sabia o que gravar um CD para alguém significava para mim. Ela colocou uma mão com as unhas com esmalte rosa na minha coxa e sacudiu de leve a minha perna.

– Quem perde é ele, Fern – minha mãe disse, com firmeza.

– Pode ser – eu disse, apontando o queixo para o céu para segurar outra onda de lágrimas.

Minha mãe levou as palmas das mãos às minhas bochechas e virou meu rosto para conseguir olhar nos meus olhos.

– Não – ela disse, sem piscar. – Quem perde é ele. Esse cara não tem ideia do que está perdendo.

Minha respiração estava trêmula.

– Você acha mesmo?

Ela me abraçou e me puxou contra o peito, como fazia quando eu era pequena.

– Ah, querida – minha mãe disse no meu cabelo. – Tenho certeza.

25

AGORA

Não tem nenhum bilhete ou mensagem de texto dele. Nenhuma mensagem de áudio. Nada que explique a ausência de Will.

A princípio, concluo que ele devia ter uma reunião cedo e não quis me acordar, mas, quando visto uma calça de moletom e vou até o chalé 20 na garoa, vejo que a luz está apagada. Não quero bater, para o caso de Will estar mesmo em reunião, por isso dou a volta na casa e tento espiar pela janela da cozinha, mas a cortina está fechada.

Enquanto volto para casa, digo a mim mesma que ele deve ter saído para correr ou caminhar, porque queria um pouco de ar fresco. Tomo um banho quente, mas quando saio Will não está lá embaixo, como eu esperava. Faço café, acreditando que ele vai entrar pela porta a qualquer momento. Depois de tomar duas canecas, o medo se infiltra pelos meus membros como uma névoa gelada.

Mando uma mensagem.

Cadê você?

Espero que os três pontinhos apareçam, prenunciando sua resposta, mas não é o que acontece. Eu me visto, e nada ainda.

Vou até a sede. Tentáculos de fumaça saem das chaminés dos chalés, seu cheiro parando baixo na névoa. O calor do fim do verão cedeu espaço à umidade fresca do início do outono. Tem alguma coisa de errado. Talvez uma crise no trabalho. Will não iria embora do nada. Não iria desaparecer. De novo.

Eu me sento na cadeira do escritório, sem me lembrar de ter passado pelo saguão antes de chegar ali. Verifico meus e-mails, mas ele não escreveu. Olho para o computador. Ainda estou sentada, sem conseguir me concentrar, quando Jamie abre a porta uma hora depois. Ele começa a resmungar alguma coisa sobre as flores e o atraso em um carregamento, mas se interrompe no meio de uma frase.

– Você está doente? – Ele se inclina à minha frente e leva uma mão à minha testa. – Está suada, mas não parece estar com febre.

Eu pisco.

– Ressaca.

– Merda, Fernie. É um dia importante. Quer que eu vá buscar um Gatorade pra você?

– Um dia importante?

– O baile – ele diz. – Quanto você bebeu ontem à noite?

O baile.

– Vou arrumar uma garrafa de Gatorade – respondo, empurrando a cadeira para trás e ignorando a oferta dele. Preciso de alguns minutos para me recompor. – Depois nós vamos trabalhar.

Saio para tomar um ar. Meus olhos vagam para o cais, e eu estremeço.

Você e eu, daqui a um ano, Fern Brookbanks. Não vai me decepcionar.

O dia passa devagar, sem nenhum sinal de Will. Jamie não permite que eu entre no restaurante para ajudar na arrumação. Deixo quatro mensagens de voz para Will e várias mensagens de texto perguntando aonde ele foi e se está tudo bem. O tempo todo, não consigo me esquentar. O frio parece ter penetrado meus ossos. No fim da tarde, enquanto caminho até a casa para me trocar, estou tão ansiosa e preocupada que meu corpo parece vibrar. Tem que haver alguma coisa de errado.

Tomo banho, seco o cabelo e me maquio. Coloco o vestido vermelho e me olho no espelho, torcendo para que Will esteja no baile. Quero que ele esteja bem. Quero que a gente esteja bem. Mais do que bem. A realidade do que quero com Will me atinge com tamanha força que preciso me sentar.

Um mar de hóspedes se dirige à sede, e eu me junto a eles, passando as mãos pelos braços arrepiados. Estou tão desconcentrada que, quando entro no saguão, quase trombo com as costas cintilantes da sra. Rose.

– Fern, meu bem, o que foi? Você está com aquela carranca de quando era adolescente.

Peço desculpas e digo que ela está linda, então recomponho meu rosto para parecer devidamente impressionada ao entrar no restaurante.

Mas nem preciso fingir, porque a transformação é tão dramática que perco o ar. É tudo rosa. As toalhas de mesa, as dálias, as bexigas. As mesas foram posicionadas em volta da pista de dança, e deve ter uma centena de luzinhas penduradas nas vigas. Velas bruxuleiam em potes de vidro por todo o espaço. A banda já está no palco, tocando "Be My Baby".

Em geral, o baile só começa depois da sobremesa, mas assim que a sra. Rose deixa a bolsa de lado ela e o marido vão para a pista.

– Gostou? – Jamie pergunta, me assustando. Eu me viro e vejo que ele encontrou uma gravata verde-floresta com florzinhas rosas para usar com o terno bege.

– Ficou incrível, Jamie. Talvez você tenha até superado a minha mãe.

– Que nada – ele diz, mas fica satisfeito.

– Estou falando sério. Muito obrigada por todo o... – Paro de falar. A banda começou a tocar "Love Man". Estreito os olhos. – Que tipo de banda é essa que você contratou, Jamie?

– Eles fazem principalmente covers da Motown – Jamie explica. – Mas eu posso ou não ter pedido um setlist com várias músicas de *Dirty Dancing*.

Balanço a cabeça.

– Você é péssimo.

– Só estou feliz com você aqui... – Ele movimenta as sobrancelhas – Baby.

Dou risada, esquecendo Will por um breve e maravilhoso momento. Houve uma época em que tudo em relação a esta noite – o baile de despedida do verão, uma banda contratada especificamente para me provocar, o salão cheio de hóspedes – representava meu pior pesadelo. Vejo Whitney e Cam sendo levados até sua mesa, e um bando de crianças dançando com os Rose. Em um canto, Peter observa os garçons distribuindo as cestas de pães. Agora, simplesmente me sinto... em casa.

A banda faz um intervalo para que comece o show de talentos. A apresentação de "The Surrey with the Fringe on Top" do sr. e da sra. Rose é aplaudida de pé. É uma das festas de despedida do verão mais animadas que já vi. Passo de mesa em mesa, com os olhos sempre voltando à porta. Mas Will não chega. Quando a sobremesa é servida e a banda volta ao palco pela terceira vez, a esperança que eu sentia no começo da noite esvaneceu, e eu preciso segurar as lágrimas. Por que Will não chega?

Queria que minha mãe estivesse aqui. Minha vontade é de enterrar o rosto nela, sentir seu perfume doce e sua pele salgada, como eu fazia quando era pequena.

Procuro por Jamie para avisar que vou embora – quero voltar para casa e ligar para Will. Outra vez.

– Quer dançar? – ouço Peter dizer atrás de mim. Ele está usando um terno carvão, o mesmo do funeral, provavelmente o único que tem.

– Você não dança.

– Nem você – ele rebate. – Mas a gente abre uma exceção.

Peter estende a mão grande e eu o sigo até a pista.

Nós nos movimentamos devagar em meio aos outros casais, e depois de um minuto ele pigarreia e diz:

– Você é muito parecida com ela, sabia?

Franzo a testa.

– Sou?

– Não só fisicamente, embora eu sentisse que estava vendo um fantasma quando você chegou com esse vestido.

– Você o reconheceu?

Peter grunhe para confirmar.

– Acho que ela usou no Dia do Canadá, talvez de 1992.

Descanso a cabeça no peito de Peter e respiro fundo, sentindo o cheiro do seu perfume Old Spice, que me traz uma vida de lembranças com ele e minha mãe. Os jantares de fim de ano, os jogos de cartas, os brunches que Peter fazia no meu aniversário.

– Você tem a mesma garra. Voltar pra cá, ocupar o lugar dela... não é pouca coisa.

Penso a respeito por um momento.

– Sempre me achei mais parecida com você.

– Maggie disse uma vez que você tem meu coração mole e a cabeça dura dela. Achei que ela estivesse tentando me fazer sentir parte da família, mas talvez você tenha mesmo um pouco de cada um – Peter diz. – De qualquer maneira, ela estaria muito orgulhosa de você.

– É – sussurro, com um nó na garganta.

Nos movimentamos em um pequeno círculo, sem falar.

Depois de um minuto, eu me afasto para olhar para ele.

– Você acha que tudo seria mais fácil se vocês tivessem se casado? – pergunto. – Se você tivesse conseguido o que queria antes de ela morrer?

É algo que tenho me perguntado.

– Não era casar que eu queria, Fern. – Ele para de dançar. – Era Maggie. Nem sempre foi fácil, mas nós sempre fomos amigos. Sempre estivemos presentes um para o outro.

Abraço Peter mais forte. Conforme absorvo suas palavras, a verdade me atinge com uma clareza repentina e esmagadora.

– Tenho que ir – eu digo, e saio correndo para o saguão. Peço à pessoa cuidando da recepção para usar o computador. Muito embora eu saiba o que vou encontrar, o choque de ver aquilo por escrito me deixa tonta.

Saio da sede às pressas, pensando nas coisas terríveis que vou dizer a Will quando finalmente conseguir que ele atenda. Então ouço a voz de Whitney.

– Espera, Fern!

Ela corre para me alcançar, segurando os sapatos de salto com uma mão e os peitos com outra.

– Ainda bem que eu vim de macacão – ela comenta, arfando. – Muito melhor para perseguir melhoras amigas em fuga.

– Não estou fugindo.

– Você literalmente fugiu do baile, como se fosse uma cena de crime. O que está rolando?

Quando atualizo Whitney, seus olhos cor de avelã se arregalam tanto que fico preocupada que algumas veias possam estourar.

– Will fez check-out hoje de amanhã – concluo. Estava anotado na ficha que alguém viria buscar as coisas dele depois. Ele devia estar com pressa.

– Quê? – ela grita. – Will simplesmente sumiu? Outra vez? Ah, eu vou matar esse cara. É isso que você está indo fazer?

Reparo em um galho de plátano cujas folhas vermelhas balançam ao vento, no primeiro tom do outono. É isso. O verão acabou e Will se foi.

Balanço a cabeça.

– Estou indo pra casa. Preciso falar com ele. Volta pro baile, aproveita.

Whitney olha para a sede por cima do ombro. Cam a esperando nos degraus da entrada.

– Tem certeza? Cam pode me pegar amanhã. Tenho um monte de coisa pra falar desse cara. O bastante pra noite toda.

– Não. Sério, Whit. Quero ficar sozinha.

– Tá – ela diz, claramente relutante. – Mas, se mudar de ideia e quiser companhia, é só falar.

Ligo para Will assim que chego em casa e fico andando de um lado para o outro da cozinha. Entra na caixa pela décima nona vez. Mas não vou deixar que ele me ignore. Ligo de novo. E de novo. Minha raiva aumenta a cada toque. Minha mãe recebeu um bilhete de dezesseis palavras quando foi abandonada por Eric. Quero mais do que isso.

Finalmente, Will atende.

– Fern.

Ele pronuncia meu nome com um suspiro frustrado, e é como um balde de água fria.

– Você foi embora – é tudo o que consigo dizer.

Há um som abafado do outro lado da linha, então ouço Will pedir desculpas a alguém. A ligação crepita com o vento batendo contra o microfone do aparelho dele.

– Não é uma boa hora – ele afirma, com a voz tão estéril quanto um band aid na embalagem.

– Como assim? – grito.

– Não posso mesmo falar agora. Tenho que voltar.

– Não – protesto. – Passei o dia todo preocupada, me perguntando aonde você tinha ido e se estava bem. Você precisa me dizer o que está acontecendo. Você fez check-out? O que foi? Onde você está?

Will solta outro suspiro.

– Estou no hospital, Fern. – Parece uma repreensão. – Sofia está doente.

Sinto uma mistura de medo e alívio. Eu sabia que tinha alguma coisa de errado. Entro imediatamente no modo resolução de problemas.

– Que hospital? Como ela está? Vou até aí te encontrar. – Se eu pegar minhas coisas agora, chego na cidade antes da meia-noite. Posso ligar para Jamie assim que pegar a estrada. Preciso abastecer? – Quer que eu leve alguma coisa? – pergunto, abrindo a geladeira. Will não deve ter comido. Posso levar o que sobrou da quiche que ele fez para o jantar de anteontem.

– Fern, não.

Paro na hora.

– Não venha.

– Quê? Como? – Estou confusa. – Eu posso ajudar.

– Não quero a sua ajuda. Desculpe, mas você e eu... foi um erro. Nós fomos um erro. A culpa é minha. Eu devia saber desde o começo.

Ele parece distante. É como se tivesse um desconhecido do outro lado da linha, e não a pessoa que me abraçou ontem à noite e sussurrou palavras tranquilizadoras no meu ouvido.

– Não acredito em você – digo, com a voz falhando.

Penso no álbum da Patti Smith e no cartão que ele me deu. *Você me conhece sim. E eu te conheço também.* Olho atrás de mim, para o fogão, e me lembro de ele preparando a quiche, com o avental da minha mãe.

– Will, eu te amo.

Não há nada além de silêncio do outro lado da linha.

Penso em como nadamos juntos uma noite na semana anterior. Estava tão quente que nem nos secamos depois. Ficamos sentados no deque particular, pingando, com os pés na água. Will levou os lábios ao meu ombro. *Acho que nunca fui tão feliz quanto agora*, ele disse.

– E acho que você também me ama – digo agora, com o coração batendo descontrolado no peito.

– Fern, não posso... – ele começa a dizer, e por um segundo soa como Will outra vez. Então sua voz endurece. – É hora de parar de viver na fantasia e tocar a vida.

Começo a discutir, mas ele desliga.

Seguro a porta da geladeira aberta e fico olhando para o prato com o resto da quiche, incapaz de compreender o que acabou de acontecer. Eu disse a Will que o amo e ele não disse que me amava. Eu disse que o amo e ele terminou comigo. Bato a porta da geladeira. Não estou chorando.

Minhas mãos tremem enquanto eu encho um copo de água. Tomo um gole, mas tenho um nó tão grande na garganta que mal consigo forçar o líquido a passar. Fico de pé diante da pia, olhando pela janela para o chalé de Will, a fúria fazendo meu sangue fervilhar. Penso nos ternos sob medida e nas camisas brancas impecáveis dele, pendurados direitinho no guarda-roupa.

Levo uma caixa de fósforo comigo.

Por favor, esteja aberta, eu penso enquanto subo os degraus do chalé 20. Ainda estou com o vestido vermelho, mas sem sapato. Se alguém me vir, vai pensar que sou louca.

Não sou louca.

Estou furiosa.

Quando giro a maçaneta, a porta abre, e eu entro depressa e sigo direto para o quarto. Abro o guarda-roupa e olho para as peças de Will. Pego tantos paletós, camisas e calças quanto consigo, reprimindo o desejo de levar meu nariz ao tecido e sentir o cheiro dele. Levo tudo para a sala, então escorrego em alguma coisa. Quando me viro para ver no quê, congelo.

Tem folhas de papel espalhadas no chão e um caderno grande sobre a mesa de centro, com um lápis enfiado na espiral. Nem percebo quando as roupas caem dos meus braços. Pego uma folha do chão e olho para um desenho de mim boiando na água, com os braços esticados, os olhos fechados. Tem uma mancha no meu nariz, como se tivesse sido apagado pelo menos uma vez. Tem outros três desenhos no chão, variações não finalizadas da mesma imagem.

Pego o caderno da mesa e o abro. Will mencionou que voltou a desenhar, mas eu não fazia ideia de que estava produzindo tanto. Parece errado, como se eu estivesse lendo seu diário. Mas eu estava prestes a tocar fogo em milhares de dólares em ternos. Que diferença faz?

Passo pelos desenhos de árvores retorcidas em litorais pedregosos, por uma canoa na praia, pelos Rose jogando baralho. Por mim. Em uma ilustração, meu cabelo está curto, igual a quando nos conhecemos. Estou recostada em uma parede toda grafitada, com o rosto virado para o céu. Sinto uma dor aguda e levo a mão ao peito. Quando viro a página, um arrepio percorre meu corpo.

Não, não, não, penso enquanto observo o desenho.

A sacola de palha ao meu lado no cais. O chapéu na minha cabeça.

– Não – digo alto, como se pudesse ter algum efeito. No entanto, quanto mais olho para o desenho, mais certeza tenho.

Afundo na pilha de roupas, com o caderno na mão, e quando as lágrimas começam a rolar pelo meu rosto eu não as seguro. Fico ali até que a brisa que entra pela porta dos fundos traga consigo o som distante da banda tocando "(I've Had) the Time of My Life".

26
AGORA

Meu apartamento está quase vazio. Nos últimos dias, embalei tudo em plástico-bolha e jornal, revivendo o período que passei em Toronto. Os anos de faculdade, meu primeiro turno no Two Sugars e todos os encontros ruins, longas caminhadas e noitadas ao longo do caminho. Restamos só eu, os caras da mudança, uma bandeja com café de torra intensa e uma dúzia de caixas. É estranho ver minha casinha assim, despida de todos os detalhes que a tornavam minha.

Morei cinco anos aqui, mais do que em qualquer outro lugar além do resort. Eu me lembro de como fiquei empolgada ao encontrar o apartamento, que parecia tão espaçoso por ter um só quarto, os eletrodomésticos de inox da cozinha me fazendo parecer crescida. É o andar principal de uma casa geminada, e olhando para ele agora parece apertado, mesmo sem a mobília. A janela da cozinha dá para um muro. Não tem nenhuma área externa. Mesmo conseguindo sentir o cheiro da comida dos vizinhos e ouvindo suas atividades noturnas e as patinhas do cachorro do andar de cima, eu tinha o lugar só para mim. E ele era a minha cara.

Uma notificação faz meu celular vibrar. Deixo de lado o pano que estou usando para limpar a geladeira e tiro as luvas de borracha. Por uma fração de segundo enquanto tiro o celular do bolso de trás do jeans, penso que pode ser Will, e prendo o fôlego até ver que é um e-mail para a conta de reservas para eventos do resort.

O baile foi há uma semana, e não tive nenhuma notícia dele. Sei que hoje não vai ser diferente. Depois que me levantei do chão do chalé 20, fui para casa levando o desenho comigo. Minha cabeça escrevia mensagens furiosas. Cheguei a digitar algumas, mas não pareceu certo mandá-las. No fim, ele me ofereceu tão pouco. Mentiu o verão inteiro. Tem várias perguntas que gostaria de fazer, mas decidi que Will não merece minhas emoções, mesmo as mais odiosas e violentas. Escrevi uma mensagem breve dizendo que esperava que Sofia estivesse bem e que ele devia finalizar com

Jamie o trabalho de consultoria. Pedi que nunca mais entrasse em contato comigo.

No entanto, toda vez que o telefone vibra uma parte traidora do meu cérebro torce para que seja ele e se arrepende de eu ter fechado a porta tão completamente. Não que eu saiba o que diria se nos falássemos. A mágoa e a confusão nunca passam. Uma dor incômoda e constante me devora por dentro. Eu achei que sabia como era perder Will Baxter, mas o vazio que senti anos atrás era uma rachadura em comparação com este desfiladeiro.

O e-mail é uma consulta geral para a festa de fim de ano de uma empresa. Deixo para responder depois que terminar de arrumar o apartamento, entregar a chave e voltar para o resort no Cadillac enferrujado. Passei a semana pensando no hambúrguer do Webers que vou comer no caminho.

Prometi a Jamie que acompanharia as reservas enquanto estou fora e justifiquei o momento nada apropriado para uma viagem me encontrando com alguns candidatos a sommelier na cidade. Acho que ele sabia que eu precisava de espaço para desanuviar. Vou tirar alguns dias de folga assim que estivermos com a equipe completa, para comprar um carro, separar algumas coisas da minha mãe e começar a redecorar a casa de modo que fique com a minha cara.

– Esqueceu de empacotar isso? – um dos caras da mudança pergunta. Sigo sua voz até o quarto vazio a não ser pelo retrato que Will fez de mim há dez anos, que continua pendurado na parede. Meu plano de um ano está guardado atrás do desenho. Quando perdi o broche do bonde, anos atrás, revirei o apartamento, esvaziei todas as minhas bolsas e virei as gavetas da cômoda na cama, mas nunca o encontrei. Foi nesse dia que coloquei a lista dentro da moldura.

– Acho que tem uma caixa com espaço em algum lugar – diz o cara, que é jovem e ruivo, tem os olhos vermelhos e cheira ao baseado que deve ter fumado antes do trabalho. Seu nome é Landon ou Landry. – Quer que eu embrulhe?

– Não precisa. Ainda não sei se vou levar ou não – respondo. Talvez eu leve. Talvez jogue no lixo a caminho da porta. Ainda estou dividida.

Landon, ou Landry, dá de ombros.

Tiro a moldura do gancho e a deixo na bancada da cozinha por enquanto.

O pessoal da mudança trabalha em uma velocidade impressionante para um bando de caras chapados de vinte e poucos anos. Contratei uma empresa de Huntsville, que não está acostumada com as ruas estreitas do centro de Toronto. Mesmo estacionando meio em cima da calçada, eles bloquearam uma parte da via, e entre as buzinas furiosas, os sinos passivo-agressivos das bicicletas e os olhares feios dos pedestres tentando contornar o caminhão gigante, os caras parecem cansados e ansiosos para se mandar daqui. Peter vai recebê-los em casa, porque eles vão conseguir sair antes de mim. Eu os acompanho até o lugar improvisado onde estacionaram e volto para limpar o fogão.

Estou esfregando o forno quando a campainha toca. Olho em volta. Não vejo nada que a equipe de mudança possa ter esquecido. Enfio a cabeça para fora da janela, mas não é Landon, Landry & Co. que está diante dos degraus; é uma mulher com um vestido chemise volumoso e o cabelo castanho-escuro liso na altura dos ombros. O homem que mora no apartamento em cima do meu é muito gato, tem doutorado em linguística e também dá aulas de francês, então concluo que ela tocou no número errado.

– Posso ajudar? – grito, e a mulher dá um pulo antes de olhar para mim. Ela é deslumbrante. Sua bolsa de couro vinho bem grande deve custar mais que um mês de aluguel. Consigo ver a precisão com que passou o delineador mesmo a um metro e meio de distância.

Ela me avalia e pergunta, de uma maneira não exatamente doce:

– Você é a Fern?

– Sou – digo, estranhando. Na cidade, não é normal desconhecidos simplesmente aparecerem à sua porta.

Ela olha por cima do ombro, como se não devesse estar ali, depois volta a olhar para mim.

– Sou Annabel. Posso falar com você um minuto?

Annabel e eu ficamos uma de cada lado da ilha da cozinha. É como se os extremos de Will aparecessem mais brandos em sua irmã mais nova. O cabelo e os olhos dela são um pouco mais claros, da cor das moedas de um centavo canadenses, em vez de cor de Coca-Cola. Seu rosto é mais redondo, o nariz é menos dramático. Ela não tem a postura de Will Baxter, mas é igualmente composta.

– Você não parece o tipo dele – Annabel diz, sem parecer notar o apartamento vazio.

Olho para minha camiseta suja, meu jeans rasgado e meus tênis. Estou com uma faixa no cabelo. Sem maquiagem. Suada. Com hálito de café. Neste momento, não sou o tipo de ninguém.

– Bom, acho que eu não era mesmo.

– Não quis insultar você. – Seus olhos vão para a ilustração de Will na bancada. – Só estou surpresa.

Isso não chega a melhorar as coisas.

– Não quero ser grosseira, mas por que você está aqui? E como me encontrou?

Ela puxa a alça da bolsa mais para cima no ombro.

– Procurei você no Google. Descobri onde trabalhava e disse ao seu chefe que era uma amiga da faculdade.

A porra do Philippe.

– E por que você fez isso? – pergunto. – Sofia está bem?

– Está melhorando. O que o meu irmão te contou?

– Só contou que ela estava no hospital.

Annabel assente, como se não estivesse surpresa.

– Foi meningite. Ela ficou internada até estar fora de risco. Liguei pro Will no sábado de manhã, surtada. Sofia estava tremendo e vomitando. Não consegui entrar em contato com a médica. Will me disse pra ir para o hospital imediatamente, e nós fomos, graças a Deus. Foi horrível. – Os olhos de Annabel se enchem de lágrimas, então ela diminui a importância disso com um gesto. – Não vou entrar em detalhes, mas Sofia vai ficar bem. Não quero nem pensar no quanto Will deve ter corrido na estrada pra voltar tão rápido, mas ele me encontrou no hospital infantil e ficou com a gente. Sua amiga ligou ontem.

– Minha amiga?

– A brava. Não lembro o nome dela. Mas deu pra ouvir que ela acabou com Will pelo telefone. Ela não parava de falar, e ele só ficava sentado repetindo "eu sei". Acho que só percebeu que eu tirei o telefone dele quando comecei a gritar com ela.

– Whitney.

Ela não me falou que tinha ligado para Will, mas isso não me surpreende.

– Isso – Annabel diz. – Peça desculpas a ela por mim. Posso ter chamado Whitney de algumas coisas desagradáveis antes que ela explicasse que meu irmão tinha abandonado a namorada e que você estava na cidade, para o caso de ele querer se desculpar.

– Eu não era namorada dele. – Parece importante deixar isso claro.

– Não? Pareceu bem sério, pelo que Whitney me disse e pelo pouco que Will contou.

Quero saber exatamente o que Will falou, palavra por palavra. Quero saber que tom de voz usou, com que roupa estava e onde a conversa se deu.

– Você ainda não explicou por que está aqui – é tudo o que falo.

– Meu irmão não é do tipo que comete erros, mas não diga a ele que eu falei isso. Só que, de acordo com Whitney, e pelo que eu consegui tirar dele, Will errou com você. – Annabel se endireita, assumindo uma postura mais parecida com a de Will. – Estou aqui pra defender a honra dele, ou sei lá o quê.

– Will sabe que você está aqui? – pergunto, odiando como soo esperançosa.

– Não, ele ficaria puto. Ele me falou que você não queria contato com ele e que eu precisava... – ela faz aspas com os dedos – "respeitar isso". Mas me ouve, por favor. Não vim até esta parte da cidade pra brincar.

Solto um suspiro pesado.

– Tá.

– Eu tive uma semana longa, uma semana de merda, e Will não tem ajudado tanto quanto ele pensa. Ele é um desastre ambulante. Bom, apesar da cagada recente, meu irmão é extremamente fiel às pessoas que ele ama. Acho que, quando se ofereceu para trabalhar com sua mãe, ele...

Gesticulo para interrompê-la, imaginando que se confundiu.

– Como?

Annabel inclina a cabeça.

– Faz alguns meses, depois que ele se hospedou no resort por causa de um casamento, ele se ofereceu para trabalhar com a sua mãe. – Ela deve perceber que estou chocada. – Will não te contou isso.

– Ele disse que foi ideia da minha mãe.

Apoio uma mão na bancada, me sentindo meio tonta.

– Bom, vou deixar essa confusão pra ele explicar. Mas acho que deve ter sido o jeito dele de acertar as contas com você, pelo menos a princípio. Precisei de um tempo pra juntar as peças. Pra entender que é você a mulher de dez anos atrás.

Assinto.

– Will não parava de falar de você na manhã seguinte ao dia em que vocês se conheceram. Ele contou que tinha te mostrado a cidade, que você era diferente. Eu nunca tinha ouvido ele falar de ninguém assim.

Preciso de um segundo para lembrar.

– Ele ia encontrar você pra tomar café – eu digo. – Antes de pegar o voo de volta a Vancouver.

Annabel pressiona os lábios um contra o outro.

– Nunca vou esquecer – ela afirma. – No meio do caminho, vomitei os waffles que tinha comido. Foi quando contei a Will que estava grávida.

– Ele não me disse isso – sussurro. Will não me disse muitas coisas.

– Meu pai achou o teste de gravidez no lixo alguns dias depois. Imaginou que eu não teria o bebê, e, sinceramente, eu também achava que ia ser o caso. Mas aí ele começou a falar que eu não conseguia cuidar nem de mim, quanto mais de uma criança, e eu surtei. Quando contei a Will, ele se ofereceu pra vir e me acompanhar na clínica, mas eu já estava decidida a provar que meu pai estava errado. Ia ter o bebê e seria a melhor mãe do mundo. – Annabel balança a cabeça. – Teimosia e orgulho são características da nossa família, só pra você saber.

Ela olha para o desenho na bancada.

– Will desistiu de muita coisa por mim. Não me dei conta do quanto na época. Nem ele. Mas eu aprendi bastante desde os dezenove anos. – Os olhos de Annabel vão para meus dedos agarrando a bancada, então ela procura em volta. – Podemos sentar em algum lugar? Tem mais.

Vamos para os degraus da frente do prédio. O tempo está úmido e nuvens grandes escondem o sol. Tem um gato branco com manchas pretas deitado na calçada. É Coronel Mostarda, dos vizinhos ao lado.

Annabel coloca a bolsa entre as sandálias e fica mexendo na alça.

– Ele fala bastante da mamãe? – ela pergunta.

Balanço a cabeça. Só sei que ela mora na Itália e que faz uns anos que Will não a visita. Foi o que ele me contou há dez anos; não disse muita coisa mais.

– Não me surpreende – Annabel prossegue. – Will não gosta de falar. Ela é uma artista muito talentosa. E linda, inteligente e encantadora quando quer. Mas foi uma mãe um pouco ausente. Mesmo antes de ir embora, nunca estava totalmente lá. A culpa não foi dela. Eu sei disso agora. Mamãe tinha uma depressão debilitante. Quando estava mal, passava dias na cama. Quando estava bem, se concentrava totalmente no trabalho, como se precisasse usar toda a sua criatividade antes que se esgotasse.

Annabel se vira para garantir que estou acompanhando, e algo na firmeza de seu olhar me faz lembrar tanto de Will que sinto um aperto no peito. Então ela nota Coronel Mostarda.

– Desculpa, mas aquele gato tem um bigode?

– Tem.

Estalo a língua para que Coronel vire a cabeça e exiba por completo os pelos pretos sob o focinho.

Annabel chama o gato, que se espreguiça antes de se aproximar e roçar nos tornozelos dela.

– Nunca tivemos bichos de estimação – ela diz, acariciando o pelo dele. – Will é alérgico a quase tudo com quatro patas. Os olhos dele coçam, ele tem crise de asma, o pacote todo.

Isso me incomoda. Eu não sabia que Will tinha asma. A lista de coisas que não sei a seu respeito parece aumentar a cada palavra de Annabel.

– Voltando – ela fala, e Coronel se acomoda aos pés dela. – Quando a mamãe estava trabalhando, bloqueava todo o resto. O

257

estúdio dela ficava em cima da garagem, e eu lembro de subir batendo os pés como um elefante, me colocar à frente dela e tentar quatro ou cinco vezes chamar a atenção antes que ela notasse que eu estava lá. Depois que virei mãe, eu me pergunto se ela se mudou pra tão longe por se sentir culpada por não passar mais tempo com a gente. Tipo, com um oceano no meio, ela não precisava mais tentar atingir um equilíbrio. Não tinha mais como fracassar.

Isso me lembra de algo que Peter disse sobre minha mãe – que ela trabalhava tanto, entre outros motivos, porque se sentia bem-sucedida naquela área da vida.

– Will a idolatrava quando nós éramos pequenos – Annabel prossegue. – Todo mundo sempre falava que os dois eram muito parecidos. E ele se orgulhava disso. Os dois artistas. Will também se parece fisicamente com ela. E ele parecia entender a mamãe. Quando ela estava sofrendo, ele sentava na cama com ela e ficava desenhando. Eu me assustava quando a mamãe ficava naquele estado, mas Will conseguia fazer companhia a ela, em silêncio.

Consigo ver claramente o jovem Will tentando reconfortar a mãe com nada além de sua presença sólida. Penso em como ele era quando nos conhecemos, no modo como me deixou extravasar quando me senti pronta, como se deitou ao meu lado no escuro e me garantiu que tudo ficaria bem.

– Você está bem? – Annabel pergunta, olhando para o meu braço. Estou me coçando.

– Sim – minto, levando as mãos às canelas. Quanto mais Annabel me conta sobre Will, mais o desfiladeiro dentro de mim se abre. Ele é um rio, correndo e erodindo, e minhas margens são de areia, não de granito.

Annabel solta um "hum", parecendo em dúvida, mas segue em frente.

– Quem teve mais dificuldade de lidar com a partida de mamãe foi Will. A gente foi morar com minha avó, e eu lembro de ele desenhando lá fora um dia, no verão. Eu queria que ele ajudasse a colocar uma cestinha na minha bicicleta, e tive que chamar Will várias vezes até ele me ouvir. Então eu falei que ele parecia a mamãe, e Will ficou furioso. Ele me disse que não queria ser como ela. Às vezes eu acho que essa se tornou a missão da vida dele.

Fico em silêncio, olhando para o rosto de Annabel.

– Só que a verdade é que ele é mesmo muito parecido com ela – Annabel prossegue. – Mas não do jeito que mais importa. Will é a pessoa menos egocêntrica que eu conheço e tem um coração enorme. Mas ele é criativo e apaixonado, e, quando decide que quer fazer alguma coisa, o comprometimento dele é inabalável. – Ela respira fundo. – Quando Sofia nasceu, foi difícil para Will. Era diferente da depressão da mamãe, e não cabe a mim contar pelo que o meu irmão passou, mas acho que só serviu pra confirmar a crença dele de que era igual a ela. Will parou de desenhar. Fez um MBA enquanto trabalhava em período integral. Para ele, ser um adulto responsável significava ser como o papai: ter emprego estável, salário bom, casa própria. Então foi isso que ele fez. Mas Will abriu mão de uma parte enorme de si mesmo, e acho que ele não era feliz de verdade. – Ela me olha em expectativa. – E é aí que você entra.

– Não entendo como – murmuro.

Annabel me olha com pena.

– Não? Ele disse que você era inteligente.

Pisco, surpresa, e ela sorri.

– Nossa, vocês são tão sérios. – Annabel se vira para me encarar. – Meu irmão nunca pareceu tão vivo quanto neste verão. Quando ele me contou que estava desenhando de novo, fiquei aliviada. Pensei que finalmente iria voltar a viver.

Penso no desenho que encontrei no chalé e me pergunto se Annabel sabe o que eu sei.

– Will ficou tão bravo consigo mesmo por não estar em casa quando Sofia ficou doente que tenho certeza de que ele considera isso uma prova de que não pode ter tudo. – Annabel olha para as nuvens. – E de que eu não estou pronta pra morar sozinha com Sofia. Mas ele está errado em relação a ambas as coisas. Assim como estava errado quando terminou com você. – Ela volta a me encarar com seus olhos cor de cobre e penetrantes. – Embora talvez você não devesse ter se declarado quando a sobrinha dele estava no hospital.

Meu queixo cai, mas Annabel segue em frente.

– Ele não vai pedir desculpas, se é isso que você está esperando. Você pediu que Will não entrasse em contato, e ele vai obedecer.

– Annabel pega um papelzinho do bolso do vestido e me entrega. Tem um endereço escrito nele. – A gente mora aí. Sofia já está bem o bastante pra ficar com o pai esta noite, e eu vou sair com umas amigas, então Will vai ficar sozinho.

– Não sei – digo, balançando a cabeça. Nem comecei a processar tudo o que Annabel me contou e já estou esgotada. – Não sei se consigo.

Annabel me olha com seriedade.

– Estou me arriscando aqui. Não tenho ideia se você é boa o bastante pro meu irmão, mas ele nunca pareceu tão feliz como quando estava com você. Eu o conheço melhor do que ninguém. Melhor até do que você. Eu sei que Will cometeu um erro, e ele também sabe. Meu irmão está arrasado. Por isso, eu espero que você seja boa o bastante. E espero que apareça. – Ela me avalia por um momento antes de se levantar e colocar a bolsa no ombro. – Mesmo que seja só pra vocês terem um fim mais digno.

27

AGORA

Olho para a casa de Will de dentro do Cadillac. O número 11 da rua é uma casa geminada ampla de três andares, com tijolos laranja, detalhes elegantes em preto e hortênsias brancas na varanda. Já passa das oito, portanto é tarde o bastante para que eu tenha certeza de que Annabel já saiu.

Depois que ela foi embora hoje de manhã, eu disse a mim mesma que não viria. Tenho meus próprios problemas, não posso lidar com os de Will também. Eu devia voltar a dar um tempo dos homens. Enfiei o papelzinho com o endereço no fundo de um saco de lixo, planejando voltar para o resort assim que terminasse a limpeza. Quinze minutos depois, tive que pegá-lo de volta.

Quando entrei no carro, em vez de cair na estrada, fui para um hotel, tomei um banho e me sentei à mesa para escrever uma lista de motivos pelos quais devia apagar Will Baxter dos meus contatos e da minha vida.

Enquanto olhava para a página em branco, não conseguia parar de pensar no Will de catorze anos, furioso e ressentido, sentindo falta da mãe. E no Will de 22 anos, se sentindo culpado por morar em Vancouver, preocupado com a irmã. Há dez anos, Will me ajudou a me enxergar claramente, e eu decidi tomar posse do meu futuro. Quando ele saiu do meu apartamento naquela manhã, eu soube que minha vida estava prestes a mudar. Não tinha ideia de que a dele também estava.

Fiquei preocupado de estar muito diferente da pessoa de quem você se lembrava.

Esse foi o motivo que Will me deu para não ter aparecido há nove anos. Quando encontrei o desenho no chalé, achei que ele tivesse mentido para mim. Mas, refletindo sobre o que Annabel me contou, comecei a pensar que talvez ele não estivesse mentindo – talvez não pudesse me contar toda a verdade.

Duas vezes, Will entrou na minha vida como um meteorito, e nas duas vezes deixou uma cratera em mim. Mas nunca pensei sobre como a colisão pode tê-lo tirado do eixo.

Sentada à mesa do escritório do hotel, pensei no Will de 32 anos, bem-sucedido, reservado e paciente, encontrando devagar o caminho de volta para a arte, mergulhando um dedo em um relacionamento, reivindicando uma fatia de felicidade para si mesmo. Eu podia ouvir sua voz cortando a escuridão na noite em que bati à porta do chalé dele, de pijama.

Me diz o que você quer, Fern.

Passei uma hora olhando para o papel e, em vez de enumerar todos os motivos que tinha para esquecer Will, acabei compondo uma lista completamente diferente.

Agora estou aqui, na frente da casa de Will Baxter. Assustada, apaixonada e pronta para lutar pelo que quero. E pelo que acho que Will quer também.

Só queria não estar com vontade de vomitar.

Pego o desenho do banco do passageiro. Meus dedos tremem quando toco a campainha. Respiro fundo, mas quando Will abre a porta o discurso que preparei morre na minha garganta.

Ele está totalmente diferente. Para começar, a barba por fazer cobre seu rosto e seu pescoço. Faz tanto tempo que Will não a faz que está quase entrando no território da barba desgrenhada. Ele tem olheiras escuras e está despenteado. Usa uma calça de moletom larga e uma camiseta manchada. Assim que registra que estou à sua frente, se endireita como se tivesse levado um choque.

Abro a boca, e o que sai é um surpreso:

– Você parece péssimo.

– Fern. – Will diz isso como ninguém mais, como se fosse muito mais que um nome. Então pisca, parecendo cair na real. Quando volta a falar, sua voz sai muito mais fria. – O que você está fazendo aqui?

Tenho muito a lhe dizer, mas começo com o mais difícil e simples:

– Senti sua falta.

O rubor que desponta de seu pescoço é o único sinal de que isso tem algum efeito nele.

Endireito os ombros, tentando não deixar que sua reação me desestabilize. Já vi tudo antes – o olhar e a voz vazios –, sei como ele consegue se distanciar, deixar toda a emoção de lado, se proteger. Will está completamente fechado.

– E eu vim pra que você possa pedir perdão.

Ele balança a cabeça. Antes que possa falar, eu lhe entrego o desenho.

– E se explicar.

Tenho examinado o desenho todos os dias desde que o encontrei no chalé, procurando por uma pista que possa contar uma história diferente daquela que sei que é verdadeira.

Will pega a folha dos meus dedos e estuda o desenho como se nunca o tivesse visto, passando a mão pela bochecha.

É um desenho meu, sentada na ponta do cais, de maiô e short. Estou olhando para a água, parecendo entediada ou até triste, usando o chapéu que eu havia pegado para ele. Ao meu lado está a sacola com o protetor solar, os sanduíches e as águas com gás e limão. Além de um CD gravado, com MÚSICAS PARA WILL escrito em verde.

Quando seus olhos voltam a se concentrar em mim, estão repletos de remorso.

– Fern – ele repete.

– Você foi – digo, e minha voz falha.

Ele confirma com a cabeça.

– É. Eu fui.

Engoli o nó na garganta.

– Agora é o momento de você me convidar pra entrar – digo a ele.

Will parece prestes a discordar, mas então assente e segura a porta aberta para mim.

A casa dele é espetacular. O térreo é todo aberto, e da entrada consigo ver a sala e a cozinha, com uma janela enorme nos fundos. O piso é de madeira cor de mel, os móveis parecem confortáveis e as paredes brancas estão forradas de quadros, embora dê para ver que nenhum deles é de Will.

Ele deixa o desenho sobre a bancada de pedra e pega duas garrafas de água com gás na geladeira. Então me leva até o sofá vermelho, nos fundos, onde fica a sala de estar. Tem fotos de família emolduradas na parede e uma TV gigantesca. Seria aconchegante, se não fosse pelo pé-direito tão alto como o de uma catedral, com claraboia.

Eu me sento na ponta do sofá, e Will passa por mim para se sentar do outro.

– Annabel foi me ver – conto a ele, que solta um grunhido baixo do fundo da garganta. – Ela falou que Sofia vai ficar bem.

– É – Will diz, girando o anel no dedinho.

– Também falou que você era, nas palavras dela, "um desastre ambulante", o que já comprovei que é verdade.

Will me olha de lado e responde, com a voz parecendo metal sendo lixado.

– Eu não estava esperando companhia.

Minha respiração fica trêmula. Acho que nunca me senti tão nervosa.

– Quer me contar por que você parece que foi atropelado?

– Foi uma semana difícil.

– Sei disso.

– Não dormi muito.

– Dá pra perceber. – Depois de um momento, acrescento: – Estava preocupado com Sofia?

– Isso.

– E?

Will se recosta no sofá, com a cabeça inclinada para mim, mas não fala nada.

– Achei que fosse ter um "e". Tem?

O tremor na minha voz me trai.

– Acho que você já sabe que tem. – Ele derruba o muro de medo que tive que escalar para vir aqui.

– Eu desconfiava mesmo – retruco. – Mas queria ter certeza.

Will olha para a claraboia. Abre a boca e volta a fechá-la, cerrando bem o maxilar.

– Porque você foi embora sem dizer nada, depois não respondeu minhas mensagens, depois disse que a gente precisava parar de viver na fantasia?

Ele balança a cabeça devagar, então seus olhos se fixam nos meus.

– Não – Will responde, e meu coração se parte em um milhão de pedacinhos. Eu me forço a me manter sentada em vez de sair correndo. Espero, com as mãos entre as coxas, até que ele volte a falar. – Eu não devia ter feito isso, desculpa, Fern. De verdade – Will fala devagar. – Eu estava estressado e não pensei direito. Mas não é por isso que não consigo dormir, comer, nem tirar da cabeça a imagem de você sentada sozinha no cais, há nove anos.

– Então é por quê? – sussurro.

– Fern, você deve saber...

Seu peito sobe e desce quando ele respira longamente.

Mantenho os olhos bem abertos e fixos em Will.

Sua voz sai baixa.

– Eu nunca quis tanto algo quanto quero você. Estou completamente apaixonado por você.

Uma exalação audível me escapa pela garganta, em um alívio instantâneo.

– Mas não sei se posso fazer isso – ele diz, quando me aproximo. – Eu não...

Levo os dedos a sua boca.

– Você pode fazer qualquer coisa.

O olhar dele se abranda.

– Vou te dar o mesmo conselho que alguém me deu. Um cara pretensioso, formando em artes, que sabia do que estava falando – começo, e um sorriso vago surge sob meus dedos. – Eu sei o quanto a sua família significa pra você e nunca vou questionar isso. Mas a vida é sua, Will.

Ele fica em silêncio.

– Então acho que o que eu preciso saber é se você me quer nela.

Will tira minha mão da boca e me abraça. Ficamos assim, só respirando e nos abraçando, um minuto inteiro.

– Isso é um sim? – pergunto, com o rosto no peito dele. Sinto uma risada baixa surgir em seu peito. – Porque a gente precisa ter uma longa conversa, mas não vai ter sentido se não for um sim.

Ele se afasta, com os dedos no meu cabelo, olhando nos meus olhos.

– Desculpa – Will diz. Começo a me afastar, mas ele não me solta. – Espera. Eu disse que sou ruim em priorizar relacionamentos em relação a todo o resto, mas achei que dessa vez fosse dar um jeito. – Ele passa os polegares pelas minhas bochechas. – Quase te contei a verdade sobre ter ido ao lago há nove anos, só que foi ficando mais difícil conforme passávamos mais tempo juntos este verão. Desculpa por não ter contado.

Mal consigo forçar as palavras a saírem pelos meus lábios.

– E qual é a verdade?

– Pensei em rever você todos os dias, o ano inteiro. Quando estava na metade da descida que dá no lago, finalmente te vi. Você estava tão linda. Tudo o que eu queria era sentar do seu lado no cais.

– E por que não sentou? – sussurro.

– Não teve nada a ver com você. Acredite nisso, por favor. Sofia estava com uns quatro ou cinco meses, e foi um período tenebroso para mim. Eu estava péssimo. – Ele se recosta, passando as mãos no rosto. – E acho que fiquei constrangido. Depois de tudo o que eu incluí na minha lista, lá estava eu, trabalhando em um escritório em período integral, fazendo exatamente o que tinha dito que não faria um ano antes. Naquela época, eu odiava o meu emprego. E eu sabia que você iria perceber isso na mesma hora. Que você iria ver que eu tinha mudado, que não estava feliz. E você iria me dar uma bronca.

– Talvez – respondo. – Ou talvez eu ficasse impressionada com o que você havia feito. Você poderia pelo menos ter me dado um oi.

– Aí é que está. Eu não iria conseguir só te dar um oi. Você estava ali, de maiô verde, e eu lembrava exatamente de como tinha sido. A gente teria conversado. Eu teria contado que tinha desistido da minha arte, e você iria ficar surpresa. Eu não iria conseguir fingir que estava tudo bem. Não queria me ver com os seus olhos. Achei que, se desse um oi, eu não ia querer dar tchau. Talvez eu não fosse querer voltar pra minha irmã e minha sobrinha. Nem para o trabalho. Talvez eu acabasse me comportando de um jeito egoísta. Eu não podia arriscar.

– Queria que você tivesse arriscado. Queria que você tivesse se aberto comigo na época. – Levo as palmas às bochechas dele. – Você é uma das pessoas menos egoístas que já conheci, não é egoísmo querer alguma coisa para a gente. É humano.

Will solta o ar, devagar.

– Ficar com você, no lago, longe de tudo isso... foi como se me lembrasse de quem eu era antes, do que eu queria antes. Não sei se eu ainda quero as mesmas coisas. Não sei bem quem eu sou, Fern. – Will fica quieto por um momento, e eu não me mexo, não pisco, não respiro até que ele prossiga. – Mas eu sei que quero você na minha vida.

Passo os dedos pelo maxilar dele e chego até a cicatriz. Olho em seus olhos, que parecem muito cansados. Mais do que isso. Exaustos. Penso no que Annabel me disse pela manhã, sobre despejar meus sentimentos em Will na hora errada.

– Vou passar a noite em um hotel – aviso. – Por que a gente não encerra por hoje e eu volto amanhã? Você está com uma aparência péssima.

O rosto dele se contorce um pouco.

– Não quero que você vá.

Não quero dizer o que ainda tenho a dizer quando Will mal consegue manter os olhos abertos. Mordo a parte interna da bochecha.

– Por que a gente não fica vegetando um pouquinho?

Posso fingir que esta é uma noite como qualquer outra.

Will concorda, e nos acomodamos no sofá para assistir *Frasier*. Depois de um tempo, eu o convenço a deitar a cabeça nas minhas pernas, e quando ele pega no sono desligo a TV e fico ali, no último suspiro da luz do dia, estudando as fotos penduradas sobre o sofá. São apenas três. Annabel com Sofia no colo em um jardim, o nariz das duas sc tocando. Sofia no que parece ser o primeiro dia de aula, de mochila e com um sorriso bobo no rosto. E a que faz meu coração inchar: um jovem Will com o cabelo escuro desgrenhado, olhando para a bebezinha rosada em seus braços.

Quando Annabel abre a porta da frente, Will ainda está dormindo.

– Puta merda – ela grita, surpresa em nos encontrar no sofá em meio à escuridão.

– Desculpa – sussurro. – Eu não quis acordar Will.

Ela se aproxima.

– Então ele finalmente dormiu.

Tiro uma mecha de cabelo de Will da testa.

– Que bom que você foi atrás de mim – digo a ela.

Annabel sorri.

– Espero que tenha sido bom mesmo.

Quando minha nádega esquerda começa a formigar, cutuco Will. Ele olha para mim, assustado, e começa a falar. Faço *shhhh* para ele e digo:

– Vou colocar você na cama.

Subimos dois lances de escada até o quarto dele. Will se joga no colchão.

– Fica – ele diz, pegando minha mão.

– Tá. – Eu puxo o lençol. – Não vou a lugar nenhum.

Acordo antes de Will. A casa está em silêncio. Ou Annabel ainda não acordou ou já saiu.

O quarto de Will ocupa todo o andar de cima da casa, e tem o teto inclinado, um banheiro enorme e portas de correr de vidro que dão para uma sacada. Não há nenhuma obra de arte aqui. É um lugar sereno. Tudo branco, com o mais leve tom de azul. É como estar nas nuvens.

Tiro a camiseta que peguei da gaveta dele ontem à noite e me visto em silêncio, para não o incomodar, então desço os muitos degraus até a cozinha. Tento descobrir como a cafeteira chique dele funciona e procuro algo para Will comer. Encontro uma caixa de framboesas na geladeira de porta dupla, e depois leite e ovos. Caço farinha, fermento em pó e manteiga. Sei a receita da minha mãe de cor.

Will está sentado na cama quando volto, com o lençol embolado nos pés. Ainda está com a camiseta suja de ontem, mas suas olheiras desapareceram. Quero levá-lo para o chuveiro e trazer de volta seu cheiro maravilhoso.

– Você está aqui – ele diz, com a voz irregular.

– Estou aqui. – Deixo o café na mesa de cabeceira e passo o prato de panquecas para ele. – Prometi que iria cozinhar pra você um dia. Coloquei uma quantidade absurda de calda.

Will sorri, o que faz rugas se formarem em volta dos seus olhos. *Ele voltou*, penso.

– Que delícia – ele fala, depois da primeira mordida.

– Come. Você vai precisar de energia.

Ele ergue as sobrancelhas.

– Não pra isso – completo, procurando na bolsa a folha dobrada do bloco do hotel. Eu me sento ao lado de Will e me recosto na cabeceira de linho branco. Assim que ele termina de comer, eu lhe passo o papel.

– O que é? – Will pergunta, já abrindo. Fico em silêncio enquanto ele lê, o divertimento evidente nos cantos de seus lábios quando chega ao fim.

– É o que eu quero – explico, então penso a respeito por um momento. – Na verdade, é mais que isso. É o que eu preciso.

Com um sorriso no rosto, Will volta a ler. Não há muitas palavras na folha, mas ele não se apressa.

– Só isso?

– Só isso.

– Quer explicar melhor?

– É assim que você vai me reconquistar. Com esse plano em cinco partes.

Eu me debruço sobre seu ombro para que olhemos a lista juntos.

Peça muitas desculpas.
Seja honesto, chega de segredos.
Me deixe ajudar.
Use avental. Sempre. Sério.
Faça um desenho pra mim.

– A primeira parte é bem óbvia – digo.

Will volta a se recostar na cabeceira e pega minha mão, entrelaçando nossos dedinhos. Então me olha com a expressão séria.

– Não acho que seja possível me desculpar totalmente pelo que eu fiz, Fern. Passei anos arrependido de ter deixado você sozinha no cais e odeio o jeito como te tratei na semana passada, as coisas que eu falei no telefone. Desculpa por ter sumido e deixado você preocupada. Nem consigo acreditar que você está aqui depois de tudo aquilo. Estou arrependido, mas também grato por você ter aparecido na minha porta ontem.

Solto o ar.

– Foi um bom pedido de desculpas. O próximo item é ainda mais importante.

– "Seja honesto, chega de segredos" – Will lê.

Assinto.

– Por exemplo, em relação ao fato de você ter oferecido ajuda à minha mãe.

Will faz uma careta.

– Annabel contou?

– Isso. Gostei dela, aliás.

– Não me surpreende. – Ele pensa por um segundo. – Quando cheguei, percebi que você não confiava em mim, e eu queria muito que concordasse em trabalharmos juntos. Fiquei preocupado que, se você soubesse que a ideia havia sido minha, ficaria ainda mais incomodada. Tomei um café com a sua mãe, e, quando ela explicou os desafios que o negócio estava enfrentando, acabei me oferecendo pra ajudar. Acho que a sua mãe pensou que eu só estava sendo educado, mas nós trocamos alguns e-mails e eu me ofereci de novo. E, não, eu não teria feito isso se ela não fosse sua mãe e se não fosse o seu resort. E, sim, no mundo ideal você iria aparecer enquanto eu passava o verão lá, ansiosa para transar bastante nas canoas.

Dou risada.

– Não dá pra transar numa canoa.

Jamie e eu nem tentamos nada do tipo na época.

– A imaginação da minha versão de vinte e poucos anos discorda – Will diz com um sorriso, e dou risada outra vez.

– Tem mais alguma coisa que você gostaria de esclarecer?

Will passa a mão pelo cabelo.

– Acho que é um momento bom pra contar que eu tomo remédio pra ansiedade.

– Tá – digo, devagar. – Não era desse tipo de coisa que eu estava falando, mas obrigada por me contar.

Ele engole em seco.

– Acho bom que você saiba que já fiquei muito mal. A primeira crise foi depois que a minha mãe foi embora. Minha mente ficou frenética, mas na época eu nem entendi o que estava acontecendo. E depois, quando Sofia nasceu... – Ele balança a cabeça. – Foi horrível. Umas coisas bem pesadas me passavam pela cabeça.

Pensamentos terríveis. E imagens também. Eu não sabia o que era e não conseguia deixar aquilo de lado... – Will se interrompe. Penso nas palavras tatuadas em sua clavícula, *apenas pensamentos*, e aperto o dedinho dele.

– Pode me contar quando estiver pronto. Não vou julgar. E não precisa ter pressa.

Ele assente.

– Eu tinha medo de ficar sozinho com Sofia, e Annabel percebeu que tinha alguma coisa de errado. Fui atrás de ajuda. Comecei com a medicação. E fiz terapia em grupo.

Eu me ajeito para ficar de frente para ele, com as pernas cruzadas.

– Sinto muito que você tenha passado por isso.

– Pode acontecer de novo, se eu tiver filhos – ele diz, e eu sei que é um alerta. – Fico preocupado. Sou do tipo preocupado.

– Tá. – Faço uma pausa. – Nada disso chega nem perto de ser um impedimento real pra mim, se é o que você está pensando. Mas eu preciso que você me conte o que está acontecendo na sua vida. Quero saber quando alguma coisa te deixar ansioso ou chateado. Se a gente seguir em frente...

Uma porta se fecha em algum lugar na casa, e a voz de uma menina chega lá de baixo. Por um momento, ficamos ouvindo a movimentação de Annabel e Sofia.

– Quando você desapareceu – conto a ele –, foi como se todos os meus medos em relação a nós se confirmassem.

– Que medos?

– Achei que você pudesse estar, sei lá, brincando de faz de conta comigo. Não quero ficar com uma pessoa que me mantém separada de partes da sua vida. Não quero ser uma fuga. Quero ser a realidade.

Will se inclina para mim até que o nariz dele roça no meu.

– Fern... você não é uma fuga. Você é tudo.

– Sério? – sussurro, recuando um pouco. – Mas você só contou sobre os telefonemas quando eu te forcei a fazer isso. Você se manteve fechado pra mim.

Ele assente.

– Eu sei. É que, por mais que as pessoas pensem que aceitam a minha situação com Annabel e Sofia, e o fato de que eu levo e busco Sofia e cozinho pra elas quase toda noite, mais do que uma vez isso se tornou um problema. Mas até agora eu nunca me importei. Eu não queria te envolver no drama da minha família. Queria ser egoísta. Queria você só pra mim.

– Eu entendo – digo. – Mas você não pode me manter afastada das duas pessoas mais importantes da sua vida. Chega de ligações secretas. – Aponto para o terceiro item na lista, "me deixe ajudar", enquanto um grito abafado de Annabel chega até nós. – Quero participar do drama. Quero participar de tudo.

Will sorri.

– Tem bastante drama. – Ele fica sério. – Já faz um tempo que Annabel tem ameaçado se mudar, mas não acho que ela esteja falando sério. Quando eu estava no resort, ela me contou que estava trabalhando como corretora de imóveis, então às vezes as nossas ligações eram sobre isso. Outras vezes ela só tentava me convencer a te contar como eu me sentia. Ou então ela só tinha alguma dúvida de como usar o fogão. Mas nós andamos discutindo bastante.

– Porque você quer que elas fiquem?

– É. Eu sei que em alguns sentidos seria bom para mim se elas fossem para outro lugar. É o que Annabel acha. Ela se sente mal por fazer tanto tempo que estão aqui, mas estou acostumado com as duas por perto. Eu *gosto* de ter as duas por perto. – Ele me olha como se me pedisse desculpas. – Sei que não é o que a maioria das mulheres quer ouvir. Que eu quero continuar morando com minha irmã e minha sobrinha.

– Não sou como a maioria das mulheres. – Empurro a perna dele. – E você não é como a maioria dos homens.

Will faz uma careta cética.

– Sou complicado demais.

Odeio ouvi-lo falar assim de si mesmo. Tenho um impulso de proteger o Will que conheci há dez anos, mas também quero estar aqui para o homem que conheço agora. Subo em seu colo e pego seu rosto nas mãos.

– Vou te contar uma coisa sobre mim: sou extremamente exigente quando se trata de pessoas. Nem gosto da maior parte delas. Tenho padrões elevadíssimos pra deixar alguém entrar na minha vida agora. E você, Will Baxter, é minha pessoa preferida no mundo.

Ele parece surpreso.

– Sou?

– É. Você é a pessoa que mais amo no mundo.

Os olhos de Will se arregalam, e de repente seus lábios estão nos meus, urgentes e vorazes, como se fosse a última vez que vamos fazer isso. Enlaço seu pescoço e diminuo o ritmo, derretendo em seu beijo. Ele está com gosto de café, calda de panqueca e de volta para casa depois de um longo dia. *Não vou a lugar nenhum*, digo a ele com a língua e a boca.

– Você me ama – Will diz depressa, passando o polegar por meu lábio inferior.

– Amo – respondo. – Especialmente as partes complicadas. Senão você seria perfeito demais. De um jeito até irritante.

Ele sorri, depois beija meu maxilar.

– Fern. – Will beija minha bochecha e sussurra no meu ouvido: – Também te amo. – Ele dá um beijo no meu nariz. – Muito.

– Ótimo – digo. – Porque isso torna os itens quatro e cinco muito mais fáceis.

– Você gosta do avental?

Toco a testa dele com a minha.

– Adoro o avental.

Will dá risada.

– E quero que você continue desenhando.

Ele faz "hum...".

– Ou pintando, ou fazendo decoupage com fotos de chihuahuas em canecas. Não desista da arte. A lista que a gente fez há dez anos estava errada: a arte pode ser, sim, um hobby. – Dou um beijo nele. – E você pode começar pelo meu desenho.

Will solta um longo suspiro.

– Tá – ele admite. – Como está na lista, eu posso fazer isso por você.

– E por você. Esse é um item da lista que é pra você também.

Will me puxa para si. Descanso a cabeça em seu peito e fico ouvindo seu coração. Sua voz faz minha bochecha vibrar quando ele fala "te amo" outra vez.

Então ouço passos na escada.

Uma voz de menina pergunta do outro lado da porta do quarto:

– Tio Will, posso comer uma dessas panquecas? *Annabel* disse que eu tinha que pedir antes.

– Tente outra vez, Sof – Will responde.

– Tá. *Mamãe* disse.

– Melhor assim – Will fala. – Pode pegar. Já vou descer. Quero que você conheça uma pessoa.

Eu me afasto e ele ergue as sobrancelhas.

– Tá – Sofia diz. Os passos dela voam escada abaixo. – Eu falei que não tinha problema, *Annabel*.

– Ela é um pouco precoce – Will comenta.

– É mesmo?

– E é um demônio do caos, já vou avisando.

– Perfeito – digo. – Eu gosto de caos.

Ele prende uma mecha de cabelo atrás da minha orelha.

– Tem certeza de que quer isso tudo?

– Tenho – afirmo. – Quero tudo.

28

AGORA

Passo quase uma semana inteira na cidade com Will e as meninas. Faço panquecas para Sofia pela manhã e a levo para a colônia de férias para que Will possa recuperar o sono e Annabel possa começar a trabalhar mais cedo. À tarde, Will e eu passeamos por Toronto. Caminhamos e conversamos, e bolamos um plano para tentar fazer as coisas funcionarem a distância. Will vai me visitar nos fins de semana sempre que possível e vamos conversar toda noite, depois do jantar. Ele prometeu me mandar uma foto sempre que estiver de avental.

Assim que volto ao resort, entrego a Peter o último diário da minha mãe. Explico que acho que ela não se importaria que ele soubesse o que se passou em sua cabeça tantos anos atrás, e digo que pode ser uma surpresa agradável. Para mim, ler o diário da minha mãe não foi exatamente como ouvi-la falar de novo, porque a Margaret Brookbanks que eu conhecia era diferente da jovem que escrevera aquelas páginas. Mas acredito que para Peter talvez seja. Ele conheceu aquela jovem falante, otimista e impaciente. E amava aquela jovem tanto quanto amava a versão dela que eu conhecia.

Eu me mantenho ocupada. Uma vez por mês, Whitney e Cam fazem uma noite de jogos. Também passo bastante tempo com Jamie, curvada sobre a mesa da cozinha, revisando o projeto da casa dos sonhos dele. Visito Peter na cozinha quase toda manhã, e em um dia ensolarado do fim de outubro ouço música antes de entrar. Ele colocou Anne Murray para tocar. Fico amiga dos proprietários da loja de discos da cidade. Compro um violão e assisto a aulas no YouTube. Quero ter a coragem e o mínimo de qualidade para fazer uma apresentação surpresa no show de talentos de agosto. E me mato de trabalhar.

No meio da noite, sozinha em casa, uma sensação familiar na barriga retorna. Vou até a janela e olho para o chalé 20, mas a luz nunca está acesa. Will nunca está lá.

Conforme os meses passam, a neve cai e a lua lança um brilho pálido sobre os arbustos congelados, a sensação se aprofunda com uma constatação. Não quero mais ficar com saudade de Will.

Na véspera de Ano-Novo, dançamos na pista de dança. Está tocando a música que eu pedi. É Elvis e é cafona, mas também é perfeito para o momento em que pergunto a Will se ele consideraria morar no resort um dia. Velas e cordões de luzes iluminam o salão, além do globo espelhado gigante que Jamie me convenceu a pendurar, mas nada brilha tanto quanto o sorriso no rosto de Will.

Ele leva um tempo para se organizar com o trabalho de modo que a mudança seja possível, mas em maio, um ano depois da morte da minha mãe, Will vem morar comigo. O solário vira seu escritório. Minha casa agora é a dele. Quando desço logo cedo, tem um café forte pronto e música tocando, e Will está na cozinha.

Para alívio de Will, Annabel concorda em ficar na casa dele em Toronto. Ele ainda se preocupa, e ela liga ou manda mensagem para ele e para mim quase todo dia perguntando alguma coisa sobre a cozinha, mas Will vai trabalhar na cidade pelo menos uma vez por semana, de modo que vê as meninas com frequência. Pinto o quarto de hóspedes de roxo-escuro para Sofia, que vem passar algumas semanas com a gente no verão. O guarda-roupa continua ocupado pelas roupas de festa da minha mãe. Sofia diz que está velha demais para brincar de se fantasiar, mas notei que estava de olho no bolero de paetê rosa. Aposto que consigo convencê-la a pelo menos um chá da tarde comigo e com Peter.

Contrato alguém para comandar o restaurante e mudo o nome para Maggie's. Entre todas as mudanças que promovi no resort, essa é a que mais me agrada. Às vezes, quando quero me sentir próxima da minha mãe, vou para lá. Mas, quando estou morrendo de saudade, acabo no deque particular. Eu me sento na cadeira da esquerda, fico olhando para o lago e a atualizo em relação a tudo. Às vezes, quase consigo ouvi-la dizer: *Nós temos muita sorte*.

Muito embora o resort esteja caminhando para um bom ano, alguns dias são longos demais, difíceis demais ou só um saco mesmo. Mas agora Will está em casa quando chego. Enquanto faz o jantar, ele me lembra de todas as coisas que realizei e do quanto amo o que faço, e eu fico olhando para ele, usando o avental com estampa de maçãs da minha mãe, sem ter certeza absoluta de que alguém tão maravilhoso pode ser real.

Estou dormindo como não dormia há muito tempo, mas às vezes acordo às duas da manhã e noto que Will não está do meu lado. Desço na ponta dos pés, tiro o lápis de sua mão e o levo para a cama. Quando Will não consegue dormir, vai desenhar.

Todo dia é especial, mas o 14 de junho mais ainda.

Will e eu remamos até a faixa de areia onde ficamos sentados juntos quase um ano atrás. Diferente daquele dia, o sol faz o lago cintilar, sem uma única nuvem para bloquear seus raios. Precisamos ficar de óculos escuros. Will leva uma cesta de piquenique e uma garrafa de champanhe, e erguemos nossos copos de plástico para brindar o aniversário do dia em que nos conhecemos.

Relaxamos, com os pés na água e nossos dedinhos entrelaçados, lembrando daquele 14 de junho. Quando a brisa fica mais forte, o cabelo de Will cai sobre a testa e eu perco o ar. Eu o convenci a deixá-lo crescer um pouco, e ele fica igualzinho a quando tinha 22. Relaxado, desgrenhado e lindo. Pela milésima vez no último ano, penso que devo estar alucinando. Tenho dificuldade de acreditar que finalmente estamos aqui, juntos, de vez.

Eu me arrisquei quando apareci à porta de Will em agosto. Disse a mim mesma que, se havia uma pessoa no mundo por quem valia a pena lutar, era Will, e que, se havia um relacionamento que valia o esforço, era aquele que tínhamos começado a construir. Porque, muito embora não tenhamos colocado um rótulo, eu e Will estávamos construindo alguma coisa. E eu disse a mim mesma que podíamos fortalecer o que estávamos construindo.

Will tira a camiseta por causa do calor, e eu fico olhando para sua barriga definida, a entrada dos quadris e suas tatuagens pretas. Ele acaba atirando a camiseta em mim.

– Que foi? – pergunto, dando risada.

– Você estava babando.

– *Pff*. Estava só admirando suas tatuagens.

Will me coloca de pé, e eu pego sua mão e pressiono os lábios contra a última tatuagem, uma samambaia minúscula na parte interna do pulso. Então ele começa a desabotoar meu short.

– Vamos nadar – Will diz, dando um beijo no meu nariz.

Vamos para onde o lago é fundo e fresco e boiamos de costas, com os olhos fechados por causa do sol. Will acaba me puxando para si e nos beijamos enquanto a água dança em volta da gente. Ele enfia o dedo pelo meu maiô e faz aquele lance com o dedão.

Depois de termos nos secado e terminado nossos sanduíches e os quadradinhos de limão que Peter sabe que são os preferidos de Will, começo a colocar nossas coisas na canoa. Quando me viro, depois de colocar a cesta bem no meio, Will está ajoelhado na areia, com uma caixinha de veludo verde na mão. Antes que possa dizer alguma coisa, enlaço seu pescoço e o derrubo no chão. Eu o beijo, chorando, e ele murmura alguma coisa sobre não ter dito nada, mas estou emocionada demais para me importar, porque Will Baxter é minha pessoa preferida no mundo, e vou ficar com ele para sempre.

– Não quer ver a aliança? – ele pergunta, rindo. Eu digo que não estou nem aí para a aliança. Só quero ouvir aquele som alegre irrompendo de sua boca todos os dias da minha vida. – É meio importante pra mim – Will afirma.

Eu me afasto, com um nó na garganta e piscando para Will sob mim.

Ele segura meu rosto entre as mãos.

– Levanta só um segundo. Tem algumas coisas que eu quero dizer.

Eu obedeço e Will se ajoelha diante de mim, com a caixinha coberta de areia nas mãos. Tem um anel de ouro simples dentro. Não consigo acreditar que não percebi que ele não o estava usando.

– Mandei acertar o tamanho – ele esclarece, pegando o anel do avô. – É a coisa mais importante que eu tenho, e achei que você não fosse querer muito brilho.

Will me diz que tem sorte de ter conhecido sua alma gêmea há onze anos e ainda mais sorte por ter me reencontrado. Diz que eu sou sua melhor amiga. Que nunca pensou que era possível ser tão feliz quanto ele é agora, comigo. Que eu sou a pessoa mais corajosa que ele conhece. Que ama o fato de eu ser tão leal, minhas playlists e meu nariz. Que me ama mais do que tudo. Nós nos beijamos, choramos e nos abraçamos, então rolamos na areia até que um grupo de adolescentes em um barco começa a assoviar e buzinar.

Tem algumas pessoas nos esperando no deque quando voltamos. Aperto os olhos conforme nos aproximamos, para ver quem são. Sofia, é óbvio. Vejo a camiseta roxa tie-dye que ela e Will tingiram, quando ainda estamos longe no lago. Ela pula e acena para nós.

– Não consegui guardar segredo total – Will afirma, quando me viro de meu lugar, na frente. – Você sabe como é Annabel.

Sei mesmo. Desde que anunciamos que Will ia morar comigo, ela tem me enchido de revistas de noiva, links de floristas e do Pinterest. Annabel gosta de um evento quase tanto quanto Jamie, e quando está determinada ninguém a segura. É mais teimosa que Will, e, embora nunca vá admitir, é tão protetora com ele quanto ele é com ela. Eu disse a Annabel que um casamento era a última coisa em que eu pensava, e o mais importante: que nunca ia ser a noiva típica. Que eu não era contra ser casada, mas não gostava da cerimônia em si. Pareceu que uma veia na testa dela ia explodir.

Agora, eu me viro de volta para o resort. Estamos um pouco mais perto, e consigo identificar Annabel e Peter. Jamie também está lá, entre Whitney e Cam.

Eles vêm até nós antes mesmo de amarrarmos a canoa. Sofia abraça a cintura de Will assim que ele sai do barco e Annabel o enlaça com um só braço, para poder me enlaçar com o outro.

Alguém me abraça por trás, e pelo cheiro de xampu sei que é Whitney.

– Vem aqui – ela me diz, e eu sinto mais braços em volta de nós. É um abraço coletivo bem confuso.

– Vou fazer uma festa de noivado – Annabel anuncia. – Nem tentem me impedir.

As meninas querem dar uma volta de canoa. A multidão se dispersa, e Peter e eu ficamos vendo Will ajudá-las a entrar.

– Acho que me dei bem – digo a Peter. Sei que ele concorda. Desde que Will se mudou para o resort, não passa uma semana sem que Peter envie alguma coisa de limão para a gente.

– Vocês dois se deram bem – ele aponta. – Agora é melhor eu voltar pra cozinha. – Peter me dá um beijo na testa. – Meus parabéns.

As meninas começam a remar, e Will e eu nos sentamos na beira da água, onde deveríamos ter nos encontrado há dez anos.

279

Annabel e Sofia ficam andando em círculos. Nem uma nem outra pegou o jeito.

– Elas não têm ideia do que estão fazendo – Will comenta.

– Não mesmo – concordo, sorrindo ao ver Sofia se debruçar para a lateral e jogar um pouco de água na mãe. Annabel dá um grito e se afasta no banco, fazendo a canoa balançar.

– Talvez elas caiam – Will diz, e eu dou um tapinha no joelho dele.

– Elas não vão cair – garanto. – Mas se caírem nós estamos aqui.

Então, com um sorriso travesso, Annabel ergue o remo e o arrasta pela água, encharcando a filha. Sofia dá um gritinho alegre. Will ri, passa um braço sobre meus ombros e me puxa para si.

Ficamos sentados ali, eu com a cabeça no ombro dele, até que o sol fique baixo no céu e pinte o lago de roxo e dourado.

Horas se passam enquanto Will Baxter e eu fazemos planos para o futuro e falamos dos nossos sonhos compartilhados.

Olho para nossos pés na água e depois para Will.

– Às vezes eu nem consigo acreditar que estamos aqui – digo.

– Conheço essa sensação. Mas aqui estamos, Fern Brookbanks. Estamos exatamente onde deveríamos estar.

EPÍLOGO

Não tenho certeza de como começar. Nunca tive um diário.

Will diz que eu deveria pensar menos nisso como um diário e mais como uma carta. Ele diz que tem certeza de que você vai encontrar um dia e ler.

Nesse caso, acho que é melhor não me referir a ele como Will, e sim como papai.

Minha barriga está tão grande que não consigo ver meus pés, mas ainda assim é difícil imaginar que um dia você vai estar aqui. Nossa filha.

Papai achou que conversar com você poderia ajudar. Ele encosta o nariz na minha barriga e canta musiquinhas de ninar ou te dá aulas de história da arte, mas eu me sinto boba sussurrando para minhas estrias. Por isso estou aqui. Vou escrever sobre todas as pessoas que você vai conhecer quando chegar. Peter, Whitney e Jamie. Annabel e Sofia. O sr. e a sra. Rose. O homem incrível que eu chamo de Will e que você vai chamar de pai. E vou escrever sobre as pessoas que você não vai conhecer. Vou te contar tudo sobre o mundinho em que você vai viver.

Então, um dia, vou te entregar este caderno. Vou fazer café – por favor, não me diga que você não toma –, e vamos seguir o caminho até as duas velhas cadeiras de metal perto da água. Vou sentar onde minha mãe sentava e você vai sentar onde eu sentava. Vamos ver as ondas batendo contra as pedras e eu vou dividir tudo com você. Aquele vai ser o nosso lugar. Eu e você, no lago.

AGRADECIMENTOS

Estou sentada aqui, no meu sofá em Toronto, tentando decidir o quanto contar a vocês sobre os desafios da escrita de *Me encontre no lago*. É um dia melancólico de outubro, com as cores do outono no auge e nuvens cinza como ardósia no céu. De tempos em tempos o sol sai, fazendo o topo das árvores brilhar em laranja, vermelho e dourado. Amanhã, vou de carro para o norte, com meu marido e nossos dois meninos, para passar o Dia de Ação de Graças em Barry's Bay. Parece o momento ideal para escrever meus agradecimentos – tenho muito o que agradecer.

No topo da lista estão meus leitores. Não tenho como agradecer o suficiente por sua incrível resposta ao meu romance de estreia, *Depois daquele verão*, e pelas incontáveis mensagens ansiosas por *Me encontre no lago*. O jeito como vocês devoraram *Depois daquele verão* e disseram a seus amigos e familiares para fazer o mesmo foi totalmente inesperado e surreal demais. Eu sei que muitos de vocês gostariam de saber mais sobre Percy e Sam. Me pedem diariamente que eu escreva a história de Charlie. Eu sei o quanto amam esses personagens e torço para Fern e Will encontrarem um lugar parecido no coração de vocês.

Foi fácil contar a vocês sobre a escrita de *Depois daquele verão*, porque se tratou de uma experiência de pura alegria. Eu estava trabalhando em tempo integral como jornalista, tinha um filho pequeno e estava grávida do segundo, mesmo assim demorei apenas quatro meses para ter um primeiro rascunho. Eu tinha trinta e muitos anos e senti que havia encontrado minha vocação.

Discutir a criação de *Me encontre no lago* é mais difícil – mas vocês me deram tanto que preciso ser honesta. Dediquei pelo menos cinco vezes mais horas a este livro que a *Depois daquele verão*. Houve muitas rodadas de edições e revisões. Reescrevi quase metade do livro na segunda versão (e me diverti muito fazendo isso). A cada tentativa, *Me encontre no lago* chegava mais perto de ser a história que estava destinada a se tornar. Mas o primeiro rascunho acabou comigo.

Antes de começar, lembro de olhar para meu caderno de quando estava escrevendo *Depois daquele verão* em uma tentativa de entender como eu havia conseguido produzir um romance. Parecia uma coisa impossível de repetir. *Depois daquele verão* deve ter sido um golpe de sorte. Um truque de mágica.

Todo dia, quando me sentava para escrever o primeiro rascunho deste livro, eu travava uma batalha contra o coro de vozes na minha cabeça me dizendo que eu não tinha ideia do que estava fazendo, que minha escrita era horrível, que de jeito nenhum meu segundo livro seria tão bom quanto o que tinha vindo antes. Era doloroso. Segui em frente, e em certo momento acabei chegando a alguma coisa. Não era ótimo, e a versão de *Me encontre no lago* que você acabou de ler é muito melhor. Mas tenho tanto orgulho do produto final quanto da primeira versão caótica. Pode ter havido um pouco de mágica na escrita de *Depois daquele verão*, mas *Me encontre no lago* exigiu persistência.

Como vocês devem imaginar, este livro exigiu acompanhamento e apoio editorial tremendos. Amanda Bergeron, por favor, saiba que estou chorando enquanto tento escolher as palavras para expressar uma fração que seja da minha gratidão. É inacreditável que a gente não se conheça pessoalmente, mas talvez seja até bom, porque é provável que eu fosse te dar um abraço forte e longo demais antes de começar a soluçar, o que seria esquisito. Você é brilhante.

É muita sorte ter a incrivelmente talentosa Deborah Sun de la Cruz do meu lado. Deborah, adoro que você more em Toronto, o que me permite te abraçar com uma frequência quase regular, quase sempre sem perder o controle. Agradeço enormemente por me ajudar a deixar Maggie mais nítida e a dar um sentido mais profundo ao título do livro.

Taylor Haggerty, se estes agradecimentos fossem uma playlist, sua música seria "Wind Beneath My Wings", cantada pela Bette Midler. Você é minha heroína. Por sua causa, agora posso começar frases com as palavras "Minha agente falou que...". Por favor, voltem ao que eu disse em relação a Amanda e abraços chorosos na vida real. (Para Taylor, talvez eu faça uma reverência também.) Jasmine Brown, você é a próxima. Obrigada por tudo o que vocês fazem.

Um enorme e ligeiramente mais profissional agradecimento aos cérebros da Berkley – Sareer Khader, Bridget O'Toole, Chelsea Pascoe, Erin Galloway, Kristin Cipolla, Craig Burke, Ivan Held,

Christine Ball, Claire Zion, Jeanne-Marie Hudson, Vi-An Nguyen, Anthony Ramondo, Christine Legon, Megha Jain, Joan Matthews, Lee Ann Pemberton e Lindsey Tulloch. Fico muito feliz em ter a Berkley como lar.

Já avisei ao pessoal da Penguin Canada que, como agora estou escrevendo em período integral e não tenho mais um monte de colegas de escritório, eles têm que fazer esse papel. Kristin Cochrane, Nicole Winstanley, Bonnie Maitland, Beth Cockeram, Daniel French – é uma sorte poder trabalhar com todos vocês. Emma Ingram: adoro você e seus vestidos.

Sempre que me preocupo com qualquer coisa relacionada a livros, penso nas pessoas extraordinárias à minha volta. Holly Root, já te ouvi descrever agentes literários como uma pessoa vestindo casaquinho e mandando e-mails. Não lembro do contexto, mas às vezes, quando estou ansiosa, visualizo todos os geniozinhos da Root Literary usando casaquinhos de botão e me tranquilizo no mesmo instante. Heather Baror-Shapiro, obrigada por levar meus livros ao público internacional – um verdadeiro sonho. Falando em sonhos, Carolina Beltran, é um absoluto prazer trabalhar com você. Obrigada, obrigada, obrigada!

A Elizabeth Lennie, cujas pinturas agora apareceram tanto na capa de *Depois daquele verão* quanto na de *Me encontre no lago*. Obrigada por dar vida ao lago.

Agradeço ao dr. Jonathan S. Abramowitz por falar comigo sobre transtorno obsessivo-compulsivo pós-parto em homens e pessoas que não deram à luz. Valorizo muito seu trabalho e seus conhecimentos.

Uma das coisas mais legais de ser uma autora publicada é que você pode fingir conhecer autores incríveis, porque às vezes eles são generosos a ponto de te mencionar nas redes sociais, fazer um comentário para entrar na capa do seu livro, participar de um evento com você ou responder a uma mensagem sua. Obrigada a Ashley Audrain, Karma Brown, Iman Hariri-Kia, Emily Henry, Amy Lea, Annabel Monaghan, Hannah Orenstein, Jodi Picoult, Ashley Poston, Jill Santopolo e Marissa Stapley por me fazer sentir parte do clube. E obrigada a Colleen Hoover, que mencionou *Depois daquele verão* duas vezes no Instagram e fez as pessoas acharem que eu posso apresentá-la a elas. (Acabou a farsa: não sou tão bem relacionada assim.)

A quem escreve sobre livros no Instagram e no TikTok, a quem escreve resenhas, a jornalistas, podcasters, bibliotecários e livreiros: obrigada por sua paixão, dedicação e criatividade. Fico impressionada com o trabalho que vocês fazem para construir comunidades de leitores. O mundo dos livros é melhor por causa de vocês. Um agradecimento especial aos primeiros fãs de *Depois daquele verão*. Vocês gritaram alto, e como as pessoas ouviram! (Sim, Lianna, você gritou mais alto que todos os outros, sem dúvida.)

Agradeço a Sadiya Ansari, Meredith Marino, Courtney Shea e Maggie Wrobel por lerem este livro em sua forma mais inicial e complicada, e por todo o apoio e incentivo na montanha-russa que foi o processo.

Lianne George, obrigada por sua mentoria, sua amizade e principalmente pelos cafés que tomamos. Os chutes no ar foram pra você.

Robert Nida, sempre vou pensar com carinho no período que passei na cabana. Você tem minha eterna gratidão.

Agradeço às famílias Ursi e Palumbo pelo entusiasmo, pela empolgação e pelos carboidratos. Grace, obrigada por sua fé e pelas incontáveis horas que passou cuidando dos meninos. (Eles podem dormir aí esta noite?)

À família Fortune: nossa música obviamente é "The Best", da Tina Turner. Acho que a liga de rúgbi de New South Wales vai ter que dividi-la conosco. Obrigada por incutir em mim o valor do trabalho duro e por provar que um lar não são as paredes dentro das quais vivemos, e sim as pessoas dentro dela. Mãe, nós temos muita sorte.

Marco, eu sei que você sugeriu que eu dedicasse os agradecimentos por completo a falar que você é ótimo (você é ótimo!), mas já dediquei este livro a você e vou fazer filé para o jantar, então espero que isso seja o bastante. Obrigada por não ter me deixado desistir de pedir demissão. Obrigada por se afastar do seu próprio trabalho por um ano para que eu pudesse escrever este livro. Você é a estrela dos pais que ficam em casa com as crianças. Obrigada por estar tão preparado para comemorar comigo quanto para me ajudar a me levantar quando preciso. Não temos uma música, mas acho que isso é porque temos todas.

E a Max e Finn: amo vocês além de qualquer medida. Que um dia vocês se transformem em homens que vão ler os livros da sua mãe, mas que nunca toquem nos diários dela.

POR TRÁS DO LIVRO

Uma nota aos leitores: obrigada por terem lido Me encontre no lago. Espero que tenham sido transportados para o Resort Brookbanks e para a Toronto que eu amo. Acima de tudo, espero que a história de Fern e Will tenha enchido seu coração de amor. Partes deste livro são profundamente pessoais para mim – e são o tema desta seção. Acho importante vocês saberem que vou falar de coisas difíceis aqui. Se você não se encontra em um momento em que gostaria de falar sobre direitos reprodutivos, ansiedade e pensamentos intrusivos perturbadores, sugiro que faça isso depois.

Os primeiros indícios de *Me encontre no lago* surgiram para mim como muitas de minhas ideias: no meio da noite. Fazia algumas semanas que meu segundo filho havia nascido, e eu não conseguia dormir. Nunca dormi muito bem, mas desenvolvi insônia crônica durante a gravidez, uma insônia que permaneceu depois de Finn nascer. Deitada e desperta, eu me peguei me perguntando sobre o que escreveria no meu livro seguinte. A escrita do meu romance de estreia, *Depois daquele verão*, em 2020, tinha sido uma experiência feliz, e eu tinha uma porção de ideias de histórias futuras. Mas, na primavera de 2020, eu me via vazia. Estava em meio ao meu segundo surto de ansiedade pós-parto.

Considero o ato de escrever parecido com o de ler, no sentido de que posso viajar para onde quer que meus personagens existam. Naquela noite, perguntei a mim mesma onde gostaria de estar. Fechei os olhos e vi: um resort clássico em Muskoka, à beira do lago, com a sede no topo e chalés com fundos voltados para a água. E vi Fern, administrando o lugar com relutância depois da morte da mãe. Também pensei no diário de Maggie – em como recontaria seu próprio romance, mas no fim demonstraria o amor da mãe pela filha. Escrevi *Depois daquele verão* em parte como uma fuga da vida em 2020, mas criei o Resort Brookbanks buscando oferecer a mim mesma um mundo para o qual escapar. (O lago Smoke existe mesmo, mas fica ligeiramente a leste de Muskoka, dentro do famoso parque Algonquin, em Ontário. Não tem nenhum resort à beira dele.)

Há partes de mim espalhadas ao longo de *Me encontre no lago*. Quando eu era pequena, meus pais tinham uma pousada com restaurante. Dei a Fern minha insônia, assim como meu amor tanto pela cidade quanto pelo lago. Maggie recebeu minha dedicação à carreira e minhas preocupações quanto a não ser boa em nada fora o trabalho. E a Will Baxter emprestei o terror invisível e silencioso da ansiedade pós-parto.

Me encontre no lago evoluiu ao longo da escrita, mas desde as primeiras conversas com minha editora sempre teve a ver com o fato de a vida às vezes não sair igual ao modo como planejamos. Mas eu não pretendia explorar as maneiras como a parentalidade nos molda – talvez isso simplesmente aconteça quando você começa a escrever um livro sobre mãe e filha poucos meses depois de ter seu segundo filho.

Durante o estágio final da edição de *Me encontre no lago*, a Suprema Corte americana reverteu a decisão do processo *Roe × Wade*, e comecei a me preocupar que os dois casos de gravidez não planejada no livro e o fato de que tanto Maggie quanto Annabel decidem se tornar mães pudessem ser percebidos como uma demonstração de apoio ao que ocorreu. Essa não é minha intenção. Acredito piamente que as escolhas de seguir com uma gravidez e de se tornar mãe ou pai são exatamente isso: escolhas que toda pessoa com útero deve ter o direito de fazer. Os direitos reprodutivos, incluindo o acesso a métodos contraceptivos e a abortos seguros, são fundamentais para o bem-estar individual e a sociedade como um todo. Sempre me considerei a favor da escolha – e me tornar mãe só reforçou minha posição.

Quando meu primeiro filho estava para nascer, houve um momento em que o quarto do hospital de repente ficou lotado de médicos e enfermeiros, todos com a expressão tensa, e eu achei que fosse morrer. No fim das contas, não era a minha vida que corria risco, e sim a do meu filho. Resumindo: ele precisava sair o mais rápido possível e nasceu em um parto brutal com ajuda de fórceps. Max veio ao mundo depois de quinze minutos de trabalho de parto ativo, enquanto os médicos demoraram uma hora e meia para me dar os pontos necessários.

Daquele dia até as primeiras semanas e os primeiros meses de vida do bebê, parecia que eu estava lutando pela sobrevivência – minha e dele. Os desafios naqueles primeiros dias foram muitos e intensos, e lidar com eles foi ainda mais difícil, porque minha mente havia se tornado um lugar assustador. Como jornalista, escrevi sobre algumas das dificuldades que encontrei como mãe recente, mas nunca falei publicamente sobre meu transtorno obsessivo-compulsivo pós-parto.

Há uma boa chance de que você tenha ouvido falar de baby blues e depressão pós-parto, mas não de transtorno obsessivo--compulsivo pós-parto – eu mesma não tinha ouvido. (Ao longo das duas vezes em que fiquei grávida, nenhum profissional da saúde tocou no assunto comigo.) É um transtorno de ansiedade sério, mas que pode ser tratado, com sintomas tão terríveis que poucos de nós se sentem confortáveis em mencionar – e, portanto, com frequência é diagnosticado de maneira equivocada ou não é comunicado. Apesar do nome, pode afetar não só pessoas que deram à luz como pais adotivos e qualquer pessoa que desempenhe um papel parental, como Will.

Não tive nenhuma compulsão, mas, como Will, era bombardeada por pensamentos e imagens intrusivos e recorrentes. Tomei a decisão consciente de não descrever os pensamentos de Will – não achei que ele estaria pronto para compartilhá-los com Fern, e, para ser sincera, tive medo de que pudessem julgá-lo. Precisei de meses para contar ao meu marido o que se passava na minha cabeça. De anos para contar à minha mãe. A ideia de abrir isso para o mundo me faz sentir um aperto no peito. Não quero sobrecarregar vocês com o que sofri, com o que todo dia me fazia ter medo de ficar sozinha com meu filho, com o que me deixava certa de que seria internada caso confessasse. Mas estou escrevendo a respeito agora (de maneira tão vaga quanto possível) para o caso de você se encontrar em uma situação semelhante. Se você vive aterrorizada por pensamentos que envolvem machucar seu bebê, se as mesmas imagens horríveis ficam repassando na sua mente, se facas de cozinha, escadas ou trilhos do metrô te deixam horrorizada, você não está sozinha. Os pensamentos são só isso – *apenas pensamentos* –, ainda que você morra de medo de perder o controle. Você não vai perder. Na verdade, fiquei sabendo que pessoas que experimentam esse tipo de pensamento tendem a se conter até mais. Você vai ficar bem – e o seu bebê também –, mas você precisa contar para alguém. Na verdade, contar para alguém é o primeiro passo para ficar bem. Passamos pelos piores momentos sozinhos, mas os deixamos para trás com ajuda.

Minha ansiedade pós-parto foi diferente na segunda vez. Tive alguns episódios de pensamentos e imagens intrusivos, mas estava mais bem preparada para reconhecê-los, vê-los como um incômodo e esquecê-los. Minha ansiedade, no entanto, era quase debilitante. Eu já havia tido pensamentos ansiosos, mas nada comparado com o que ocorreu na primavera de 2021. Foi como se cada problema que eu pudesse enfrentar no restante da vida precisasse ser resolvido. Sair da cama todo dia exigia um esforço imenso. Conversas chorando com minha mãe (sobre como eu era uma péssima mãe) e meu marido (sobre como eu morria de medo do futuro) ajudaram. Caminhadas também. Terapia. E Will e Fern.

No epílogo de *Me encontre no lago,* descobrimos que Fern está grávida de uma menina. Não acredito que sou uma pessoa mais realizada porque sou mãe. Quando alguém me diz que não quer ter filhos, eu entendo totalmente. Às vezes até invejo. Mas, nesta história, eu quis dar a Fern a oportunidade de trilhar seu próprio caminho como mãe – de decidir que elementos de sua relação com sua própria mãe ela queria preservar e o que queria fazer diferente. Talvez mais do que tudo, eu quis mostrar que a ansiedade de Will não o impedira de ter filhos, que problemas de saúde mental não impedem ninguém de se sair perfeitamente bem como mãe ou pai. Gosto de pensar que, quando Fern e Will discutiram a possibilidade de ter filhos, fizeram como meu marido e eu antes do nosso segundo menino: falaram sobre a possibilidade de os pensamentos intrusivos de Will voltarem à tona e bolaram um plano para garantir que teriam apoio.

O que mais admiro em Will e Fern é o fato de eles amarem com força. Não é fácil para nenhum deles abrir o coração – correr o risco da rejeição, do julgamento, do fracasso –, e ambos têm suas dificuldades. Perto do fim do livro, Fern dá a Will uma chance de explicar suas ações. Ela decide estender a mão para ele. Na minha opinião, essa é uma das coisas mais corajosas e desafiadoras a fazer no início de qualquer relação. Também é o que as torna mais fortes. Todos nós cometemos erros. Passamos por traumas, perdas e por dias ruins. Todos nós damos com a cara no chão. Mas, se tivermos sorte, haverá alguém do nosso lado para nos estender a mão.

A LISTA DE LEITURA DA CARLEY

1

A Hundred Other Girls, de Iman Hariri-Kia

2

Loucos por livros, de Emily Henry

3

O princípio do coração, de Helen Hoang

4

Twice Shy, de Sarah Hogle

5

Um pouco de aventura, de Christina Lauren

5

Exes & O's, de Amy Lea

6

Na estrada com o ex, de Beth O'Leary

7

O amor não morreu, de Ashley Poston

8

The One That Got Away, de Charlotte Rixon

9

Seven Days in June, de Tia Williams

Fontes TIEMPOS, GT HAPTIK
Papel PÓLEN NATURAL 80 G/M²
Impressão IMPRENSA DA FÉ

A LISTA DE LEITURA DA CARLEY

1

A Hundred Other Girls, de Iman Hariri-Kia

2

Loucos por livros, de Emily Henry

3

O princípio do coração, de Helen Hoang

4

Twice Shy, de Sarah Hogle

5

Um pouco de aventura, de Christina Lauren

5

Exes & O's, de Amy Lea

6

Na estrada com o ex, de Beth O'Leary

7

O amor não morreu, de Ashley Poston

8

The One That Got Away, de Charlotte Rixon

9

Seven Days in June, de Tia Williams

Fontes TIEMPOS, GT HAPTIK
Papel PÓLEN NATURAL 80 G/M²
Impressão IMPRENSA DA FÉ